전통적 서정시와 근원적 세계 인식

-이형기의 시 세계-

최 옥 선

국학자료원

책머리에

이형기 시를 연구하게 된 것은, 그의 초기 시 「낙화」의 서정적 시세계가 모더니즘적, 문명비판적 시세계 등으로 다양하게 변화된 것에 주목한 것이 계기였다. 그는 자신의 시론을 확립하면서 시세계의 변화를 꾸준히 시도하였다.

이형기의 시론은 시세계가 고착화되지 않게 하기 위한 방법론이었다. 그의 시작詩作은 자신의 시세계에 씌워진 올가미를 온 몸으로 찢고 나오는 과정이며, 그 소산이었다. 제자리에 머무르지 않고 현재 자신의 시세계를 벗어나기 위해 몸부림치는 모습은 치열하고 집요하였다. 그것은 전통적이고 낭만적 서정시에서 벗어나 새로운 시세계를 향해 변화되어 나아가는 모습이었다.

근대화 이후 세상의 모든 가치 척도는 물질적 생산성을 우위에 두는 것이었다. 가속화로 치닫는 현대인들의 삶의 기준은 계량화와 효율성 그리고 환전성換錢性이다. 이러한 시대에 시인이 시를 쓰는 일은, 물질적 가치를 뛰어 넘는 정신적 가치를 확보하기 위한 투쟁이라 할 수 있다. 이형기는 자유로운 삶의 주체를 강조하면서, 존재의 근원을 흔들림 없이 탐구하는 데 시인으로서 혼신의 힘을 기울였다.

우리는 이형기의 시가 조준해 잡은 포획물을 통해 한 발짝도 물러서지 않은 치열한 시정신과 시의 진정성을 알 수 있게 된다. 순수한 시정신을 탐구하는 것은 물질만능화된 이 시대를 살아가는 우리에게 삶의 진정성과 그 가치를 다시 한 번 생각하는 계기를 만들어 준다.

이 글은 학위 논문을 다시 구성, 책으로 엮은 것이다.

부족함이 많은 글이다. 질책과 비판을 바란다.

아낌없는 조언을 마다하지 않으신 정현기·남송우 교수님, 질타와 격려로 우둔함을 일깨워주신 김선학 교수님을 비롯한 윤석성·곽근 교수님 그리고 석장동 캠퍼스의 여러 교수님께 깊이 감사드린다.

따뜻한 마음으로 힘을 모아 주신 주위의 많은 분들께도 고개 숙여 감사한 마음을 전한다. 사랑으로 묵묵히 기다려 준 가족에게도 고마움을 전한다. 특히 늦깎이 딸이 용기를 잃지 않도록 정성으로 보살펴 주신 어머님과 끝까지 지켜봐 주시지 못하고 먼 곳으로 떠나가신 아버님께 엎드려 이 책을 바친다.

이 책이 나올 수 있도록 도와주신 국학자료원 정구형 사장님을 비롯한 관계자 여러분에게도 감사를 드린다.

2013년 2월
최옥선

차 례

I. 서론

1. 문제제기 및 연구목적

이형기(李炯基, 1932~2005)[1]는 진주 농림 재학 시절인 1949년『문예』지[2] 12월호에「비오는 날」을 추천받고, 이듬해 4월과 6월호에「코스모스」,「강가에서」가 각각 추천 완료[3]되어 등단하게 되었다. 이후 그는 시인·언론인·학자로서 작고할 때까지 50여 년 동안 성실하게 작품 활동을 하였다.

---

1) 이형기의 실제 생년월일은 1932년 12월 19일(음력1932년 11월 22일)이다. 부친이 알려준 날짜는 음력 11월 22일이다. 그러나 동회 담당서기의 오기로 호적에는 1933년 6월 6일로 잘못 표기되어 있다고 했다(이형기,「나의 이력서」,『시와 시학』1992.3, 104~105쪽). 본 연구에서는 이형기가 밝힌 실제 생년을 표기한다.

2)『문예』지는 김동리, 모윤숙, 조연현, 홍구범 등이 주축이 되어 1949년 8월에 창간되었다.『문예』지(발행인 모윤숙, 편집인 김동리)는 해방 이후 제일 큰 비중을 차지하는 종합 순수 문예지로서 제12호가 나오기 전에 6·25 전시판이 발행되었고, 1953년 두 호가 나온 후 1954년 3월호로 종간되었다.『문예』지는 창간호가 나오자 일주일 만에 매진될 정도로 문학인들의 주목을 받았다. 이 잡지는 민족문학 건설을 위하여 해방 이후 처음으로 신인 추천 제도를 두었다(김윤식,「문예지의 이념과 그 문학사적 의의」,『발견으로서의 한국현대문학사』, 서울대학교 출판부, 1997, 403~404쪽).

3) 서정주와 모윤숙에 의해서 작품이 추천 완료되었다. 당시 이형기는 진주 농림학교 5학년 재학 중이었다(이형기,「나의 이력서」,『시와 시학』1992 봄호, 110쪽).

작품으로는, 여덟 권의 시집과 마지막 시집인『절벽』간행 이후 여러 잡지에 발표된 시편들까지 총 350여 편의 시가 있다.[4] 그 외 시선집, 시론 및 평론집, 수상집 등이 있다.

시적 재능은 17세라는 중학생 신분으로『문예』지에 등단함으로써 인정받았다. 뿐만 아니라 대학시절부터 약 30여 년간 몸담았던 언론계에서 사회를 향한 날카로운 비판력도 인정받았다. 그는 대학에서 교수로 재직할 때 뇌졸중(1994년)으로 쓰러졌다. 투병 중에는 시집『절벽』(1998)과 자신의 아포리즘을 모은『존재하지 않는 나무』(2000)도 발간하였다. 이러한 창작활동은 생의 끝자락에서도 멈출 수 없는 치열한 시정신으로 이어졌다.

이것은 시와 삶이 일체화되는 것으로 나타난다. 시는 시인으로서 운명을 수용하고, 자신과 부단한 싸움을 언어로 표현해 낸 결과물이다. 삶을 깊이 성찰하고, 도로徒勞를 확인하면서도 노역을 되풀이하는 것은 삶의 본질을 끝까지 탐구하기 위한 것이다. 역정歷程을 통해 알 수 있듯이 그가 시에 천착한 것은 바로 시인이라는 자각 때문이다. 이 자각은 의도적으로 추구한 방법론으로 제시된다. 시정신에 의해 구현되는 방법론은 의식적으로 행하는 시의 표현양식이다. '시정신은 바로 세계를 인식하는 태도 또는 방법'[5]으로써 시작품에 담긴다. 그것은 세계와 타협하지 않는, 극단적이고 대립적 위치에 서는 시인으로서의 지조이다.

---

4) 이형기의 시는『적막강산』(모음출판사, 1963),『돌베개의 시』(문원사, 1971),『꿈꾸는 한발』(창원사, 1975),『풍선심장』(문학예술사, 1981),『보물섬의 지도』(서문당, 1985),『심야의 일기예보』(문학아카데미, 1990),『죽지않는도시』(고려당, 1994),『절벽』(문학세계사, 1998) 등에 발표한 것까지 총 8권 317편이다. 이 중에서『풍선심장』32편 중 18편(『적막강산』3편,『돌베개의 시』5편,『꿈꾸는 한발』10편)은 재수록된 것이므로 14편만 포함시켰음. 또『절벽』간행 이후 시집에 묶이지 않고 발표한 시편 및 유고시 등 30여 편까지 합하면 총 350여 편이 된다.

5) 강창민,「육사 시 연구—시정신을 중심으로」, 연세대학교 박사논문, 1987, 11쪽.

세계를 인식하는 방법은 독자적인 시세계를 확보해 나갈 수 있는 힘의 바탕이 되었다. 그가 살았던 시대는 역사적으로 매우 험난한 시기였다. 1930년대의 일제강점기는 우리말을 제대로 배울 수 없는 시대였고, 19 40년대는 광복공간의 정치적 혼란기였다. 1950년대 동족상잔의 비극적 전쟁은 실존적 허무를 경험하게 했다. 1960년대 4·19 의거의 민주화에 대한 열망은 5·16의 군부세력에 의해 좌절되었다. 1970년대의 산업화된 사회로 진입하면서 팽창되었던 물신화는 문명사회에 대한 비판과 생태환경에 대한 위기감으로 나타났다. 1980년대 초의 언론탄압 정책은 언론인의 생활을 접고, 시인과 학자로서의 길을 갈 수 있는 계기가 되었다. 이러한 역사적 파고 속에서도 시인으로서 고고한 정신은 흔들리지 않고 철저하게 지켜졌다. 정치나 문학외적인 시류時流에 유혹되거나 타협하지 않은 것은 시인이라는 확고한 자각이 있었기 때문이다. 또한 어떤 유파에도 흔들리지 않고 시세계를 독자적으로 확보해 나갈 수 있었던 것은 세계를 새롭게 인식하는 방법론이 있었기 때문이다.

그는 무엇보다도 '자유로운 개인으로서의 주체성'6)을 강조했다. 이것은 개인의 인격체로서 사회의 물질만능이나 비속성卑俗性과 타협하지 않는 정신을 강조한 말이다. 그가 강조한 개인의 주체성은 사회 무리의 구성원

---

6) '자유로운 개인으로서의 주체'는 이형기의 정신적 귀족주의와 연관되는 사상이다. 그가 쓴 「어느 귀족주의자의 자각적 파멸」이라는 이한직에 대한 평론에서 그는 이한직을 그 시대 또는 사회의 물질만능이나 비속성과 타협하지 않고 정신적 긍지를 삶의 가장 큰 보람으로 여겼던 '정신적 귀족주의자'라고 했다. 스스로 파멸을 초래했지만 스스로 인간임을 자부할 수 있었던 것은 정신의 고귀함을 추구했기 때문이라고 했다(이형기, 「어느 귀족주의자의 자각적 파멸」, 『시와 언어』, 문학과지성사, 1987, 144~181쪽).
이형기는 이러한 정신을 가진 자가 바로 시인이며 시인은 귀족주의자라고 했다. 그는 세계의 하수인이 아닌 '자유로운 개인으로서 주체에 대한 자각'을 가진 자가 시인이라고 강조했다(이형기, 「시를 쓰는 매순간이 디데이」, 『시와 시학』 제27호, 1997.9, 23~24쪽).

으로서가 아닌 스스로 주체로서 인식하는 개별적인 인격체를 말한다. 시는 현실적 비속성과 대응하면서 정신의 자유로움을 추구하는 언어이다.

지금까지 그에 대한 연구는 대부분 시세계의 변모과정을 중심으로 이분화 내지 삼분화로 대별하여 논의되었다. 전자의 경우는 세계와 화해하는 서정시의 세계와, 새롭게 인식된 세계로서 세계와 불화하는 모더니즘적인 세계로 크게 이분화로 구분하였다. 후자의 경우는 초기 서정시의 세계와 중기의 부정과 파괴의 모더니즘적 세계, 후기의 존재론적 세계로 구분하여 논의되어 왔다.

논자들이 그의 시세계를 이분화 또는 삼분화로 단정하여 시기 구분한 것은 변모된 시세계에만 초점을 두고 논의했기 때문이다. 사실 자각 전 서정시의 세계와 자각 후의 세계는 특성이 다르게 나타나고, 시집별 시세계도 그 특성이 다르게 나타난다. 이런 논의들은 변화되는 시세계를 포괄적으로 묶을 수 있는 공통분모를 찾기에 한계가 있다. 시정신은 전체 시세계를 이어주고, 시를 통해 추구하는 가치관을 파악하게 한다. 그것은 시창작의 원동력이 되는 것으로, 서정적인 시세계와 변화된 시세계가 유기적으로 연결되어 있음을 알 수 있게 한다. 자각 전과 자각 후의 시세계에서 표면에 드러나는 이미지와 시적화자의 태도는 판이하다. 그러나 시정신은 시작품 전반에 걸쳐 일관되게 흐르고 있다.

또 한 가지는 작고한 이후 논의된 연구들은 마지막 시집인 『절벽』까지만 연구대상으로 삼았기 때문에 『절벽』 발간 이후 시집에 게재되지 않고, 각종 잡지 등에 게재한 30여 편7)들에 대한 논의가 제외되어 있었다. 다만 한 편의 논문8)에서만 부분적으로 논의되어 있었다.

---

7) 이 시편들에 대해서는 부록2를 참조하기 바람.
8) 강유환은, 이형기의 8권의 시집에 실리지 않은 작품까지 연구대상으로 논의했다(강유환, 「이형기 시의 세계인식 방법」, 고려대학교 박사논문, 2008). 이 논문은 처음으로 이 시편

그는 투병 중에 있을 때, 이들 시편들을 모아 『절벽』 다음 시집을 발간하려는 의도가 있음을 시사한 적이 있다.9) 이것은 이들 시편들이 『절벽』을 비롯한 그 외의 시집과 변별되는 시세계의 특성이 있음을 추측할 수 있다. 그리고 그가 이 시편들을 도외시하지 않고 있었음도 알 수 있다.

본 연구에서는 이형기가 강조하고, 평생을 통해 천착했던 시와 전체 시를 관통하고 있는 시정신에 주목했다. 시정신의 변화 과정에는 추구하는 실체가 일관성 있게 흐르고 있기 때문이다. 또한 시집에 실리지 않고 여러 문예지에 발표한 30여 편도 논의의 대상으로 삼는다. 이 시편들에 대한 논의는 작품들이 시사에서 차지하는 자리매김도 될 수 있다.

2. 연구 성과 검토 및 연구 방법

이형기에 대한 연구는 『문예』(1949)지의 「비오는 날」에 대한 서정주의 추천사의 평을 시작으로, 지금까지 꾸준히 논의되고 있다. 먼저, 학술지 및 문예지에 실린 연구에서 공통된 흐름을 다음과 같이 몇 가지로 나누어 살펴본다.

1) 서정성에 초점을 둔 논의
2) 변화된 시세계 이후 시의 특성에 관한 논의
3) 시적 변모과정의 특성에 관한 논의

들을 소개하고 논의한 것에 의의를 둔다.
9) 김광일은 이형기와의 대담에서, 이형기가 『절벽』 다음으로 아홉 번째 시집을 내겠다는 의욕이 있다는 것을 밝힌 바 있다(김광일, 「줌인-시인의 세계」, 『시인세계』 2003 봄호, 130~131쪽).

가) 시세계의 변화 기점에 따른 구분

나) 시적 변화 과정에서의 주제 및 사상 중심의 평가

4) 시론 및 비평에 관한 논의

첫 번째는, 서정성의 관점에서 본 논의이다. 이 논의들은 주로 첫 시집 『적막강산』을 대상으로 했다. 초점은 자연의 소멸에 대한 내면의 정서나 동일지향성 등 전통적 서정성이 대부분이었다. 이들 논의는 서정주의 서정적 감흥10)에 대한 추천 평을 시작으로, 삶과 문학을 일치시키려는 자세와 서정의 본령을 지키려는 시인의 자세11)로 일관하는데 초점이 맞추어지고 있었다. 또한 식물성 향수와 언어에 대한 태도, 구도적인 자세12) 등은 시의 생명을 지배하는 동력이라는 평이었다. 슬픔과 기다림의 정서는 전통적 서정시를 계승하는 것이고, 존재의 본질을 통찰해 냄으로써 독자적 시적 성취를 이루었다13)고도 평했다. 이러한 것은 서정시에 대한 세계 확대와 역동적 허무주의의 성장점14) 등으로 나타났다. 「낙화」 한

---

10) 서정주, 「시추천사」, 『문예』 1949 12월호, 153쪽.

11) 첫 시집 『적막강산』의 발문을 대신하여 쓴 「엽서」에서 최계락은 "시가 그 맑은 감성으로 서정의 본령을 지켜 꾸준히 그 깊이를 더 할 수 있었던 것도 그만큼 스스로의 참 자세를 찾고 또 거기 진실하려는 형의 맑은 인생이 있었기 때문"이라고 하면서 문학과 인생이 일치할 수 있었던 이형기의 문학의 신념에 대해서 피력했다(최계락, 「엽서」, 『적막강산』, 모음출판사, 1963, 90쪽).

12) 김우정은 『적막강산』에서 내적 체험을 시의 생명성으로 살린 것은 문학사적 입장에서 높이 평할 수 있다고 했다(김우정, 「현대시의 기법과 사상」, 『현대문학』 1963 9월호, 292~295쪽).

13) 고형진, 「전통적 서정시의 계승과 심화」, 『1950년대의 시인들』, 나남, 1994, 179~194쪽.

14) 김재홍, 「6 · 25와 한국의 현대시」, 『현대시와 역사의식』, 인하대학교 출판부, 1990, 178~181쪽.
    박재원, 「존재의 허무와 존재의 미의식—이형기의 초기시를 중심으로」, 『새국어교육』 통권 63호, 2002.1, 245~260쪽.

편에 대한 논의에서는, 「낙화」가 정제된 서정시의 전형 및 통과제의로서의 고통과 축복15)이라고 평했다.

서정성에 초점을 맞춘 논의들은 1950년대 전후 현실상황에서 서정성을 긍정적으로 평했다.16) 이러한 가운데 전통적 서정시의 영향권 내에서도 자신만의 독특한 언어에 대한 감각과 직관으로 탁월한 시적 세계를 펼친 것에 대해 평자들은 긍정적으로 평가하였다.

그는 시적기교나 감상성에 매몰되지 않으면서 자신의 순수한 시세계를 구축했다. 그것은 천부적인 시적 재능과 환경으로 인한 조숙성과 세계를 바라보는 자신만의 깊은 통찰이 있었기 때문이다.

그러나 이들 논의는 서정성에만 초점을 맞춤으로써 앞으로 변화될 시세계에 대해 방향을 제시하지 못하는 한계도 가지고 있다. 근원적 한계성을 인식할 수 있었던 것은 자연이 소멸되는 것을 통해서이다. 자연의 소멸성 이미지는 우울, 슬픔, 절대 고독감 등의 정서가 표출된 것이나. 이러한 정서의 심층에는 근원적 한계성을 수용하지 못하는 슬픔과 우울도 포함되어 있다. 수동적이고 관조적 자세에는 그것을 초월하려는 의지도 내포되어 있다. 이러한 의지는 『돌베개의 시』부터 변화된 시세계로 나타난다.

두 번째는, 시세계가 변화된 이후 시인이 추구하는 의식적 맥락에서 특성을 논한 것이다. 주로 시집 한 권을 대상으로 한 논의인데, 이 특성을

---

15) 이숭원, 「낙화」, 『시와 시학』 1994 9월호, 177~180쪽.

　　최순열, 「낙화−통과제의로서 성숙의 고통과 축복」, 『시와 시학』 1994 3월호, 345~348쪽.

16) 1950년대 문학에서는 패배의식과 자조의식 등이 만연하였고, 전후세대는 기존 전통문학에 대한 부정과 단절 등을 꾀하였다. 이들은 모든 것을 타기하고 극복해야 할 무엇을 찾았다. 이들의 폐허의식은 그 시대에 대한 거부의 포즈로 나타났고, 이것은 시대에 대한 강한 응전이 되지 못하고 자기 모멸과 자기 방기에 그치는 한계를 드러내었다(송하춘 · 이남호, 「1950년대와 전후세대 시인들의 성격」, 『1950년대의 시인들』, 나남, 1994, 14~19쪽).

세분화 하면 실존에 대한 허무의식과 자아실현 의지,[17] 문명비판과 존재탐구,[18] 상상력의 확장을 통한 본질 탐구,[19] 시정신의 치열성과 미학[20] 등에 관한 것으로 분류할 수 있다.

특히 『꿈꾸는 한발』과 『절벽』을 대상으로 한 논의에서는, 시정신을 강조한 것이 대부분이다. 소멸의 극점에서의 자멸이 자루 없는 칼날로써 자신에게 향한 것[21]이라면, 죽임은 칼로써 부조리한 세계의 옆구리를 찌르면서 복수를 하는 것[22]이다. 이것은 상상력으로 행해진 지적오만이며, 정신의 절대성[23]을 강조한 것이다. 또 절벽 앞에서 위장을 걷어버린 시는 현실과 치열하게 맞섬으로써 시적 진정성[24]을 이루었다고 강조하였다.

이 논의들은 소멸 이미지로써 시인의 내면을 조명하여 표면화시켰고,

---

17) 유시욱, 「회의와 자아 실현의 궤적－『심야의 일기예보』」 1990 겨울호, 169~176쪽.
　　이상호, 「시지프스의 굴레를 쓴 시인의 운명－『심야의 일기예보』」, 『자아추구의 시학』, 모아드림, 1999, 327~334쪽.
　　정광수, 「허무와 상상력의 극치－이형기 시집 『심야의 일기예보』에 부쳐」, 『동양문학』 31호, 1991.1, 280~284쪽.
18) 김명수, 「원로시인들의 어제와 오늘－이형기 시집 『죽지 않는 도시』」, 『창작과 비평』 1994 9월호, 369~374쪽.
　　오세영, 「해설－상황과 존재」, 『죽지 않는 도시』, 고려원, 1994, 113~123쪽.
19) 김지연, 「이형기 시에 나타난 허무의 판타지 : 「돌의 환타지아」」, 『한국문학논총』 제50집, 2008 12월호, 351~378쪽.
　　오세영, 「돌의 환타지아」, 『한국 현대시 분석적 읽기』, 고려대학교 출판부, 1998, 481~501쪽.
20) 김선학, 「허무와 소멸에 관한 체험적 사색」, 『문학사상』 1998 12월호, 278~281쪽.
　　김윤식, 「미, 그 자멸에의 충동」, 『심상』 1976 4월호, 130~132쪽.
　　손진은, 「우리 시의 한 경지」, 『오늘의 문예비평』 1999.3, 281~297쪽.
　　윤호병, 「엄숙주의 시학」, 『현대시의 아포리아』, 청예원, 1999, 25~39쪽.
　　장영우, 「절망, 허무 그리고 신생」, 『현대시』 1999.2, 184~190쪽.
　　허만하, 「칼의 구조－해설」, 『꿈꾸는 한발』, 1975, 84~88쪽.
21) 김윤식, 위의 책, 132쪽.
22) 허만하, 위의 책, 86쪽.
23) 김윤식, 위의 책, 132쪽.
24) 김선학, 위의 책, 280쪽.

정신의 절대화를 이룸으로써 미학적 차원까지 비추어 준 것에 의의를 둔다. 그러나 소멸 이미지는 전체 시에 흐르는 시정신의 핵을 파악하기에 한계가 있다. 시정신은 초기 시에서 한계를 인식하고, 변화를 시도한 이후의 시까지 몇 차례 변화 과정을 거친다. 소멸은 새로운 세계 창조를 하기 위해 필요한 것이지만 시 전체를 관통하는 정신은 될 수 없다. 시정신은 변화 과정에서 각각 다른 형태로 드러나기 때문이다.

서정성이 변화된 이후 시의 특성에 대한 논의는, 부정과 파괴 및 문명 비판에 관한 내용적 측면과 수사학적으로 비유 등의 형식적 측면의 특성에 대한 평이 주를 이루었다. 내용적 측면은 존재론적인 면과 미학적인 면, 그리고 부정과 파괴, 소멸과 생성 등에 관한 것이었다. 부조리한 현실 세계에 대응하는 것은 파괴와 폭력적 시어사용이나 아이러니, 풍자 등으로 나타났다. 또한 세계에 대응하는 시정신의 맥락에서 특성을 논의한 것도 간과할 수 없는 부분이다.

그러나 이들 논의는 다양한 특성들에 초점을 맞추고 논의한 것에 비해 전반적 시의 맥락에서 시의 특성들을 파악하지 못하는 한계가 있다. 특히 시정신을 강조한 경우는 전반적 시의 맥락에서 볼 때 소략한 부분적 논의에 그칠 수밖에 없다.

세 번째는, 시작품 전체를 연구대상으로, 초기부터 후기까지 시적 흐름을 살펴보거나 주제 및 사상 등을 위주로 논의한 연구이다.

먼저, 시적 변모과정에 대한 논의에서 주목되는 것은 전반적 시의 특성이 나타난다는 것이다. 시적 변모 과정은 시세계를 이분화 또는 삼분화로 구분하여 논의한 것이 있다. 초기와 후기로 이분화한 논의에서, 초기가 삶과 인생을 긍정하고, 자연의 섭리를 수용하는 서정적 시세계인 반면, 후기는 자아와 대상 사이에 불화와 단절이 일어나는 반서정적 시

세계였다.25) 초기·중기·후기로 삼분화한 연구도 있다. 시세계의 변모
과정이 자연과의 화해를 추구하는 서정성의 초기 시세계로부터 부정과
파괴의 반서정의 세계, 다시 세계와 화해하는 서정성의 세계로 변화되었
다고 본 것이다.26) 변화된 기점에 대한 논의는 전통적 서정시27)와 새롭
게 변화된 시세계28)에 대한 기준으로 논의가 나뉘어 있었다.

---

25) 시의 변모과정을 이분화하여 흐름을 파악한 연구는 다음과 같다(시세계를 이분화한 아
래의 논문들은 이형기의 시집 8권이 나오기 전인 제5시집 『보물섬의 지도』(1985)와 시
선집 『그해 겨울의 눈』(1985) 발행 후 발표된 논문이다).
　　김영철, 「서정주의와 악마주의의 변증법」, 『한국현대시 연구』, 민음사, 1989, 130~151쪽.
　　김준오, 「입사적 상상력과 꿈의 시학」, 『그 해 겨울의 눈』, 고려원, 1985, 233~249쪽.
26) 시의 변모과정을 삼분화하거나 시집별로 흐름을 파악한 연구들은 다음과 같다.
　　고명수, 「존재의 패러독스를 투시한 견인주의자」, 『낙화』, 연기사, 2002, 289~309쪽.
　　김수복, 「이형기론—존재의 집에 대한 역설적 화법」, 『한국예술총집—문학편 2』, 1992,
68~83쪽.
　　김지연, 「이형기 시의 허무의식 연구」, 『시학과 언어학』 제20호, 2011.2, 55~59쪽.
　　김혜영, 「파괴와 초월의 미학」, 『낙화』, 연기사, 2002, 310~327쪽.
　　박진환, 「이형기론」, 『시·시조와 비평』 제104호(2005 봄호), 149~166쪽.
　　윤재웅, 「허무에 이르는 길」, 『낙화』, 연기사, 2002, 257~287쪽.
　　이건청, 「세계와의 불화, 혹은 파멸의 미학」, 『한국현대시인 탐구』, 새미, 2004, 31~49쪽.
　　장영우, 「부정과 역설의 시학」, 『한국현대시인론』, 새미, 2003, 527~554쪽.
　　정효구, 「초월과 맞섬」, 『시와 시학』 1992 봄호, 131~143쪽.
　　채재준, 「이형기의 시 세계」, 『문예운동』 2008 여름호, 69~89쪽.
　　최윤정, 「서정과 반서정의 변주」, 『한국전후문제시인 연구』, 예림기획, 2005, 457~498쪽.
27) 두 번째 시집 『돌베개의 시』를 첫 시집 『적막강산』의 서정성과의 연관으로 본 연구는
다음과 같다.
　　고명수, 앞의 책, 2002, 289~309쪽.
　　김혜영, 앞의 책, 2002, 310~327쪽.
　　문혜원, 「이형기 시의 창작방식에 대한 연구—중기시 중심으로」, 『우리말글』, 우리말글
학회, 2003, 4월, 237~254쪽.
　　오규원, 「모래의 바다, 바다의 모래」, 『현대시』 1993 6월호, 67~81쪽.
　　이건청, 앞의 책, 2004, 31~49쪽.
　　채재준, 앞의 책, 69~89쪽.
28) 두 번째 시집 『돌베개의 시』를 첫 시집 『적막강산』과는 다른 변화된 시세계로 본 연구

변화기점에 대한 논의가 나뉘는 것은 시의 표층 부분의 변화에만 관심을 두고, 변화된 시세계가 완전히 정착되지 않은 점에만 초점을 두었기 때문이다. 『돌베개의 시』는 서정시의 세계에서 모더니즘시의 세계로 건너가는 과도기적 작품이다. 이 시집은 『적막강산』과 『꿈꾸는 한발』 시 세계의 연관성이 모두 나타난다. 여기서 주목할 부분은 이런 변모과정이 자연스럽게 흘러간 것이 아니라 시인 자신의 자각을 통해서 변화가 적극적으로 시도되었다는 점이다. 전통적 서정시의 영향권에서 벗어나고자 하는 시도는 시력詩歷의 대부분을 차지하는 중요한 의식작용이다. 자각을 통한 변화의 기점은 두 번째 시집 『돌베개의 시』이다. 『돌베개의 시』의 자각은 시인으로서 앞으로 전개될 시세계의 기반을 형성하고 있었다.

다음으로는, 시세계의 흐름 속에서 주제 및 사상 등에 초점을 두고 논의한 연구이다. 이 연구들의 주제는 단독자의 사상,29) 허무의식30) 또는 실존의식,31) 순환적 삶의 궤적,32) 윤회설이나 태극설에 관한 논의, 죽음

는 다음과 같다.

김수복, 앞의 책, 1992, 68~83쪽.

김영철, 앞의 책, 130~151쪽.

김준오, 앞의 책, 233~249쪽.

정효구, 앞의 책, 131~143쪽.

최윤정, 앞의 책, 457~498쪽.

하현식, 「절망과 전율의 창조」, 『한국시인론』, 백산출판사, 1992, 256~271쪽.

29) 신상성, 「단독자의 사상 허무화」, 『한국문학의 공간구조』, 형설출판사, 1983, 67~77쪽.

30) 김지연, 「이형기의 문학에 미친 보르헤스의 영향 연구」, 『시학과 언어학』 제22호, 2012, 125~151쪽.

김혜영, 「존재의 거울―이형기 시의 허무 들여다보기」, 『열린시학』 10권, 2005.3, 250~267쪽.

조창환, 「불꽃 속의 싸락눈」, 『별이 물되어 흐르고』, 미래사, 1991, 141~147쪽.

31) 오규원, 앞의 책, 67~81쪽.

유재천, 「이형기 시 연구―비극적 존재와 역설적 세계 인식」, 『배달말』, 배달말학회, 2009, 257~271쪽.

의식33)에 관한 것 등 사상이나 시학 등을 중심으로 논한 것이다. 새로운 세계를 위한 소멸을 통과제의34)로 파악하거나, 시정신35)에 관한 논의도 있었다.

주제를 중심으로 다양한 접근 방법으로 시세계의 흐름을 파악한 것은 긍정적으로 평가한다. 이러한 연구 방법 등은 시에 내재된 허무 의식을 소멸이나 죽음으로 인식하고 그것을 사상이나 시학 등을 적용하여 시의 특성을 살리는 비평의 경지를 넓혔다고 할 수 있다.

그러나 다양한 주제와 접근 방법에도 불구하고 전체 시를 포괄할 수 있는 주제는 없었다. 이들 전반적 시의 흐름이나 주제 및 사상 중심의 연구는 시집에 묶이지 않고 발표된 시편들은 제외되어 있다. 또한 이러한 배경에서 논의는 총체적 연구가 지닌 한계를 가질 수밖에 없다.

네 번째는, 이형기의 시론 및 비평에 관한 것이다. 이에 관한 연구는 시론집 『감성의 논리』, 평론집 『한국문학의 반성』과 『시와 언어』를 대상

---

32) 김동중, 「이형기 시의 사상적 축과 기반으로서의 윤회사상」, 『한국언어문화』 제45집, 2011.8, 5~34쪽.
　　김혜련, 「비극적 모더니스트 우로보로스의 운명」, 『시와 사상』 45호(2005 여름호), 세종출판사, 55~83쪽.
　　이윤택, 「몸의 상상력에서 태극에 이르기까지」, 『시와 사상』 37호(2003 여름호), 177~195쪽.
33) 김유중, 「시적 구원의 참의미」, 『천년의 시작』 2002 겨울호, 38~53쪽.
　　이선이, 「꽃을 위한 타나톨로지」, 『천년의 시작』 2002 겨울호, 54~68쪽.
34) 김만석, 「다른 세계를 잡는 손 혹은 얼굴」, 『시와 사상』 45호(2005 여름호), 세종출판사, 84~98쪽.
　　김준오, 앞의 책, 233~249쪽.
35) 변지연, 「견고한 슬픔, 눈물겨운 '버팀'의 시학」, 『시와 사상』 73호(2003 여름호), 세종출판사, 187~195쪽.
　　이광호, 「소실점의 시적 풍경」, 『시와 시학』 1992 봄호, 115~130쪽.
　　최동호, 「세련된 감각과 단단한 정신」, 『오늘의 내 몫은 우수 한 짐』, 문학사상사, 1986, 83~88쪽.

으로 논의한 것들이다. 비평에 관하여는 초기 인상비평적인 태도와 시적 방법론에 관한 것이었다.36) 또 평론집『한국문학의 반성』에 나타난 문학론,37) 평론집『시와 언어』중심으로 한 시정신의 기반,38) 그 외 시론의 특징에 관한 것39) 등이다.

이와 같은 연구는 자각적으로 시세계의 변화를 시도한 것에 대한 방법론적인 것에 대한 평가이다. 비평 및 시론을 대상으로 한 이들 연구는 주로 시작詩作을 위한 기반으로 시정신을 잘 나타내주는 것으로 파악했다.

시론 및 비평에 관한 연구는 시집을 대상으로 논의한 연구들에 비하면 성과가 적은 편이다. 하지만 이 연구 성과들은 그의 시론이 시창작과 일치한다는 것을 확인할 수 있는 것이었다. 그는 시론을 통해 문학에 대한 이론과 자신의 견해를 강조하였다. 시는 시론이 구체적으로 형상화되어 나타난 것이고, 시론을 통해 강조한 시정신의 흐름을 파악할 수 있는 것이다. 시작품 이외의 산문으로 표현된 문학에 대한 총체적인 연구는 문학을 새롭게 조명할 수 있고, 시를 이루는 사상적 배경을 잘 알 수 있다. 그러한 점에서 연구 대상을 시집 아닌 비평과 시론으로 하여 문학을 새롭게 조명한 것은 바람직한 연구라고 생각한다.

이형기 시에 대한 학위논문도 지금까지 꾸준히 이어져오고 있는 편이

---

36) 문혜원, 「이형기 초기 비평의 인상 비평적 성격에 관한 연구」, 『한중인문학 연구』제30호, 2010, 75~96쪽.
  이유경, 「우리에의 반어들-이형기『감성의 논리』」, 『문학과지성』 1976 겨울호, 1034~1037쪽.
37) 이건청, 「『한국문학의 반성』-객관의 문학과 개별성」, 『국어국문학』제86권, 1981.12, 400~401쪽.
38) 황종연, 「현대성 또는 허상의 폐허-『시와 언어』중심으로」, 『현대시』 1993 6월호, 82~104쪽.
39) 허혜정, 「이형기 시론(詩論)에 대한 몇 가지 이해」, 『시와 사상』 45호, 세종출판사, 2005, 31~54쪽.

다. 이들은 이미지를 분석하여 시세계를 해석한 연구, 문명비판과 생태계 파괴에 대한 심각성에 관한 연구, 전반적 시세계의 변모 양상을 논의한 연구 등이다.

   1) 이미지 분석에 관한 연구
   2) 문명비판과 생태계 파괴의 심각성에 관한 연구
   3) 전반적 시세계의 변모에 관한 연구

먼저, 이형기 시 연구에서 가장 눈에 띄는 초점은, 논의 작품에 나타난 이미지를 분석함으로써 시세계를 추출한 연구였다.[40] 이들 논의에서는 시어와 이미지의 특성을 분석하여 소멸의식과 부정의식으로 표출된 세계의 지형도를 살펴보았다. 이것은 다시 내면 지향, 인식의 확장, 달관과 미래 지향, 자아의 각성과 존재의 성찰 등이 나타나는 이미지를 대상으로 미래 지향적 시간의식, 감정에 매몰되지 않은 인생과 존재에 대한 성찰의 자세를 파악한 것이다. 또한 물의 이미지가 갖는 의미를 정화와 재생, 추억과 그리움, 그리고 죽음으로 분석한 것과 이미지를 물, 빛, 어둠, 죽음, 몸 등으로 파악하여 논의한 연구 등이 있다.

첫 시집을 대상으로 분석한 논의는 소멸성을 띤 이미지에 주목하고 있었다. 소멸성으로 나타난 이미지는 존재의 한계 상황에 대한 인식이 표출된 것이라고 파악된다. 소멸성의 이미지는 한계상황을 초월하기 위한 의

---

40) 이재훈, 「이형기 시 연구」, 중앙대학교 석사논문, 2001.
   곽용석, 「이형기 초기시의 이미지 연구」, 동국대학교 석사논문, 2002.
   최규형, 「이형기 시의 '물'의 이미지 연구」, 단국대학교 석사논문, 2002.
   김혜숙, 「이형기의 세계인식 연구−주요 이미지 분석을 중심으로」, 중앙대학교 석사논문, 2007.

지와 존재에 대한 탐구 의지를 갖게 한다. 이러한 소멸에 대한 인식은 세계와 자아가 조화된 세계 인식에서 불화된 세계로 나아가는 동인이 된다.

두 번째는, 현대의 물질문명과 그에 따른 생태계 파괴의 심각성에 대한 비판을 담은 연구이다.[41] 이형기의 허무주의는 세계의 절대성과의 합일이 아닌 세계에 대한 절망과 부정적 정신이 전제된 허무라는 것이다. 이것은 폐허에서 신생을 꿈꾸는 시인의 자세를 제시한 것, 물신주의 비판과 도덕성 회복 의지, 산업문명 종말에 대한 경보로써 생명사상의 표현으로 본 것이다.

종말론적 위기감을 강조하여 나타낸 연구에서는 생태계를 파괴하는 주범은 바로 인간의 무감각한 도덕성과 물신화로 비대해진 산업화의 문명이라는 것이다.

세 번째로는 주제 및 시의 변모과정을 중심으로 전반적 시작품을 대상으로 논의한 연구이다. 시세계가 전통적 리리시즘의 세계에서 존재 탐구의 모더니즘의 세계로 전환되고 다시 현대문명 비판의 생태시로 변화된 것으로 파악한 것,[42] 주제의 변모 형태를 비유 중심으로 논의한 것,[43] 세계를 끊임없이 허무화하여 존재를 자각하는 시의 세계로 본 것,[44] 직선적 세계 인식에서 순환적 세계 인식으로 진행되었다고 본 것,[45] 시세계를 몸의 변이 상태로 접근하여 생성의 개념으로 고찰한 것,[46] 소멸의식

---

41) 박선영, 「이형기 시 연구 : 중기시를 중심으로」, 성신여자대학교 석사논문, 1998.
　　이윤경, 「이형기 도시시 연구」, 동국대학교 석사논문, 2000.
　　최춘희, 「이형기 시에 나타난 생태학적 상상력 연구」, 동국대학교 석사논문, 2002.
42) 목필균, 「이형기 시 연구 : 시세계의 변화를 중심으로」, 성신여자대학교 석사논문, 1997.
43) 박영수, 「이형기 시 연구」, 고려대학교 석사논문, 1997.
44) 김경미, 「이형기 시 연구」, 동아대학교 석사논문, 2001.
45) 재재준, 「이형기 시 연구」, 경희대학교 석사논문, 2002.
46) 나민애, 「이형기 시에 나타난 몸의 변이와 생성 양상 연구」, 서울대학교 석사논문, 2004.

에 따른 대응방식에 관한 것,[47] 시세계의 변모 양상을 세계 인식의 방법론에 초점을 맞추어 논의한 것,[48] 생태시 중심으로 논의한 것,[49] 시적 공간 인식 중심으로 논의한 것,[50] 시세계를 불교적 사상기반으로 시학의 수용과 방법의 특성을 논의한 것[51] 등이다.

그 외 주제 및 이미지를 중심으로 여러 시인에 대해 논의하면서 시세계를 부분적으로 연구한 논문이 있다.[52] 한국 현대시에 나타난 자연관을 중심으로, 1950년대 시대적인 슬픔의 미학을 형성했다고 본 것, 생태의식의 위기감, 허무의식을 소멸과 생성의 변증법으로 본 것, 산의 이미지 생성과 소멸을 존재론적 탐색 근원으로 파악한 것 등이다.

선행 연구들은 대부분 허무의식을 중심으로 논의되었다. 허무의식을 탐색하기 위한 접근 방법들은 다양하였지만, 시인이 가진 정신을 심도 있게 체계적으로 논의한 것은 찾아보기 힘들었다. 허무를 극복하기 위한 세계의 본질이 아무것도 없음이라는 것을 확인하고도 새로운 세계를 향하여 조준하는 자세는 새로운 세계를 개척하는 시인의 사명감 때문이다. 그에게 노역은 세계의 본질을 향해 나아가는 창작활동이었다.

지금까지 연구 성과를 정리해 보면, 시세계는 먼저, 자연을 대상으로 삼되 모든 만물이 세계와 한 흐름 속에 놓여 있다고 보았다는 점이다. 자

---

47) 손남훈, 「이형기 시의 소멸의식 연구」, 부산대학교 석사논문, 2007.
48) 강유환, 「이형기 시의 세계인식 연구」, 고려대학교 박사논문, 2008.
49) 맹승렬, 「이형기 시 연구—생태시를 중심으로」, 인하대학교 석사논문, 2008.
50) 유혜란, 「이형기 시의 공간 인식—허무의식 중심으로」, 고려대학교 석사논문, 2010.
51) 김동중, 「이형기 시 연구」, 한양대학교 박사논문, 2012.
52) 박미정, 「한국 현대시에 나타난 자연관 연구 : 박남수, 이형기, 박재삼을 중심으로」, 신라대학교 석사논문, 2006.
　　한혜선, 「한국 현대시의 생태의식 연구」, 동덕여자대학교 석사논문, 2006.
　　이재훈, 「한국 현대시의 허무의식 연구—유치환, 박인환, 이형기, 강은교를 중심으로」, 중앙대학교박사논문, 2007.
　　김윤선, 「한국 현대시에 나타난 산 이미지 연구」, 건국대학교 석사논문, 2009.

연이 소멸되는 이미지는 죽음으로 귀결되는 삶의 과정에 있음을 인식한
것이다. 이러한 인식은 세계에 대한 본질 탐구 의지로 나타났다. 그것은
존재가 지닌 근원적 한계성을 허무로 인식하고, 시적 변화를 시도하는
것으로 이어졌다. 시의 소재는 자연에서 물질문명화 된 현실로 옮겨졌
다. 세계 인식은 물신화된 현실세계를 비판, 부정하는 불화의 세계로 이
동되었다. 여기서 존재의 본질에 대한 탐구는, 실존적 존재로서 부조리
한 현실에 대응하는 것이었다. 그 대응은 스스로를 파괴하는 정공법적
방법으로써 맞서는 의지를 드러낸 것으로 보인다. 그는 소멸의 극점을
정확하게 읽었다. 그것은 재창조를 위한 창조의 공간으로 바라보고. 수
용함으로써 달관의 경지에 이르렀다. 세계를 관조의 시선으로 바라보는
것은 허무에 대한 초월적 의미로 읽혀진다.

이러한 논의는 초월적인 것에 초점을 둠으로써 초월 의지에 내재된 죽
음에 대한 불안감을 지나치고 있었다. 특히 그가 투병 중에 간행한『절
벽』과 이후 시집에 묶이지 아니한 시편들에서 이러한 공포와 불안감이
나타난다.53) 이 불안감은 세계와 대립하는 자세와 수용의 자세로 나타
난다. 달관의 경지는 소멸과 생성, 절망과 기대라는 양가성을 가진 세계
를 수용한 것이었다. 또한 이러한 것은 본질을 탐구하기 위해 극점에서
도 뒤로 물러서지 않고 버티는 자세에서 수용하는 자세로 변화되어 나
타났다.

또 한 가지는 선행된 연구에서, 시정신에 관한 논의는 아직까지 체계적
으로 이루어진 것이 없었다. 소수의 논자에 의해 언급한 것은 있었지만
그 논의가 심층적으로 확장되지 못하고 소략적인 논의에 그치고 말았다.

---

53)『절벽』의 「동굴」, 「저쪽 낭떠러지」 등과『절벽』이후 시편인 「가을 잠자리」, 「소리」 등에
   서 죽음을 가까이에서 느끼는 공포와 불안감이 부분적으로 나타난다.

이들의 논의는 주로 「절벽」을 대상으로 한 것이었다. 시인의 진정성과 치열한 시정신을 삶과 죽음, 허무와 소멸에 관한 체험적 사색으로 본 것[54]과 감수성과 체험의 힘이 결합된 정신이 시적 변모의 중심에 존재하고 있다고 본 것,[55] 또 시에서 느끼는 지조와 절제의 선비정신을 엄숙주의로써 논의[56]한 것 등이다. 이들 논의의 공통점은 시인이 투병 중에 쓴 작품으로 삶과 죽음에 대한 깊은 성찰이 체화되어 나타난다고 본 점이다. 투명한 정신이 관념화 된 시로 떨어지지 않는 것은 체험으로 인한 삶의 구체성이 확보되었기 때문으로 보인다. 이러한 체화된 형상화에도 불구하고 전체적인 맥락 속에서 이어지는 시정신이 나타나지 않음은 아쉬운 점이다.

또 다른 원인은 시정신이란 용어가 다양하게 쓰임과 동시에 포괄적인 의미를 가졌기 때문이다. 시정신은 시에 대한 정신으로 사용되기도 하고, 시 속에 들어 있는 정신 또는 시 그 자체의 정신 등으로 사용된다.[57] 그것을 사용하는 빈도는 많이 있지만 그 의미가 정확히 규정된 것은 없다. 시에는 모든 시정신이 형상화되어 담겨있다.

본 연구에서 선행연구를 바탕으로 살펴보는 것은, 삶을 통해 그의 시정신이 형성된 배경과 정체를 파악할 수 있기 때문이다. 시로 형상화된 결과물은 시의 효용적인 측면에서 독자에게 삶의 현실을 새롭게 볼 수 있는 지평을 열어주는 것이고, 그가 가진 순수한 정신은 물신화된 사회를 살아가는 독자들에게도 삶의 방향을 제시해 줄 수 있다. 세계를 창조

---

54) 김선학, 「허무와 소멸에 관한 체험적 사색」, 『문학사상』 1998 12월호, 278~281쪽.
55) 손진은, 「우리 시의 한 경지」, 『오늘의 문예비평』 1999.3, 281~297쪽.
56) 윤호병, 「엄숙주의 시학」, 『현대시의 아포리아』, 청예원, 1999, 25~39쪽.
57) 임승빈, 「시정신(詩精神)에 대한 시론적(試論的) 논의」, 『청대학술논집』 제14호, 2009, 205쪽.

하는 시인은 시의 재창조를 위한 바탕을 마련해 주는 역할을 한다.

먼저, 본 연구에서는, 작품의 주제를 중심으로 분석하고, 그 작품에 나타나 있는 작가가 추구하는 가치관을 살펴보면서 연구를 선개해 나갈 것이다. 개략적인 연구방법을 제시하면 다음과 같다.

연구 대상은 이형기의 첫 번째 시집『적막강산』부터 마지막 시집『절벽』에 이르는 시작품과『절벽』간행 이후 시집에 묶이지 않고 각 잡지에 발표되었던 시작품58) 등 전체 시를 대상으로 한다. 그리고 산문으로 된 수상집, 시론, 평론, 아포리즘 등은 연구대상에 대한 올바른 해석과 연구 목적에 맞는 논의에 도움이 되도록 참고로 활용할 것이다.

또한 각 과정에서 나타나는 시정신의 변화를 중심으로 시기를 구분하여 논의할 것이다. 시기를 구분하는 것은 시인이 추구했던 가치관의 특성을 살펴볼 수 있고, 그 흐름도 파악할 수 있다. 특히『절벽』이후 발표된 시편들은 전체 시와의 관련성을 파악될 수 있음과 동시에, 시사에서의 자리매김도 될 수 있다. 이로써 시정신의 정체를 파악하는 것은 물신화된 사회를 살아가는 독자들에게 삶의 현실을 새롭게 바라보고, 지평을 열어주는 효용적 가치도 지닐 수 있다.

Ⅰ장에서는 시정신의 변화 과정에서 나타난 특성을 알아보기 위해 기존 논의를 바탕으로 해서 본 연구의 방향을 제시할 것이다.

Ⅱ장에서는 본론에 앞서 시에서 일반적으로 사용되는 시정신의 개념을 살펴볼 것이다. 이것에 대한 체계적 연구는 아직 부족한 상태다.59) 많

---

58) 시집에 실리지 않은 33편 중 발표지 확인 중인 작품「건조주의보」,「밤기차」,「신용불량자」등 3편은 본 연구 대상에서 제외한다.

59) 시정신의 개념이나 그 정체성을 파악하기 위한 연구는 윤재근의「시와 정신」(『한국현대시문학비평』, 일지사, 1980, 222~237쪽)와「현대시의 시정신에 관한 연구」(『한국학논집』제4집, 1983, 195~225쪽), 임승빈의「시정신에 대한 시론적 논의」(『청대학술논집』14호, 2009, 205~219쪽)가 있고, ㄱ 외는 시론 속에서 시정신에 관해 소략하게 논

은 논자들이 이 용어를 사용하지만 개념이 명확히 규정된 것은 찾아보기 어려웠다. 그것은 문학이나 시처럼 한 마디로 규정할 수 없는 포괄적인 의미를 가졌기 때문이다. 그럼에도 불구하고 선행된 개념에 대한 논의를 살펴보는 것은 개념을 더 정확하고 명확하게 나타내기 위함이다. 형성배경에 관한 부분에서는, 전기적 생애 환경에서 문학이 형성될 수 있었던 배경 등을 중심으로 논의할 것이다. 이러한 작업은 문학 내적인 방법인 시의 내용 분석에 대한 한계를 보완할 수 있는 접근 방법이 된다.

Ⅲ장에서는 시정신의 변화 과정을 단계적으로 논할 것이다. 이 장에서는 시의 심층에 있는 정체를 흐름으로 파악할 수 있다. 각 절은 그가 시적 여정을 거치면서 세계를 인식하고 그에 따라 세계에 대응한 자세를 중심으로 논의를 전개할 것이다.

1절에서는 전통적 서정시의 세계인『적막강산』에서 소멸을 인식하는 과정을 살펴볼 것이다. 그 과정은 시인이 세계를 수용하는 태도로써 나타난다.

2절은『돌베개의 시』를 중심으로 논의를 진행할 것이다.『돌베개의 시』는 그가 전통적 서정시의 세계에서 벗어나 자각적으로 세계를 인식하고, 적극적인 탐구의지가 부각되어 나타나는 과정이기 때문이다.『돌베개의 시』는『적막강산』의 시세계와도 구별되는 시적 인식이 잘 나타나 있다. 새롭게 인식한 세계는 그 이후의 세계와 어떠한 연관성을 가지는지 논의할 것이다.

3절은 새롭게 인식한 세계에 대한 대응의지에 대해서 살펴볼 것이다. 세계에 대한 그의 태도는 세계를 부정하고 파괴하는 것이다. 여기서는『꿈꾸는 한발』,『풍선심장』,『보물섬의 지도』,『심야의 일기예보』,『죽지 않는

의한 연구 등이 있다.

도시』 등을 논의의 대상으로 삼을 것이다. 그것은 세계를 인식하는 방법이 『돌베개의 시』에서 이어져 오는 것으로, 구체적인 방법론적으로 전개되기 때문이다. 통과제의의 과정을 거치고, 그가 인식한 세계는 개인에서 사회로 확장된다. 물질화된 문명에 대한 비판과 생태에 대한 위기의식은 종말론적 위기의식으로 나아간다. 이러한 시의 전개 과정은 종말론적 위기의식이 그의 창작활동에 어떤 의미를 가지는지 살펴볼 수 있다.

4절에서는 존재론적인 시세계가 전개된다. 투병 중에 발간한 『절벽』이 논의의 대상이 된다. 또한 이 시집에는 앞의 부정적이고 파괴적인 시세계를 벗어나 허무의 세계를 확인하는 달관적인 태도도 나타난다. 이 절에서는 부조리하게 인식한 현실세계에 대응하는 그의 치열함과 진정성이 나타난 시를 중심으로 살펴볼 것이다. 그것은 시인으로서의 자각적 인식이 어떻게 변화되어 왔는지 확인할 수 있다.

5절은 『절벽』 발행 이후 발표된 시편들로서, 여러 발표지에 발표된 낱낱의 시편들을 논의의 대상으로 삼아 논의할 것이다. 지금까지 이 시편들에 대한 논의는 거의 없다. 이 시편들은 죽음을 목전에 둔 존재로서 실존적 감각이 잘 나타나 있다. 양가성을 가진 모순의 세계와 순환적으로 회귀하는 세계의 섭리를 어떻게 인식하고 수용했는지 논의를 전개할 것이다. 그럼으로써 이 시편들이 그의 전체 시에서 어떠한 의의를 지니고 있는지도 확인할 수 있다.

시작품을 분석하고 시정신의 변화 과정을 살펴보는 것은 시적으로 형상화된 결과물로서 그 흐름을 파악할 수 있고, 시정신의 정체를 규명할 수 있기 때문이다. 자유로운 개인으로서 독자적인 시세계를 확립할 수 있었던 실체는 이러한 방법으로 파악할 수 있다고 보았다.

II. 시정신의 개념 및 형성배경

1. 시정신의 개념

2,500여 년 전부터 중국에서는 시詩를 모든 사람의 마음을 읽는 중요한 가르침으로 일러 왔다. 노魯나라 사람 공자孔子는 각 제후국에 퍼져 있던 민요 1,000여 수에서 가려 뽑은 305수를 『시경』이라 불렀다. 시 300여 편(남아 전하는 시는 305편, 실전한 것까지는 310편)의 정신을 공자는 한 마디로 '사무사思無邪' 곧 생각에 사특함이 없다고 풀이하였다. 시에서 생각에 사특함이 없다는 뜻은 사람의 마음에 담긴 느낌의 진정성을 말한 것이었다.[1]

'시 삼백 편을' 시의 개념으로서의 시(poetry)로 이해할 때도, 사무사思無邪는 순수한 시심으로 이해될 수 있다. 시는 순수한 마음에서 비롯된다. 시작(詩作, poetizing)은 시심(詩心, poetic thinking)을 전제로 한다. 사무사를 시인의 편에서 볼 때, 사思는 작시 이전의 마음가짐을 말하며, 무사無邪는 그 마음가짐의 상태를 말해주는 것이다. 독자의 편에서 볼 때도 사는 시의 말을 듣는 마음가짐이 되고, 무사는 그 마음가짐의 상태를 말하는

---

[1] 공자, 표문대 역, 김범부 교열, 『논어』, 현암사, 1967, 259쪽.

것이다. 시인이든 독자든 무사無邪하지 않으면 작시도 불가능하며 독시讀
詩도 불가능함을 알 수 있다. 그러므로 사무사의 사는 시심이며 무사는
시심의 현상과 동시에 진실과 성실의 지향으로 이해할 수 있다.2)

　시 삼백 편에 대한 이러한 설명은 시인과 시, 시와 독자와의 관계에서
시정신을 말한 것이다. 시인과 시의 관계에서는, 시인이 작시作詩 이전
순수한 마음을 지키기 위한 정신작용이 내용으로 나타나 있음이 강조되
었다. '인간에 대한 증오감이나 고뇌, 신랄한 풍자 등은 거짓 없는 순정의
발로로써 인간 본연의 모습이 자연스레'3) 표현된 것이다. 시와 독자와의
관계에서는, 시의 내용을 통해 시인이 추구하는 가치관을 파악할 수 있
고, 순수한 정신적 교감을 할 수 있다. 이러한 것은 시의 내용에 나타난
시정신에 대한 것이다. 시의 내용은 시인의 정신작용인 사상이나 감정이
구체화되어 나타난 결과물이다. 이것은 시가 탄생하기 전 시인이 가진
창작론에 해당된다. 창작을 위한 작가의 상상력은 정신의 작용으로 이루
어지는 것이다.4)

　유협劉勰은 이것을 신물감응神物感應이라는 창작론으로 예를 들었다.5)
옷감의 본질은 실이지만 옷감을 짜는 직조과정은 그 옷감을 아름답게 하
기도 하고 귀중하게도 할 수 있다는 것이다. 직조과정이란 바로 작가의
말로서는 설명할 수 없는 정신작용을 이르는 것이다. 이것은 시창작 과
정에서 고도의 정신작용인 시정신을 강조한 것으로 풀이된다.

<hr>

2) 윤재근, 「시와 정신」, 『한국시문학비평』, 일지사, 1980, 249~250쪽.
3) 공자, 앞의 책, 259~260쪽.
4) 구상은 '시정신은 시인의 생명 영위를 말하는 것'이라고 규정했다(구상, 「고투와 관조와
　　적멸―유치환씨의 작금 시정신」, 『백민』 통권 18호, 1949.3, 44~49쪽).
　　김기림은 '시의 정신의 자유는 언제든지 전진하는 자유'이며 후퇴하는 자유는 아니라고
　　하면서, '시인의 정신은 현재 속에조차 안주할 수 없고, 미래 속에 사는 것을 명예로 삼는
　　다'고 했다(김기림, 『시론』, 백양당, 1947, 195~196쪽).
5) 유협, 최동호 역, 『문심조룡』, 민음사, 329~340쪽, 342~350쪽.

조지훈도 시정신과 시작품과의 관계를 논했는데, 시의 본의本義는 시정신, 곧 막연한 시의 소재라는 것이다. 그렇다면 시정신은 언어라는 형식을 빌리기 전에는 예술의 공통적 정신이 된다. 시의 언어가 시의 장르를 결정짓는 시의 질료라면, 시정신은 시라는 장르에 대한 정신을 말한다. 또한 시정신은 하나의 광대한 도道로서 카오스가 코스모스로 나아가는 길이 된다고 했다. 이 말은 분화되지 않은 혼돈이 언어를 통해 코스모스적 질서의 세계로 무한하게 분화되어 나아간다는 의미이다. 그는 우리의 옛말 중에서 '생각한다'는 '사랑한다'라는, 의미로 같이 쓰였다고 했다. 애愛와 모慕가 나눠지지 않은 '사랑', 이것이 바로 시정신이며 에로스라고 했다.6) 이것은 시가 언어로써 이루어진 예술이며, 시정신은 언어가되기 이전 언어의 본질이라는 의미로 해석된다. 다음 언술에서도 이것은확인된다.

> 그러나 정신의 운동은 물질계에 나타날 때에 비로소 언어가 되고 그
> 이전은 다만 관념일 따름이므로 언어는 육체 밖에 나와서 움직이는
> 정신이란 뜻이 된다. 하지만 언어는 관념이나 실재의 표현이 아니요,
> 도리어 그것의 내용이며 관념과 실재의 존재 형식인 것이다. 동일한
> 이성(理性)의 내적 활동 형식이 사고(思考)요, 외적 활동형식이 언어
> (言語)란 말이다. 실상은 이성의 내적 활동형식인 사고란 언어로써 이
> 루어진다. 다만 발음되지 않는 언어일 따름이다.7)

---

6) 思ᄒᆞᆫ 수랑홀씨라,「序」,『月印』, 11쪽.
　惟윙ᄂᆞᆫ 수랑홀씨라,「序」,『月印』, 14쪽.
　'愛之' 수랑ᄒᆞ야,『內訓』 2권, 60쪽.
　'懷南老' 西山ㅅ늘그닐 수랑하고,『杜諺』五권, 7쪽(조지훈,『조지훈 전집2 : 시의 원리』,
　나남출판, 1996, 27쪽, 각주 재인용)
7) 조지훈,『조지훈 전집2 : 시의 원리』, 나남출판, 1996, 48쪽.

언어는 정신의 작용으로 육체의 바깥으로 나온 정신의 내용을 이루는 형식이라는 것이다. 언어가 바깥으로 나오기 전에는 관념으로 존재할 뿐이다. 시의 언어는 바깥으로 나옴으로써 정신의 형식이 된다. 시정신은 체계화된 사고와 언어라는 형식을 통해 시라는 언어의 창조로까지 이어진다. 언어로 창조된 시에는 시인의 정신이 형상화되어 나타나 있다. 시정신은 곧 시의 언어라는 작품에 담긴 시인의 정신이다.

시를 창작하기 전 시인이 가진 열정이나 지향성 등을 시정신이라 할 때, 박용철은 이것을 '선시적先詩的'이라는 용어로 설명했다. 이 말은 시보다 앞서는 시인의 정신을 의미한다. 시가 정결하거나 뜨거운 것이 아니라 시인이 정결하고 뜨거워야 한다는 것이다. 이것은 시인으로서 정신의 가열성을 가지고, 불의를 용납하지 않는 정신을 강조한 말이다.[8]

시인의 정신은 시품詩品으로도 나타난다.[9] 시품은 시가 지닌 품격을 말한다. 사람의 성품, 사람됨이 인품人品이라면 시가 지닌 품격은 시품이다. 시인은 시를 짓는 기능인技能人이 아닌 구도인求道人이 되어야 한다는 것이다. 고결한 정신세계를 가진 시인이 격조 높은 시를 생산해 낼 수 있다. 동서양을 막론하고 고전적인 평가를 받아온 양질의 작품은 시정신이 견실하게 나타난다. 양질의 작품은 진위와 시비를 가리는 비판정신, 권선징악의 윤리정신, 탐미적인 창조정신으로 수렴된다. 여기에 나타나는 시정신은 진·선·미를 추구하는 고결한 정신이다.[10] 따라서 인품이 시품과 직결되어 예술적 미를 이루듯이, 시인이 가진 정신이 시의 미적 가

---

8) 박용철은 '시인으로나 거저 사람으로 우리에게 가장 중요한 것은 심두(心頭)에 한 점 경경(耿耿)한 불을 기르는'이라고 했다. 그는 불은 불기운이고 '名火'이며, 그것은 시에 앞서는 것으로서, 선시적인 문제에 해당되는 것'이기도 하다고 했다(박용철, 「시적 변용에 대하여」, 『삼천리 문학』 1936.1, 133쪽).
9) 강홍기, 『엄살의 시학』, 태학사, 2000, 129~133쪽.
10) 강홍기, 위의 책, 151~154쪽.

치를 이루어낼 수 있다는 것이다.

　시정신이 작품의 미적인 질을 판가름할 수 있다면, 이것은 시의 창조성을 위한 시인의 사명 등도 해당된다. 그렇다면 시정신은 시인의 내면작용인 시의식, 시의 내용, 동적인 상태에서 진실한 삶을 발견하려는 욕망의 갈등, 그러한 갈등의 극복, 진실한 삶에의 기구 등이다.[11]

　시정신은 시인의 예술의 인식, 창조성의 인식, 언어의 인식에서 출발한다. 이러한 시정신의 여러 모습을 통해 시대의 인식까지 끌어올 수 있는 것이다. 시인은 자신의 개성(personality)을 시전통(poetic tradition)[12]에 교접시킬 수 있는 정신적 근저를 갖게 된다.[13]

　시정신의 개념에 대해 총체적으로 논의한 것은 신용협의 논문이 있다.[14] 그가 소개한 연구자들의 논의들을 종합한 것을 보면, 시정신은 시

---

11) 윤재근, 「시와 정신」, 『한국시문학비평』, 일지사, 1980, 222~238쪽.

12) '전통은 첫째 역사적 의식을 내포하는데, 이 의식은 25세 이후에도 계속 시인이 되고자 하는 이에게는 거의 필수불가결한 것이라 할 수 있다. 이 역사의식에는 과거의 과거성에 대한 인식뿐 아니라 그 현재성에 대한 인식도 내포되어 있으며, (중략) 이 역사의식은 일시적인 것에 대한 의식인 동시에 항구적인 것에 대한 의식이고, 일시적인 것과 영구적인 것을 함께 인식하는 의식이며, 문학자에게 전통을 갖게 하는 것이다. 그리고 그것은 동시에 한 작가로 하여금 시간의 흐름 속에서 차지하는 자기의 위치와 자신이 속해있는 시대에 대하여 극히 날카롭게 의식하게 하는 것이다'(이창배, 『T.S.엘리엇 문학비평』, 동국대학교 출판부, 1999, 26쪽).

13) 윤재근, 「현대시의 시정신에 관한 연구」, 『한국학논집』 제4집, 1983, 195~225쪽.

14) 신용협은 시정신의 개념에 관해 총체적 연구를 하였다. 이 논문은 김소월, 김기림, 조지훈, 구상, 서정주, 정한모, 윤재근 등이 제시한 '시정신'을 간략하게 소개하면서, 시정신에 대한 자신의 견해를 정리하여 제시하고 있다.
　첫째, 시정신은 시의 내용이 아니다.
　둘째, 시정신은 시의 주제가 아니다.
　셋째, 시정신은 시의 사상이 아니다.
　넷째, 시정신은 살아있는 정신이요, 깨어있는 의식이다.
　다섯째, 시정신은 진실성 위에서만 나타날 수 있는 미적 감동상태이다.
　여섯째, 시정신은 불멸하는 시인의 혼이다.

작품이 이루어지기 이전의 시적 감동 상태라는 것이다. 그러나 시정신은 완성된 시작품에서도 논의되어야 한다고 전제하고 여덟 가지를 그 근거로써 정리했다. 시정신은 시대적 정신과의 연관성 속에서 예술의 미를 창조하고, 진실된 시인의 혼과 생명력이라는 것이다.

서양에는 시정신이라는 용어가 없다. 우리나라에서는 시詩라는 뜻인 poetry(英), poésie(佛), poesie(獨) 등이 들어온 이후 시정신이라는 용어를 쓰기 시작한 것으로 추측할 뿐이다. poetry와 poésie는 우리말 시정신과 가장 가까운 말인데 우리나라에서는 영어인 poetry를 시정신으로 자연스럽게 사용하고 있다는 것이다. 시정신이 poetry(poésie)에 해당되는 것이라면, 이것은 심정의 상태 즉 시의 내용이 되며, 시적 정감 같은 것이다.15)

다양하게 사용되는 시정신의 의미는 세 가지 유형으로 정리됨을 알 수 있다. 시정신을 시(안의, in)정신, 시(에 관한, about)정신, 시(의, of)정신이다. 이것을 요약 정리하면, 시정신은 시를 시이게 하는, 시를 시로써 성립시키는 그 무엇이다. 그리고 그것은 시의 정체성의 요소이다. 즉 시정신은 정체성을 기준으로 이해되어야 하며, 그 대상이 구체화될 때에도 형식과 내용 모든 측면에서 정체성의 요체를 파악하는 방식이어야 한다는 것이다.16)

이러한 시정신에 관한 연구는 시정신의 정체를 파악하기 위한 연구방법의 하나로서 논의된 것이다. 이 논의는 기존 연구 성과를 토대로 다양

일곱째, 시정신은 체험에서 얻어진 현실의식이나 역사의식을 바탕으로 한다.
여덟째, 시정신은 생명있는 정신이다.
(신용협,『한국 현대시 연구』, 새미, 2001, 13~22쪽).
15) 정한모,『현대시론』, 민중서관, 1973, 14쪽.
16) 임승빈, 「시정신(詩精神)에 대한 시론적(詩論的) 논의」,『청대학술논집』 14호, 2009, 205~2
19쪽.

한 측면에서 접근방법을 시도하고 체계화 시킨 총체적인 연구로서 의의
를 가질 수 있다.

위 연구자들의 다양한 논의들을 다음과 같이 정리할 수 있다. 시정신
은 시내용에 담겨 있는 어떤 것이다. 시의 내용에는 시를 창작하기 전 시
인의 감정이나 사상 등 총체적인 정신 작용이 들어있다. 여기에는 시인
이 시를 통해 지향하는 어떤 가치관이 포함된다. 시의 내용을 통해 독자
는 시인의 정신과 교감할 수 있다. 이처럼 시정신은 시의 정체성의 요소
로서 존재와의 관련성을 통해 그 가치를 획득하기도 한다.

이것은 시인과 시작품과의 관계로 축약해서 논의될 수 있다. 시인이
시작을 하기 위해 세계와의 관계를 인식하고, 그 인식한 것을 시작품으
로 나타낼 때, 시작품 속에는 그 시인이 인식했던 세계가 나타나게 마련
이다. 한 시인이 살았던 시대와 역사는 세계를 인식하는 데 많은 영향을
미친다. 세계를 인식한 것이 한 편의 시작품으로 태어날 때 그 속에는 한
작품이 만들어지기까지의 그 시인이 가진 모든 역사와 정신이 혼합되어
있는 것이다. 하나의 예술품 곧 시작품에는 시인으로서의 자각과 삶의
태도, 내면적 지향성 등이 녹아 있다. 그것은 시대적인 시정신이 강하게
나타날 수도 있고, 개별적 시정신이 강하게 나타날 수도 있다. 한 작품 속
에는 시인이 살았던 시대적, 역사적 사항이 모두 들어 있다.

시작품은 다시 시인과 세계와의 관계 속에서 파악된다. 시정신을 시작
품 자체에 들어있는 시의 정체성의 요소로서 파악할 경우는 시작품 자체
또는 내용이 된다. 또 시정신을 시인과 존재와의 관련성 속에서 파악하
거나 시인이 지향하는 어떤 것, 작품에 선행하는 시인의 깨어있는 의식
이라고 할 때 시정신은 시인의 정신이 된다.

따라서 시정신은 시를 창작하기 전 시인의 인품이며, 시인이 좋은 시

를 창작하기 위해 세계를 인식하는 관점이다. 그 관점은 시인이 추구하는 가치관이라고 할 수 있다. 시인에 의해 선행되는 시정신은 시작품 속에 담겨져 독자들과 교류될 수 있는 것이며, 독자들은 시정신을 통해 효용적 가치를 획득할 수 있는 것이다.

2. 시정신의 형성 배경

이형기의 시세계를 자세히 들여다보면, 초기의 서정적이고 자연친화적 정신 속에는 세계에 대한 부정의 정신이 배태되어 있다. 초기 시세계는 자연의 섭리에 스스로 순응하고, 조용히 기다리는 자세로 표면화된다. 기다림은 자아의 내면으로의 침잠이며 생성을 위해 인내로써 스스로를 다지는 자세이다. 표면적으로 드러난 소멸하는 존재에 대한 인식과 기다림이라는 태도에는 갈등과 거부의 몸짓이 내재되어 있다. 존재의 소멸에 대한 시인의 인식은 고독하고 슬픈 정조로 나타난다. 이것은 자연이라는 규정된 섭리에 순응할 수밖에 없는 운명론적 기다림이기 때문이다.17) 이러한 기다림은 존재의 근원적 한계성에 대한 수동적이면서 소극

---

17)『적막강산』의 시편 39편 중 23편에서 '눈(目)'의 '보다', '울음', '눈물' 등의 이미지가 나타나는데, 그것은 소멸이나 깨달음에서 오는 슬픔 또는 애상적 정조로서 참고 인내하는 의미를 담고 있다.
'보다' :「목련」,「마을길」,「밤비」,「창2」,「시를 쓰지 못하는 시인」.
'울음' :「목련」,「들길」,「풍경에서」,「창2」,「초상정사」,「그대」,「무엇인가 말하는 것은」,「눈오는 밤에」,「실솔가」,「종전차」.
'눈(目)' :「창1」,「창2」,「창3」,「초상정사」,「호수」,「낙화」,「불행」,「산」,「노년환각」,「가정」 등으로 나타났다.
문혜원은 '「낙화」의 '샘터에 물 고이듯 성숙하는/ 내영혼의 슬픈 눈'이라는 구절에서 강조되는 것은 '성숙'이 아니라 '슬픈 눈'이라고 했다. 그것은 떨어진 꽃잎이 이파리나 열

적인 거부의 태도라고 해도 무리는 없다. 그는 표면적으로는 세계와 화해하지만 내면으로는 불화와 거부의 태도를 가지고 있다.

시인으로서의 자각 후 세계와 불화하는 거부의 의지는 자연발생적 서정시에 대한 한계와 새롭게 인식한 시작詩作으로서의 방법론이다. 그는 파멸과 문명비판, 종말론적 위기의식을 언어로써 일상의 안일함과 권태로움을 일깨운다. 절망을 모르는 문명화의 비대함은 시인에게 절망으로 다가온다. 그것은 종말론적 위기의식으로 감지된다. 시인의 절망은 일상의 눈으로 볼 수 없는 세계를 폐허로 볼 수 있는 것이다. 시의 혁명은 이러한 폐허에서 허무의 심연을 확인하고, 허무 위에 새로운 세계를 창조하고, 그것을 다시 파괴하는 작업이다.

그의 시정신에는 운명론적인 인식이 깔려 있다. 초기 시에 나타난 자아와 세계와의 화해, 자각 이후 부정과 거부의 시세계, 다시 삶과 죽음의 양가적 세계를 수용하면서 나아가는 그의 시적 역정歷程은 시인으로서의 삶을 운명론적으로 받아들인 것으로 이해된다. 세계를 부정하고 거부하는 것에서 수용으로 나아가는 것은 타협이 아닌 삶의 근원을 체험적 사유로써 인식한 것이다. 이것은 양가성을 지닌 세계의 모순과 순환적 삶에 대한 통찰에 의한 것이다.

본 장에서는 이형기의 시정신이 변화된 과정이 문학적 삶에서 어떤 과정을 통해 형성되었는가를 살펴보기로 한다. 전기적 생애에서 시정신이 형성

매 같은 현실의 결실로 구체화되는 것이 아니라 '영혼'의 영역으로 넘어가버림을 의미하기 때문이라는 것이다. 이때의 '성숙'은 자연의 섭리를 받아들이는 원숙함이 아닌, 꽃잎이 떨어지는 슬픔을 속으로 삭이고 있는 시인의 자기위안으로 읽히는 것이라고 했다(문혜원, 앞의 책, 241쪽).
변지연은 이형기의 초기시집 『적막강산』의 시편들은 표면적인 긍정과 수용일 뿐이라고 했다. '그 저변에는 '완강한 버팀'과 '핏발선 눈', 그리고 가슴 한 가닥 무겁게 출렁이는 슬픔이 단단하게 각인되어 온', '버팀의 시학'이라는 것이다(변지연, 앞의 책, 188쪽).

될 수 있었던 시대적 배경과 그것에 의해 나타난 문학적배경도 살펴본다.

이형기는 1932년 12월 19일(음력 1932년 11월 22일), 경남 사천군 곤양면 솔골마을에서 아버지 이경성李京性과 어머니 김순금金順수 사이에서 2남2녀의 장남으로 태어났다.[18]

초등학교 시절에는 '소설미치광이 3총사'라는 별명을 가질 정도로 동화와 소설, 소년잡지 등을 탐독했다. 그 무렵부터 그는 문학가의 꿈을 갖게 된다. 그러나 아버지의 뜻에 따라 꿈을 접고 진주농업에 입학한다. 그곳을 졸업하면 바로 군청서기 자리가 보장되기 때문이었다. 그동안 삶은 안정되고 고정되는 듯 했지만, 1946년 아버지는 폐결핵의 투병생활을 마감하고 타계하셨다. 가족에게 남은 것은 이로 인한 빚과 생계문제였다. 어머니의 삯바느질로 겨우 빚을 갚았지만, 끼니도 잇기 힘든 집안의 분위기는 언제나 슬픔으로 가득 차 있었다. 이러한 분위기에 싸여 있을 때 그는 문학에 대한 꿈을 다시 품게 된다.

> 슬픔은 사람을 혼자 있게 만들고 또 무언가를 생각하게 만든다. 혼자 구석자리에 앉아서 무언가를 생각하기 일쑤였던 나에게 어느 날 문득 되살아난 것이 초등학교 시절에 가졌던 문학에 대한 꿈이다.[19]

> 아버지를 여윈 슬픔과 가난에 찌든 집안은 나를 책 속으로 끌고 갔던 것 같아요. 공부하는 책이 아니라 공부에 방해가 되는 문학 책들이었지요. 당시엔 시인 지망생의 교과서 같은 것이 「青鹿集」이었는데 나

---

18) 이형기의 본적은 호적에 진주로 되어 있다. 그것은 이형기가 태어난 지 2년 뒤, 그의 아버지는 가난함을 벗어버리고자 진주로 이사를 하면서 본적을 옮겼기 때문이다. 그곳에서 이형기는 중학교(6년제)를 졸업할 때까지 살았다(이형기, 「문학적 자전-나의 이력서」, 『시와 시학』 1992 봄호, 104~106쪽).
19) 이형기, 위의 책, 108쪽.

는 이 책을 외우다시피 했지요.[20)]

　문학의 길은 이때부터 열리기 시작했다. 첫 시집 『적막강산』의 전통적 서정시의 세계에서 나타나는 고독과 차분히 가라앉은 시적 분위기는 이러한 환경적인 영향도 있었던 것이다.

　당시의 시대적 상황에서 살펴보면, 광복공간이라 칭하는 그 시기는 백철이 '정치의 시대'[21)]라고 지칭할 만큼 좌우 이념의 대립이 심했고, 이러한 분열과 대립의 정치주의 시가 중심을 이루고 있는 때였다. 이들의 갈등은 조선청년문학가협회와 조선문학가동맹이라는 좌우익 두 진영의 이념적 대립으로 순수와 비순수 논쟁에 관한 것이었다. 이때 우익 진영의 시인들은 『청록집』(1946)을 비롯하여, 이육사의 유고시집인 『육사시집』(1946), 윤동주 유고시집 『하늘과 바람과 별과 시』(1948)를 함께 발행했다. 『청록집』은 일제 강점 말기의 시적 작업을 정리하는 의미를 가지고 자연의 발견과 향토성 표출, 한국어 조탁의 우수성이란 평가를 받고 있다. 또한 광복 이전의 시와 이후의 전통적 서정시의 맥을 이어주고 있다는 점에서 문학사적으로도 의의를 두고 있는 시집이다.[22)]

　그는 당시의 이러한 분위기 속에서 『청록집』을 탐독함으로써 청록파 시인들이 노래한 자연을 소재로 한, 전통적 서정시를 그리움이나 애상적 정조로 그려낼 수 있었다. 그것은 소년기 특유의 그리움과 우울함, 고독감 등을 바탕으로 자연의 소멸성을 인식하는 세계였다. 그의 서정시는 자연을 소재로 소멸에 대한 근원적 한계성을 인식하는 존재론적인 요소가 많은 부분을 차지한다. 이것은 그를 둘러싼 광복공간이라는 역사적인

---

20) 이유경, 「이형기 시인 일어나다」, 『월간조선』 2002 4월호, 516쪽.
21) 백철, 『신문학사조사』, 신구문화사, 1972, 591쪽.
22) 김선학, 『한국현대문학사』, 동국대학교 출판부, 2001, 160쪽.

환경과 부친의 부재, 가난으로 인한 개인적 환경의 소산이다.

소년기의 어려운 환경은 문학을 공부하기에 오히려 좋은 여건이 되었다. 얼마 있지 않아 문학을 본격적으로 펼칠 수 있는 기회가 그에게 주어진다.

> 어느 날 학교의 게시판에 교내 신문의 원고를 모집한다는 공고가 나붙었다. 나는 시 한 편과 평론 한 편을 투고 했는데 두 편의 글은 모두 실렸다. 그리고 그 무렵 학교에서는 또 개교기념 행사의 일환으로 연극을 한다고 학생들에게 알렸다. 레파토리는 오스카 와일드의 살로메였다. 당시 나는 살로메를 읽은 적이 없었지만 와일드에 대해서는 그가 퇴폐적인 탐미주의자라는 정도의 귀동냥이 있었다. 때는 1948년 가을, 대한민국 정부가 수립된 직후여서 시국은 아직 어수선했었다. 이런 시국에 살로메와 같은 퇴폐적인 작품을 공연한다는 것은 부당하기 짝이 없는 일이라고 나는 생각했다. 그래서 나는 내 글을 한꺼번에 두 편이나 실어준 학교 신문의 주간이자 연극부 지도 교사인 이병주 선생을 찾아가 이런 때 왜 하필 살로메냐고 항의했다. 물론 지금 소설로 이름을 떨치고 있는 이병주 선생이다.[23]

학교 신문에 글이 실리고, 이병주와의 만남도 이루어졌다. 그는 이병주를 찾아가 데카당스적이고 탐미주의적 세계의 극치를 보여주고 있는 '살로메' 공연에 대해 항의를 한 것이다. 이병주는 '오스카 와일드는 넓은 문으로 가면 반드시 길이 좁아져 끊임없는 고통을 받을 줄 알면서도 넓은 문을 택했다'고 조언을 해 주었다. 이 만남은 오스카 와일드의 문학세계를 새롭게 접할 수 있는 계기가 되었다. 당시 반골적인 운동권의 시각에서만 세상을 바라보던 그가 개안한 계기가 되었다고 회고했다.[24] 이러

---

23) 이형기, 위의 책, 108쪽.

한 도덕성 또는 정의감에 의한 저항적 기질은 이후 전통적 서정시의 그늘에서 벗어나 스스로 자신의 시세계를 모색하게 되는 기반이 되었다. 그것은 자연스러운 일이었다.

1949년은 문학의 길이 본격적으로 열리는 시기였다. 그해 11월, 제1회 개천예술제[25]가 진주에서 열렸다. 여기서 시 「만추」라는 작품이 장원상으로 채택되고, 박재삼과 최계락을 만나게 된다. 이들은 가장 가깝게 교분을 쌓는 인연이 된다. 12월에는 『문예』지에 「비오는 날」이 추천되고, 다음 해 4월과 6월에 「코스모스」, 「강가에서」가 3회 추천 완료되어 시인으로 등단[26]하게 되었다. 특히 17세라는 최연소로 등단한 기쁨은 이루 말할 수 없었다. 후일, 이른 시기의 등단은 자긍심을 가질 수 있지만 기초를 다지기 전이라 건달병에 걸리게 된 요인이 되어 부끄러움을 느낀다고 회고한 적이 있다.[27] 등단한 지 10여 년이 지난 후에야 첫 시집을 발간한 것은 이러한 연유도 작용했다고 본다. 그가 말하는 건달병이란 사람들에 대한 자신의 우월감을 가리킨 말이다. 당시 가졌던 우월감은 지적인 오만 등에서 오는 것이라 할 수 있다. 시인으로서 갖추어야 할 합당한 역량을 갖추기도 전에 시인이라는 면류관을 쓴 것은 지적 우월감을 주기에 충분한 것이었다. 그러나 이 우월감을 엘리트elite 의식이라고 표현한다면, 이

---

24) 이형기, 위의 책, 109쪽.
  그 당시 이데올로기의 바탕도 없으면서 치기어린 정의감만으로 좌익 운동권에서 활동했다. 일본아사이신문과 일본소설에만 심취해 있던 그는 국립서울대학교 신설에 대해 반대운동의 주모자로 나서기도 했고, 좌익 성향의 격문을 담벼락에 쓰다가 구류를 당하기도 했다. 또 월북 모의에 무모하게 혐의를 뒤집어쓰게 되어 경찰서로 연행되기도 했다(윤재웅, 「허무에 이르는 길」, 『낙화』, 연기사, 2002, 260~261쪽).
25) 개천예술제에 관한 내용은 작가연보 참조하기 바람.
26) 이때 『문예』지 추천을 통해 등단한 신인은 이형기, 이원섭, 이동주, 송욱, 전봉건 등 5명이다(이형기, 위의 책, 110쪽).
27) 이유경, 위의 책, 515쪽.

엘리트 의식은 시세계에 상당한 영향을 미쳤다고 볼 수 있다. 이것은 시인으로서 성실하게 시정신을 연마하는데 긍정적인 동력이 되기도 했다.

이러한 엘리트 의식과 같은 선상에 놓이는 의식이 선민의식(選民意識, elitism)이다. 이 선민의식은 '인간의 실재적 표면 밑에서 드러나지는 않지만 내재적인 원천으로 힘을 발휘하게 하는 동력'[28]이며, '사회적 여건에 구속되지 않는 우월성'[29]이라 할 수 있다.[30]

'사회적 여건에 구속되지 않는 우월성'이란 개인주의적인 개별적 정신을 말한다. '사회적 여건'은 시인이 처한 현실적 여건이며, 시인에게 요구되는 시대적 또는 사회적 상황이다. 즉 '구속되지 않는 우월성'이란 이러한 현실적 조건에 매몰되거나 얽이지 않고 시인 스스로 그것을 극복하거나 초월 또는 거부하는 것이라고 할 수 있다.

'구속되지 않은 우월성'을 선민의식(elitism)이라 할 때 이것은 개별적 시인에 따라 여러 모습으로 나타난다. 1920, 1930년대 한용운과 이육사의 경우, 그것은 한용운의 불교 사상과 이육사의 유교 사상에 침투되고 내면화 되어 시대적 고난에 대해 적극적으로 대항할 수 있는 저항정신이 되었다. 이렇게 볼 때, 선민의식은 시인에게 요구되는 현실적 상황을 적극적으로 헤치고 나갈 수 있는 내면적 힘이 될 수 있는 것이다.

김선학은 한용운의 '선민의식'에 대해 '시혜적施惠的 자세'로서 민중과의 거리감이 지적하기도 했다. 이러한 선민의식은 일제日帝의 악랄성이 극대화 되었을 때 철저한 반일제反日帝 정신으로써 고독을 자초하면서까지 민족의 긍지를 지킬 수 있었던 힘으로 작용될 수 있었다. 그것은 일제

---

28) René Dubos, 김용준 역, 『내재하는 신』, 탐구당, 1975, 10~13쪽.
29) T.B.Bottomore, 김성근 역, 『엘리트와 사회』, 서문당, 1976, 27쪽, 128쪽.
30) 이경교, 「한국 현대 시정신의 형성과정 연구—한용운, 이육사, 그리고 이상을 중심으로」, 12~16쪽.

와 일절 타협 하지 않은 점과 기미년 독립운동의 최선봉에 설 수 있었던 것에서도 나타났다.[31]

한용운의 식민지 체제에 구속되지 않은 우월성과 민중과의 거리감을 내포하고 있는 선민의식은 시대의 필요성에 따라 민중의 지도자로서 긍정적인 면으로 강하게 나타나기도 했지만 때로는 시혜적인 입장에서 한계를 나타내기도 했다. 선민의식과 엘리트 의식은 소수의 빼어난 지도층 또는 특권층이라는 의미로서 공통점이 있다. 이것은 민중 또는 사회의 일반적 무리와는 다른 내면적 우월감의 다른 표현인 한편 당대에서 필요한 고양된 정신의 동력이 되었다.

이형기의 엘리트 의식[32]은 한용운의 선민의식과는 다른 차원에서 출발한다. 그것은 당대에서 필요한 것이기보다는 개인적 환경에서 내면화된 의식이다. 그의 엘리트 의식은 '정신적 귀족주의자'를 옹호하는 것으로 나타난다. 그의 정신적 귀족주의는 봉건시대의 유물로서의 귀족주의가 아닌 귀족이 가진 정신적 긍지이다. 이것은 세속과의 타협은 있을 수도 없는, 그보다는 차라리 죽음을 택할 수 있는 정신적 지조로서의 긍지를 뜻한다.

이형기는 이한직을 이러한 정신적 귀족주의자로서 간주했다. 이한직은 일제강점기에 거물급 친일파의 자제로서 특권 지배계층의 아들답게 당시 일본인으로 간주되어 지배자의 위치에서 교육을 받았다. 이런 환경에서도 그는 『문장』지에 우리말로 쓴 시를 투고하여 시인이 될 만큼 민

---

31) 김선학, 「한용운―불과 칼의 언어」, 『시에 잠긴 한국인 생각』, 국학자료원, 2007, 70~71쪽.
32) 선민의식과 엘리트 의식은 그 사회에서의 우월적 위치에 있는 사람을 가리키는 공통점을 가지고 있지만, 선민의식이 민중과의 관계에 가까운 뉘앙스가 있는 용어라면, 엘리트 의식은 개인주의적 뉘앙스가 더 강하게 나타난다. 이형기의 경우는 엘리트 의식이라고 하는 것이 더 자연스러우므로, 본 연구에서는 이형기에 해당되는 경우 엘리트 의식이라 칭한다.

족의식을 가지고 있었다. 광복이 되었을 때 이한직은 자신이 성장한 개인 환경이 민족에 대해 불편함을 가졌음에도 불구하고 자신의 귀족주의를 버리기는커녕 오히려 그것을 자각적인 사상의 차원으로 끌어올렸다. 이한직이 가졌던 귀족주의는 비속적卑俗的 근대를 이루는 물질주의에 대한 비판이며, 전근대적이고 계급주의적 귀족주의와는 다르게 스토이시즘적인 정신을 가지는 것이었다.[33] 이한직의 스토이시즘을 이형기는 망토 속에서 여우한테 물어뜯기면서도 미소를 잃지 않는 스파르타 소년에 비유했다. 그는 이한직의 이러한 귀족주의를 '역설적 근대주의'라고 했다. '역설적 근대주의'는 '근대가 가진 비속성卑俗性을 증오하고 저주하면서도 그것으로부터 도피하지 않고 오히려 그것의 한복판에서 당당하게 자각적 파멸의 운명을 택하는 삶의 기율'[34]이라는 것이다. 이것은 물질주의적 근대사회가 갖지 못한 정신주의적인 면을 강조한 것이다. 귀족주의는 근대사회가 가진 비속성을 철저히 거부하면서도 그 바탕 위에서 비로소 그 의미가 설 수 있는 것이다. 이러한 점에서 그가 강조한 정신적 귀족주의자는 역설적 근대주의자라 할 수 있다. 즉 이한직이 가졌던 역설적 근대주의는 스스로 부나비처럼 파멸로 뛰어든 정신적 긍지를 가진 귀족주의적 사상이다. 이러한 그의 '이한직론'은 고고한 정신적 가치를 강조한 것이며, 자신의 시적 방법론과도 일치한다.

이와 맥을 같이 하여 명문 귀족 출신으로 평생 가난에 허덕이며 살았던 프랑스의 소설가 릴라당(P.A.Villiers de lIsle Adam, 1838~1889)을 예로 들어 그의 정신적 귀족주의를 강조하였다. 그가 강조한 시인으로서 정신적 가치는 그의 아포리즘[35]에도 축약되어 나타나 있다. '정신은 그

---

33) 이형기, 「어느 귀족주의자의 자각적 파멸—이한직론」, 『시와 언어』, 문학과지성사, 1987, 173쪽.
34) 황종연, 앞의 책, 100쪽.

것이 정신인 줄 아는 사람에게 있어서만 정신이다. 정신이 밥먹여 주느냐는 자에게는 물론 정신이 있을 리 없다'고 직접적인 언설로 나타내기도 하였다.

이러한 그의 귀족주의는, '공식적인 사회에 저항하는 예술가적 방식의 하나임에 틀림없으나 그것은 어디까지나 사회로부터 소외된 정신으로서의 위상 그것을 명예롭게 여기고 고집하는 개인주의적 저항의 방식'이다.36) 이는 그가 사회의 무리 속에 섞이지 않는 아웃사이더outsider로서 시인의 정신을 고수하고 있음을 나타내는 말이다. 그가 사회의 무리에 영합되지 않고 세계와 일정한 거리감을 두는 것은 '개인주의적 저항'으로서 현대성에서 스스로의 정신을 지키려는 그의 모더니즘론과 일치하는 자세이다. 혼란과 분열의 양상이 두드러진 현대적 세계에 대처하는 그의 정신은 비판적이고 부정적 자세로 나타난다. 이는 그가 세상의 무리와 더불어 살기 어려운 반골적 인간, 즉 열외적 인간의 특성으로 보인다.37)

그의 엘리트 의식은 초기 시에서 조숙성으로 작용되었다. 17세의 나이로 등단할 수 있었던 조숙성은 세계와의 거리를 둔 관조적 시선과 구도자적 자세로써 나타난다. 인생을 달관한 노년다운 시적 분위기는 「비오는 날」을 심사했던 서정주와 영랑이, '40대 중늙은이가 쓴 것으로 알았'38)다고 했을 정도였다. 첫 추천작 「비오는 날」을 비롯하여 『적막강산』에 실린 대부분의 시편들은 담담하게 가라앉은 어조로 자연에 대한

---

35) 『존재하지 않는 나무』(고려원, 2000)는 이형기의 삶의 통찰로써 그의 시론으로 이루어진 아포리즘 모음이다.
36) 황종연, 앞의 책, 99쪽.
37) 황종연, 위의 책, 99쪽.
38) 이형기, 「나는 시를 찾는 사람」, 『현대시』 1993.6, 112쪽.

소멸과 노년의 인생에서 느낄 수 있는 관조적 태도, 구도자적인 내면 지향적 자세를 보이고 있다. 이러한 것은 그의 조숙성과도 무관하지 않다.

오늘
이 나라에 가을이 오나보다.

노을도 갈앉은
저녁 하늘에
눈 먼 우화는 끝났다더라.

한 색 보라로 칠을 하고,
길 아닌 천리를
더듬어 가면……

푸른 꿈도 한나절 비를 맞으며
꽃잎 지거라.
꽃잎 지거라.

산 너머 산넘어서 네가 오듯
오늘,
이 나라에 가을이 오나보다.

– 「비오는 날」 전문

이 시에 대해 서정주는 "이형기 씨의 「비오는 날」은 작자의 감흥도 알 수가 있고 반 남어 그 감흥을 성공시키기까지도 하였다"39)고 하였다. 이

---

39) 서정주는 "이형기 씨의 「비오는 날」은 작자의 감흥도 알 수가 있고 반 남어 그 감흥을 성공시키기까지도 하였다. 그러나 2연과 3연에는 아직도 무엇인지 조금 덜 연소된 꺼름칙한 이 무엇인지를 좀더 생각해 보라. 당신만큼 절실하니 처음과 끝을 말할 줄도 아

말은 이형기가 가지고 있는 서정성에 대한 찬사이면서, 새내기 작가에게 주는 시의 과제이기도 한 발언이다. 그가 가진 서정성은 당시의 정치성을 띤 시적 경향과는 거리가 멀다. '가을', '노을', '저녁하늘', '꽃잎 지거라' 등 소멸성 이미지는 자연의 세계에서의 고독하고 막막한 그리움 등에 대한 시적 분위기를 잘 나타내주고 있다. 이것은 주체의 시선을 중심으로 하는 원근법으로 나타나는데, 시적 자아의 고독한 정서를 더욱 부각시키는 기법이다. '가을'이라는 추상적인 이미지는 '꽃잎'을 중심으로 '가을→하늘→비→꽃잎'이라는 존재 쪽으로 점점 가까이 오면서 그 존재를 구체적으로 드러내어준다. 이때 꽃잎은 '푸른 꿈'마저도 비에 젖은 이미지로 무겁고 막막한 정서가 더욱 부각된다. 다시 '산→하늘→가을'로 멀어지면서 존재의 소멸 이미지를 전체 자연 속으로 넓게 확장시킨다. 이때 꽃잎의 존재는 주체와 동일화된 자연이다.

이처럼 초기시에 나타나는 이러한 관조적 시선과 소멸적 이미지가 다음 시에서는 자연의 섭리에 순응하는 자세로써 인고의 기다림을 맞이한다.

이제 사랑은 나를 울리지 않는다
조용히 우러르는 눈이 있을 뿐이다

불고 가는 바람에도
불고 가는 바람처럼 떨던 것이
이렇게 잠잠해질 수 있는 신비는
어디서 오는가

참으로 기다림이란

는 이기 중간에 단 한마디라도 미지근한 말을 해서는 안 된다"고 했다(서정주, 「추천사」, 『문예』 1949.12, 153쪽).

이 차고 슬픈 호수같은 것을
또 하나 마음 속에 지니는 일이다.

— 「호수」 부분

이때 나타나는 '눈'이나 '울음' 등의 이미지는 그 순응적 자세가 세계에 대한 변모를 꾀할 수 있는 거부의 자세로 변화될 수 있음을 시사하고 있다. 소멸성을 가진 자연에 대한 순응은 깊은 내면에서 저절로 우러나온 것이 아닌 자연과의 동일화를 꾀하려는 시적 자아의 내면화된 의식으로 인한 것이다. 즉 '울음' 이미지는 자연의 소멸성을 자연스럽게 받아들이지 못한 시적 자아의 억눌림의 표출이라고 할 수 있다.

초기시에 나타나는 세계와의 거리감도 이와 같은 맥락에서 이해할 수 있다.

風景은 正坐하고
山은 멀리 물러앉아 우는데
寂寞江山……
내 周邊은 이렇게 저무는가
살고 싶어라
사람 그리운 情에 못이겨
차라리 사람없는 곳에 살아서
淸明과 不安
待期와 虛無
천지에 자욱한 가랑비 내린다
아 이 寂寞江山에 살고 싶어라

— 「비」 부분

‘사람 그리운 정에 못이겨/차라리 사람없는 곳에 살아서’의 모순어법은 진실에 따른 고독을 강조하기 위한 어법이다. 그는 ‘진실은 고독하다. 고독하기 때문에 진실은 벗을, 이웃을 부른다고 생각하면 잘못’[40]이라고 했다. 여기서 진실이란 개별적 인격체로서의 존재를 말한다. 이것은 스스로 인격체임을 인정하고 어떠한 곳에 예속되지 않는 자유로운 정신이다. 즉 자유로운 정신을 스스로 차단하면서 진정한 자유와 그것에 따르는 고독을 스스로 수용하는 개인주의적 정신이다.

인격은 자연에 의한 것이 아니고 정신에 의한 것이다. 이 말은 인격이 자연에 의한 것이라면 그것은 하나의 부분으로서 개체에 불과할 수 있다는 말이다. 인격은 완결된 소우주로서 존재하는 것이며, 근원적이며 창조적인 행위를 할 수 있다. 창조적 행위는 독자적인 가치를 가질 수 있다. 이러한 창조적 행위는 개별적 존재로서 능동적이고, 세계라는 전체성과 대립하며, 세계가 짊어지고 있는 어떤 과제를 극복할 수 있는 것이다. 이러한 행위는 세계의 노예성을 극복하려는 자유의 승리를 취한 것이다. 이렇게 볼 때, 인격이란 스스로 주체로서 행하는 어떤 예속隸屬에 대한 승리 또는 그것을 위한 행동이라고 할 수 있다.[41]

시인의 경우 창조적 행위는 시작詩作이 된다. 시작은 각각의 독립된 개체의 행위로써 질서화로 이루어진 전체성에 구속拘束되지 않아야 하는 것이다. 이것은 시대의 비속성卑屬性에 얽매이지 않는 자유로운 정신을 강조한 것이다.

위 시에 나타나는 주체와 세계와의 거리감은 엘리트 의식의 맥락에서도 찾아볼 수 있다. 시적 자아는 그리움이라는 세계와 타협하지 않는다.

---

40) 이형기, 『시시 흐르는 강물』, 휘경출판공사, 1979, 18쪽.
41) Nikolai Berdyaev, 김신 역, 『노예냐 자유냐』, 인간, 1979, 35~40쪽.

그리움은 오히려 '적막강산'이라는 고독으로 그것을 내면화하여 극복하려는 의지를 보여준다. 이것은 구체적 인간이라는 인격체로서의 존재감을 나타내는 것이다. 그리움을 가진 인격체는 고독하고 쓸쓸한 내면의 풍경을 '적막강산'으로 보여주면서 스스로 실천적이고 구도자적 자세를 보여주고 있다.

여기서 알 수 있듯이, 순응적이고 수동적 기다림의 초기 시세계는 인격의 주체로서 자신만의 시세계를 개척해 부정의 세계로 나아갈 수 있는 씨앗을 이미 품고 있었다는 것을 확인할 수 있다.

이형기는 1951년 전쟁의 와중에 9월에 졸업식을 치르고, 동국대학교 불교학과에 입학한다. 인민군이 진주를 점령하고 있는 동안 폐쇄되었던 학교가 그해만은 예외적으로 9월에 졸업식을 치르게 된 것이다. 원고를 정서하거나 출판사의 임시 교정원으로 일을 한 것은 당시 끼니도 잇기 어려운 형편 때문이었다.

휴전협정으로 인해, 학교가 다시 서울로 옮겨지게 되었다. 이 일은 서울에서 생활을 시작하는 계기가 되었다. 그는 국제신문 서울지사에 취직할 수 있었고, 문화부기자로 활동하였다. 그 다음엔 연합신문으로 자리를 옮겨 국회출입기자로 활동하게 되었다. 날마다 출근해야 하는 기자의 신분은 학교 수업을 등한시 할 수밖에 없었다. 이러한 언론계의 생활은 그가 학교 등록금을 해결할 수 있는 방편이 되었고, 고향에 있는 가족들에게 월급의 일부라도 부칠 수 있을 만큼 경제적 안정을 찾을 수 있게 되었다. 또한 동생의 서울에 있는 명문고 입학을 계기로 그는 가족들을 서울로 불러들여 그들과 함께 생활할 수도 있었다.

이러한 점은 아버지가 돌아가신 후, 장남으로서 얼마나 막중한 책임감을 가지고 있었는지 추측할 수 있는 일이다. 당시 가족들은 어머니의 삯

바느질로 생계를 이어가고 있었다. 어느 정도 생활이 안정 되었을 때 가족들을 서울로 불러들인 것은 가족들의 생계와 앞날에 대한 책임감을 실행한 것이었다. 초기시에 나타나는 노년다운 분위기는 지적 조숙성에 의한 것도 있지만, 이러한 개인적인 환경적 요인도 작용했으리라 짐작된다.

1950년대 후반, 그는 시와 신문기자라는 선택의 귀로에 서게 된다. 그 이유는 지금까지 쓰던 자신의 서정시에 대한 회의감과 신문기자라는 직업에 대한 매력 때문이었다.

> 시와 신문기자라는 두 갈래 길을 앞에 두고 이리 갈까, 저리 갈까, 방황을 거듭한 것이 50년대 후반의 나의 정신상황이다.
> 이렇게 방황을 하게 되면 시가 잘 쓰여질 리 없다. 게다가 당시의 나는 또 그 전까지 쓴 서정적인 시에 대해 회의감을 느끼고 있었다. 미당의 『귀촉도』나 『청록집』에 많은 영향을 받았던 그런 서정시는 아무리 잘 써봤자 미당과 청록파 3인의 아류밖에 될 것이 없지 않겠느냐는 생각이 무시로 나를 엄습했기 때문이다. 그리고 다른 한편에서는 또 신문기자라는 직업의 매력이 나의 발목을 잡았다. 나는 시를 쓸 수 없었다. 괴로웠다.
> 5.16 군사혁명이 터졌다. 그것이 몰고 온 가혹한 언론탄압은 나에게 신문기자 아닌 시인으로서 평생을 살아야 하겠다는 생각을 굳히게 한 계기가 되었다. 시에다 평생을 걸자면 지금 막혀있는 시의 물꼬도 틀겸 문학을 처음부터 새로 공부하지 않으면 안 된다. 그래서 나는 이것저것 닥치는 대로 이론서를 읽기 시작했다. 60년대 중반부터 내가 비평 쪽에도 손을 대게 된 것은 그 때문이다.[42]

---

42) 이형기, 앞의 책, 113쪽.

여기서 그는 인생의 큰 갈림길에 선다. 이 시기는 문학에 대한 전환점이 되는 시기였다. 시인과 신문기자 중 한 가지만 택해야 된다는 점과 시의 경우 전통적 서정시의 영향권에서 벗어나야 된다는 점 등에 대한 갈등이었다. 이러한 문제점은 큰 어려움 없이 해결되었다. 그것은 5·16 군사 정권의 가혹한 언론 탄압이 시인으로서 길을 더욱 굳히게 하는 계기가 되었기 때문이다. 그래서 두 번째 경우도 자연스럽게 방향을 전환할 수 있었다. 전통적 서정시에서 새로운 시를 찾아 나선 것은 세계를 인식하는 방법론적 전환을 의미하는 것이었다.

그 전환은 먼저 이론서를 읽으며, 비평을 쓰는 것으로 시작했다. 그것은 광복 공간을 거치며 1950년대의 전쟁과 그 이후 폐허의 현실 속에서 지금까지 써온 서정시에 대한 회의인 동시에 자각이었다. 여태껏 써 온 시는 자각 없이 쓴 시라는 것과 슬픔과 그리움 등 우리의 전통적인 서정적 정조에서 벗어나 있지 못하다는 것이다. 또한 여태껏 써온 서정시는 청록파의 아류에서 벗어나지 못할 것이라는 불안감도 간과할 수 없는 부분이다. 왜냐하면 그의 기질적 성향은 상당히 독자적인 면을 가지고 있기 때문이다. 그것은 어느 곳에도 예속되지 않는 자신만의 주체적인 시 세계를 가져야 되는 것이다. 그런 그가 어떤 부류의 아류가 된다는 것은 스스로 용납할 수 없는 것이었다고 생각한다. 이러한 생각은 어릴 적부터 모든 분야에서 뒤쳐진 적이 없는 우월감 즉 엘리트 의식의 연장선에서 볼 수 있다.

그가 지금까지 써온 전통적인 서정시란 『문장』지(1939)[43]를 통해 등

---

43) 『문장』지는 최초의 순문예지로서 1939년 이병기, 정지용, 이태준을 중심으로 창간되었다. 표지는 추사 김정희의 수선화 그림으로 꾸몄고, 제호도 추사의 글씨로 했다. 기획 편집은 한국 고전들을 소개하고 보급하는데 초점을 맞추었고, 신인 추천제도를 실시하여 신인을 발굴하였다. 신인추천제도에서 시조부문 이병기, 시부문 정지용, 소설부문

단한 청록파 시인들의 정서와 같은 맥락에서 이해된다. 1920년대 우리의 시문학사에서 전통의 수용이 민요의 전통가락을 통해 수용되었다면, 1930년대는 순수문학이 강화됨으로써 전통이 수용되었다고 할 수 있다. 당시의 작가들은 서구시의 도입에 대한 자각의 한 방법으로 '조선심' 찾기라는 전통성의 회귀라는 시적 과제를 안고 있었다. 1930년대 말『문장』지의 '상고정신尙古精神'은 이러한 조선심이 가진 전통지향성의 한 결과라고 말할 수 있다.『문장』지에 나타난 '상고정신'은 전통문화의 실증적인 인식을 주제로 한 것이 많았다. 이것은 한국의 고전을 소개한다든지, 국학자들의 연구 성과물 등을 게재하는 것이었다. 또 신인추천에 시조 부문을 개설한 것도 이러한 맥락에서 주목할 만한 것이다. 우리 전통에 대한 정신은 이병기의 조선시대 선비가 가졌던 리리시즘의 세계, 정지용의『백록담』에 나타나는 동양적 은일의 정신과 산수시의 계승, 이태준의 복고적인 향수와 고답적인 처사處士의 삶에 대한 동경44) 등의 시세계에서 잘 나타났다. 특히 정지용의 자연과 일체된 정신적 달관의 세계는 청록파 시인들에게로 이어졌다. 청록파 시인들의 자연 세계는 당시 무분별하게 수용되는 모더니즘에 대한 소극적 반발이라 할 수 있다.

이형기가 수용한 전통적 서정시는 이러한 흐름 속에 있는 자연의 세계였다. 그 세계는 존재론적인 고독과 소멸, 허무의 세계였다. 그가 작품 활동을 시작한 때는 광복공간의 혼란이 가시기도 전에, 동족상잔의 비극인 전쟁을 겪은 때이다. 초토화된 현실적 공간에서 바라보는 세계는 삶의 근원을 인식하는 허무주의적 색채를 띠고 있었다. 폐허화된 현

이태준을 선고위원으로 하였고, 당시 문단에서 최고의 문예지로 만드는데 기여하였다. 특히 청록파 시인인 조지훈, 박목월, 박두진 등은 정지용의 추천으로『문장』지로 등단하였다(김선학,『한국현대문학사』, 통국내학교 출판부, 2001, 152·-157쪽).
44) 김선학, 위의 책, 153쪽.

실적 공간에서 시인들은 과거를 부정하면서 새로운 개척의지로써 새로운 시의 진로와 방법을 모색하였다. 이 시기에는 새로운 시인들이 등장하여 시가 다양화되고, 순수 전통적 서정성에 복귀하는 현상이 나타나기도 했다. 또한 시인들은 시적 방법의 새로운 모색 과정을 통해 시론 등을 제시하기 시작했다.

이러한 역사적 과정을 겪은 1950년대 말, 그는 본격적으로 새로운 시 세계를 탐색한다. 이것은 자각 없는 시를 써왔다는 데 대한 반성과 선배 시인들의 전통적 서정시의 영향권에서 벗어나기 위한 것이었다.[45] 이때 그는 문학을 새롭게 공부하였다. 문학 이론서 등을 통해 그에게 많은 영향을 미친 작가들을 만나게 된다. 특히 1960년대 후반 만나게 된 보들레르는 '비로소' 시인이라는 자각을 갖게 해 준 작가였다. '시인을 강하게 의식한 시, 그런 시들의 세계를 발견하고, 그런 시를 쓰게 된 것'이다.[46] 보들레르의 영향은 이형기가 세계를 새롭게 볼 수 있는 눈을 열게 했다. 그것은 아름다움과 추함, 삶과 죽음 등 양가성을 가진 세계였다.

새롭게 찾은 시의 세계는 거부해야 할 부정적 세계이다. 정신적 귀족주의가 근대를 부정하면서도 그 속에서 자멸을 꿈꾸었듯이, 그도 세계를 부정하면서 그러한 세계 속에서 자멸을 감행한다. 그 세계는 부조리한 실존적 세계이며, 일상적인 언어에 고착된 권태로운 세계이다. 그의 세계에 대한 부정적 인식은 두 번째 시집『돌베개의 시』부터 이후 시편들에서 나타난다. 이 시기는 시인으로서의 자각적인 세계가 나타나는데, 근원적 세계를 향한 본격적인 탐구가 시작된다. 이후 세계를 부정하고,

---

45) 헤롤드 블룸은, 강한 시인은 선배시인의 영향에 대해 불안을 느끼고, 선배시인의 시를 모방하면서 선배의 시에서 자신의 창조적 시로 점차 발전한다고 하였다(Harold Bloom, 윤호병 역,『시적 영향에 대한 불안』, 고려원, 1991, 23~25쪽).
46) 김광일,「투병, 새롭게 시를 버린다」,『시인세계』2003 봄호, 126쪽.

파괴하면서 끊임없는 모더니즘적 시적 창조 작업이 계속된다.

자각적 세계 인식은 스스로 시인이라는 소명의식에서 출발한다. 자각은 자신의 존재를 당당하게 알리며, 문명화된 세계에서 안일함에 젖어 있는 정신을 깨우는 '정'의 울림으로 스스로를 일깨우는 것이다. 방황과 자각의 여정 중에 쓴『돌베개의 시』는 첫 시집을 낸 지 10여 년이 되어서야 발간되었다.

그는 시만으로는 생활할 수 없어 신문기자 생활도 계속 했다. 국제신문 논설위원과 편집국장으로 근무할 때 12 · 12 사태를 일으킨 군부의 언론통폐합 조치로 국제신문사가 없어졌다. 그로 인해 26년의 기자 생활은 정리되었다. 그는 부산산업대학(현, 경성대학)에서 강의를 하다가, 1986년 동국대학교 교수로 부임하여 강의를 하였다.

그는 문학에 대한 열정을 삶의 마지막까지도 놓지 않았다.『죽지 않는 도시』(1994)를 발간한 이후 뇌졸중으로 쓰러졌고, 투병 중에도『절벽』(1998)을 간행하였다. 타계 며칠 전까지도 창작활동을 할 만큼 시인으로서 삶을 끝까지 성실하게 살았다.

개인적 환경은 역사적 시대의 영향을 받는다. 그가 태어났던 일제강점기, 초등학교 2학년 때부터 우리말을 배우지 못하고 일본말을 배워야 했던 것, 그리고 1945년의 광복, 광복 공간에서의 정부 수립과 문학의 이념적 대립, 1950년대의 동족상잔의 비극 6 · 25 및 그 이후의 혼란한 사회 정세, 1960년대 4 · 19 의거와 5 · 16 군사 정권의 등장 등 굵직한 역사적 상황들은 개인의 삶에 지대한 영향을 미칠 수밖에 없는 것이다.

그는 그의 작품들을 이러한 역사적 상황에 맞물린 것과 연관시켜 해석하는 것을 거절한다. 문학은 정치와 결부된다거나 문학 외의 목적을 가져서는 안 된다는 것이다. 그는 "문학을 통해 선달해 줄 수 있는 것은 인생 도로의 허망함을 달래주는 여러 가지 장난감뿐"[47]이라고 하면서 시의 순수성을 강조했다.

그는 시인이라는 소명의식을 운명론적으로 수용했다. 시인으로서 삶을 수용하는 것은 시적인 삶을 치열하고 성실하게 수행하는 것이었다. 그런 면에서 그의 시정신은 수용이라는 큰 틀 안에서 파악될 수 있다. 그 수용은 시세계의 변화를 시도한 이전과 이후로 나누어 긍정과 부정의 세계로 나눌 수 있다. 긍정과 부정이라는 대립항은 자각을 통한 방법론일 뿐이고, 시정신은 삶의 수용 안에 이들이 포함된다. 그것은 시인으로서의 운명론적 수용임을 파악할 수 있는 것이다. 본 연구에서는 개개의 시 작품에 관한 것보다는 전반적 삶과 강조했던 사상 등을 중심으로 시정신의 특성을 살펴보았다.

그는 시인으로서 개인주의자를 강조했다. 그가 강조한 개인주의자는 어느 집단의 무리에 속하지 않는 개별적 존재를 말하지만, 이한직 론에서 밝힌 바 있는 정신적 귀족주의와도 연관된다. 정신으로 살아가고자 하는 시인은 비속적卑俗的이고 물질만능적 현실세계에서 한쪽으로 밀려

---

47) 1960년대 김우종과의 순수 참여 논쟁에서, 이형기는 김병걸의 「순수와의 결별」(『현대문학』 1963 10월호), 김우종의 「유적지의 인간과 그 문장」(『현대문학』 1963 11월호), 김진만, 「보다 실속있는 비평을 위하여」(『사상계』 문예중간호) 등에서 순수문학을 부정한 것에 대한 반론을 제기했다. 그는 순수문학은 정치와의 절연을 선언한 적이 없으며, 문학에서 정치주의는 관심이 없다는 것을 표명했다. 또 문학은 '현실적인 당면문제를 해결하는 방편이나 수단'이 될 수 없는 것이라고 했다. 이것은 문학이 목적을 수행하는 방법으로서는 합당하지 않으며 문학은 현실 문제를 해결해 주는 수단이 아님을 강조한 것이다(이형기, 「문학의 기능에 대한 반성–'순수' 옹호의 노트」, 『현대문학』 1964 2월호, 259~257쪽).
이형기의 순수 문학에 대한 이러한 옹호를 김우종은 문제 제기를 해결하기 위해서는 현실 문제에 직접 뛰어들어 절망 위에 도표를 꽂아야 한다고 했다(김우종, 「저 땅 위에 도표를 세우라」, 『현대문학』 1964 5월호, 239~248쪽).

나는[48] 아웃사이더outsider일 수밖에 없다는 것이다. 시인은 '정신의 고귀함'만을 추구하기 때문에 고독과 절망을 두려워하지 않는 것이다. 고귀한 정신은 절망할 수 있기 때문에 현실적 부조리한 세계와 타협하지 않을 수 있고, 자신을 전신연소시킴으로써 파멸할 수 있는 것이다. 이것 역시 시인으로서의 치열한 시정신이며, 삶의 주체적 존재임을 확인하는 것이다.

---

48) 이형기, 「어느 귀족주의자의 사각적 파멸—이한직론」, 『시와 언어』, 문학과지성사, 1987, 180쪽.

III. 시정신의 변화 과정

1. 소멸 인식의 시 — 수동적 기다림

　예술이 자연의 모방이라는 말은 자연이 문학의 기준이 된다는 말이다. 자연을 인식하는 방식은 동양과 서양이 다르다. 서양에서의 자연은 본성과 자연 모두를 포함한다. 여기서 본성은 인공과 상대되는 개념으로 인위적이지 않은 자연스런 본성을 가리킨다. 본성에는 동물과 식물, 인간까지도 그 범주에 포함된다. 동양에서의 자연은 기氣의 우주 속에 존재하는 자연이며, 끊임없이 움직이며 변화하는 것이다. 즉 자연은 천지자연天地自然을 가리키는 말이다. 자연自然은 스스로 그러한 동사動詞로서의 자연自然이며, 고정되어 있지 않고 끊임없이 변화하는 천지라고 할 수 있다.1) 이것은 도덕경의 '도법자연道法自然'2)이라는 말에서도 나타난다. 여

---

1) 자연은 인간의 의도나 노력으로부터 독립해 존재하는 '그 무엇'이다. nature은 프랑스어로서 '자연'이라는 뜻과 '본성'이라는 뜻을 같이 가지고 있다. 동양의 자연(自然)은 본래 '스스로 그렇다'라는 동사적 의미를 가지고 있다, 오늘날 자연에 해당하는 말은 '천지(天地)'였다(Elisabeth Clement 외, 이정우 역, 『철학사전』, 동녘, 1996, 250~252쪽).
張法, 유중하 외 역, 『동양과 서양, 그리고 미학』, 푸른숲, 2009, 371쪽.
2) 地法天 天法道 道法自然 : 땅은 하늘의 법칙을 본받는다. 하늘은 도를 법칙으로 한다 도는 자연을 본받는다. 즉 자연은 천지만물이 저절로 마땅하지 않은 것이 없다는 뜻이다

기서 도道는 자연의 법칙으로, 스스로 그러한 작위作爲되지 않은 자연을 말한다.

우리의 전통적인 자연은 그 존재의 근거를 신이나 인간정신에 두고 있다. 자연의 존재 근거를 인간정신에 둘 때 자연은 인간적 가치로 충만하게 되고 인간과 자연의 연속성 내지 일체감의 현상이 나타난다. 이렇게 인격화된 자연은 시인 자신이 투사投射된 것이거나, 자신 속으로 자연을 동화同化시킨 것이 된다. 자연 속에 자신을 상상력으로 투여하는 투사와 모든 자연을 자신 속으로 끌어와서 그것을 내적 인격화하는 동화는 낭만적 자연관의 원리이다. 이러한 자연과의 조화는 서정시가 가진 세계와의 동일화를 특징으로 한다. 우리의 전통적인 서정시에는 주로 님 또는 자연을 대상으로 한이나 그리움 등에 대한자아의 정서를 노래한 것이 많았다.3) 이것은 조선시대 주로 강호강도江湖歌道를 노래한 자연시가 많았던 것과 연관된다. 조선시대 자연시는 자연의 모방으로서 자연스럽게 발생되지 않고, '정치적 상황 속에서 명철보신明哲保身과 한적閑適함을 위해 자연은 이해되고 완상玩賞되었다.4)

이러한 맥락에서 볼 때, 광복의 공간에서 간행된 『청록집』도 역사적 상황이라는 배경을 벗어나지 않는다. 『청록집』에 수록된 시들이 모두 자연을 노래하고 있다는 점에서 이 시인들을 '자연파'라고도 한다. 박목월

(노자, 남만성 역, 『노자 도덕경』, 을유문화사, 1994, 77~80쪽).
3) 김준오는, '거리의 서정적 결핍(lyric lack of distance)'이라는 말로 서정시는 자아와 대상과의 거리를 두지 않는 것이 서정시의 본질이라 했다(김준오, 『시론』, 삼지사, 1995, 330쪽). 김재홍은, 우리의 옛시조에 나타나는 어휘가 님, 자연심상이라는 것을 확인했다. 또 시조에는 자연현상을 소재로 한 강호가도의 풍류를 노래한 전원시가 주류를 이루었다고 했다. 이것은 자아의 낭만적 정감이 투사된 것이라고 했다(김재홍, 『현대시와 역사의식』, 인하대학교 출판부, 391쪽).
4) 조윤제, 『한국문학사』, 동국문화사, 1949, 130~141쪽.

은 우리의 전통적 리듬인 민요조로써 민족애를 그려냈고, 조지훈은 정적
靜的이면서 절제된 언어로써 우리의 전통적인 아름다움을 시에 담아냈
다. 박두진은 자연을 기독교적 사상으로 관념적인 세계로 생동감 있게
나타냈다.『청록집』은『귀촉도』와 더불어 식민지 암흑기에 모국어를 빼
앗은 일제에 대해 모국어의 파수꾼 역할을 했다고 할 수 있다. 또한 이 시
집은 광복 전후로 해서 단절되었던 한국 시문학을 이어주는 가교의 역할
을 했다는 것에서 시사적 의의도 갖는다.

> 20대의 나의 시는 전통적 서정에 기반을 둔 것이었다. 전통적 서정이
> 란 말도 외연이 제법 크기 때문에 내포를 좀더 구체화하자면『청록집』
> 이나『귀촉도』같은 시집이 그 무렵 내 시의 교본이었다고 할 수 있다.
> 그러나 이러한 교본의 선택은 거기 실린 시들을 내가 올바르게 이해한
> 결과도 아니었고 또 시에 대한 반성적 사고나 시의 그 당위성에 대한
> 자각에 입각한 것도 아니었다.5)

이형기가 20대의 젊은이로서 가질 수 있는 슬픔과 그리움은 자연스러
운 감정의 정서였다. 그의 시는 당시 전통적 정서라 불리는 시집『청록집』
이나『귀촉도』가 가진 정서의 영향권 안에 있었다. 20대의 젊은이라면 쉽
게 가질 수 있는 이러한 정서를 그는 '자연발생적인 서정시'라고 스스로
규정하고 있다. 이것은 이형기의 초기 시가 자연을 대상으로 한 낭만적
자연관으로서의 서정시임을 확인할 수 있는 것이다.

시집『청록집』은 1946년에 발행된 박목월, 조지훈, 박두진 3인의 합
동시집이다. 일제강점기 막바지에 일본은 조선어 말살 정책 등 조선민족
에 대한 식민지화를 더욱 노골적으로 자행하였다.『문장』지(1939)가 창

---

5) 이형기,「꿈의 언어와 충격성」,『시와 시학』1992 봄호, 144쪽.

간되던 해에 이들은 정지용의 추천으로『문장』지를 통해 등단했다. 이들은 빼앗긴 모국어의 암흑기에 시를 써 두었다가 광복 이후 박두진을 대표로 합동시집을 발간했다. 이 시집은 작가 3인의 자연에 대한 관심이 뚜렷하게 드러난다. 광복 직후의 공간에서 문학인들의 시적 이념은 좌우의 첨예한 대립으로 맞서게 되어 시는 정치적 수단으로 전락될 위기에 놓여 있게 되었다. 이러한 때에『청록집』(1946)이 발간되었고, 다음 해『생명의 서』(1947),『귀촉도』(1948)가 발간되었다.6)

서정주의『귀촉도』는『화사집』에서 보였던 원죄의식에 대한 방황과 통곡이 사라지고 새로운 세계로 진입한 부활의 세계를 보여주는 시집이다. 이 세계는 신라정신이 이루는 바탕을 이루고 있다.7)

『적막강산』도 자연을 주로 중심소재로 한 것이 많다. 그러나 이형기의 자연은 청록파와는 다른 위치에 자리하고 있다. '청록파의 자연이 박목월의 자연에 동화된 향토성, 조지훈의 절제된 율격미 속에서 자연을 노래한 고전주의적 정신, 박두진의 기독교적 세계관에 기초한 관념적 자연관'8) 등이라면,『적막강산』의 자연은 소멸성을 중심으로 한 존재론적 허무의식이 주조를 이룬다. 이 허무의식은 고독과 슬픔, 그리움의 정서로 나타나는데, 시적 자아의 내면적 성숙을 다지는 기제로 작용한다.

이형기는『귀촉도』나『청록집』등과 같은 순수 전통 서정시의 영향권

---

6) 국권상실기 막바지에『조선일보』와『동아일보』가 강제폐간(1940.8) 당하고, 뒤이어 문예지 문장도 폐간(1941.2)되었다. 이러한 때에 모국어를 지키며 쓴 시를 갈무리했다가 1946년 6월 6일에 박두진이 근무하던 을유문화사에서 박두진을 대표 저자로 해서 시집으로 펴낸 것이다. 박목월 15편, 조지훈 12편, 박두진 12편, 모두 39편을 수록했다. 시집의 장정은 김용준이 맡았고 시인의 얼굴소묘는 김의환이 그렸다. 시집 제목인 '청록'은 박목월의 시「청노루」에서 따 왔다(김선학,『문학의 빙하기』, 까치, 2011, 215쪽).
7) 이형기,『한국문학의 반성』, 백미사, 1980, 26~29쪽.
8) 김기중,「자연의 재발견과 존재론적 생명의식의 형상화—해설」,『청록집』2판, 2010, 71쪽.

내에 있으면서도 감정을 절제하고, 시인의 내면적 정서를 다졌다.9) 이것은 시대적 또는 개인적 문학 외적인 여러 환경의 영향으로 인한 것이기도 하지만, 진정한 시를 향한 그의 내면적 욕망의 의지이기도 하다. 이러한 시인의 순수를 향한 내면의지는 세계에 대한 자각 이후 고독과 절망의 극점에 서서 자멸을 서슴지 않고 세계와의 불화로써 대결하는 길을 선택할 수 있는 시정신으로 나타난다.

이 절에서는 이형기가 새로운 시의 세계를 모색하기 전의 초기 시집인 『적막강산』을 대상으로 시정신의 토대를 살펴보고자 한다. 이 시집은 두 번째 시집과 그 이후의 시와 많은 변별력을 가지고 있다. 그 변별력은 이형기가 새로운 시의 세계를 모색한 후 세계를 인식하는 차이로서 방법론적인 것이다. 『적막강산』은 자연의 소멸을 통해 존재의 근원적 한계성을 인식한 시세계로서 세계의 본질에 대해서 끊임없이 탐구할 수 있는 계기가 되는 것이었다.

1) 존재의 근원적 한계 인식

『적막강산』에 실린 작품은 대부분 자연이 중심소재로 되어 있다. 이 시집에 실린 39편의 시들 중에서 중심소재는 자연물, 인공물, 기타 등의 순으로 나타난다.10) 여기에 나오는 자연물은 주로 물 또는 일모日暮의 이

---

9) 윤재웅은,『적막강산』을 청록파류의 서정과 인생의 덧없음의 감회를 노래했다고 하면서, 생을 달관한 듯한 노시인의 그것을 연상케 할 만큼 천재적 원숙미를 표방하고 있다고 했다. 그러나 「비」에서는 외견상 청록파나 미당류의 전통적 서정의 맥을 잇는 듯 보였지만 독창성이 유달리 강해 에피고넨의 편안한 길보다는 험하지만 새로운 각성을 요구하는 선구자의 길을 택하게 된다고 했다(윤재웅, 「허무에 이르는 길」,『낙화』, 연기사, 2002, 276~277쪽).
10) 『적막강산』에서 사용된 중심소재는 다음과 같다.

미지로 하강, 무거움, 소멸 등의 이미지로 나타난다. 또한 식물은 인격화된 자연으로서 자아와 대상과의 동일화를 의미한다. 이것은 자연적 존재의 소멸에 대한 자아의 인식 등이 투사 또는 동화된 것이다.

시적 자아는 소멸되는 자연의 현상에서 존재의 유한성을 인식하고 끝없이 순환되는 자연의 질서에 순응하는 태도를 가진다.

산그늘이 기울고
周圍는 말 없이 어두워 오는데
멀리 떠났다 돌아오는 사람같이
나를 몰고 집으로 간다.

— 「소를 몰고 간다」 부분

노을이 지는가
日暮를 알리는
寂寞한 洞窟같은 종이 우는가.

— 「風景에서」 부분

호박꽃 초롱 앞세우고 가소서
편히 쉬소서

— 「달밤」 부분

푸른 꿈도 한나절 비를 맞으며
꽃잎 지거라.
꽃잎 지거라.

— 「비오는 날」 부분

자연물 : 자연현상(비, 빗소리, 일모, 안개, 눈, 달, 강, 호수, 산 등) 15편, 식물(목련, 나무, 풀밭, 풀잎, 코스모스, 꽃잎 등) 8편, 동물(소, 귀뚜라미 등) 2편, 인공물 : 인공물(창, 징검다리, 전차, 종, 담배, 수면제 등) 9편, 자연매개물 : (길) 3편, 자연대체물 : (뜰) 1편, 인간 : (나, 그대, 그녀 등) 2편, 추상물 : (꿈) 1편 등이다.

위 인용시에서 보는 것처럼 시에 나타난 자연현상은 소멸을 나타내고 있다. 「소를 몰고 간다」의 자연현상은 '산그늘이 기울고', '주위는 말없이 어두워'오는 해질 무렵의 시간이다. 여기서 자연현상은 인생의 황혼기를 나타내는 시적 자아의 내면적 시간의식이 투사된 것이다. 시적 자아는 젊음의 방황을 끝내고 비로소 진정한 자아를 찾아 영원의 안식처로 표상된 집을 향해 황혼 길을 걸어가고 있다.

「風景에서」의 부분 역시 '노을', '일모' 등의 자연현상은 소멸을 나타내는 시어로서, 시적 자아의 실존의식을 일깨우는 고독한 자아의 울림을 나타낸 것이다.

「달밤」은, 서쪽으로 서서히 움직이는 밤하늘의 달과 어둠 속에 환하게 핀 호박꽃을 보면서 달이 '호박꽃 초롱 앞세우고 가'는 것으로 표상되었다. 이 시의 2연에 '현고학생부군신위(顯考學生府君神位)―'를 통해, 달은 죽음을 맞이한 인간의 혼을 인격화한 것이라 볼 수 있다. 시적 자아는 '편히 쉬소서'라는 극존칭으로써 영원성에 대한 간절한 염원을 나타내었다.

「비오는 날」의 '꽃잎'은 힘겨운 삶을 살아가는 인간존재를 형상화한 것이다. 푸른 꿈을 펼칠 수 없는 현실적 삶에 대한 애달픔 또는 절망감을 자연현상의 이미지로 나타낸 것이다. '비'와 '가을'의 자연현상은 시적자아의 소멸되거나 더욱 멀어지는 꿈에 대한 절망감이 나타난 것이다. 이것은 꽃잎 지거라'로 명령조를 반복하면서 소멸에 대한 절망감을 강조하였다.

위에 제시된 자연현상을 통해 나타난 시적 자아의 소멸의식은 「소를 몰고 간다」는 자연의 '황혼' 무렵이라는 인생의 시간에 대한 의식, 「風景에서」는 광활한 자연적 공간에서의 실존적 고독감, 「달밤」은 영원성에 대한 염원, 「비오는 날」은 자연의 섭리에 순응해야 하는 존재의 유약성 등으로 정리할 수 있다. 대상이 되는 세계와 조화를 이루고 있는 시적 자아는 이것을 막연하게 인식할 뿐, 애상적 감정에서 아직 벗어나지는 못하고 있다.

이와 같이 시인은 소멸 이미지를 통해 존재의 소멸성을 인식하고 인생에 대한 덧없음에 대한 표현을 강하게 반복하였다. 이것은 우주의 모든 사물은 고정된 실체가 없다는 무상감에 대한 깨달음에서 오는 것이다. 인간도 자연의 한 부분으로서 소멸성에서 벗어날 수 없다. 이러한 무상감에 대한 인식은 자연물인 '눈(雪)'의 이미지로도 나타난다.

> 오늘 日氣는 진종일 눈이고나.
> 사락사락 내리는 그 감촉을
> 忘却의 風車가
> 스스로 돌아가는 그 음향을
> 느껴서 가슴이 뿌듯할 때
> 부질없고나, 정말
> 내가 무엇인가 말 한다는 것은.
>
> ─「무엇인가 말하는 것은」부분

> 無限한 밤이
> 밀려오고 다시 밀려가는
> 그 어느 자리에
> 내 등불만한 모습이 켜지고
> 그 위에 지금 눈이 내린다.

> '憧憬의 密度
> 사랑의 重量
> 絶望을 넘어선 人生이 내린다.

귀를 기울여라
스스로 우러나는 내 영혼의 높은 울음에…….

―「눈 오는 밤에」 부분

위의 시 「무엇인가 말하는 것은」과 「눈 오는 밤에」에 공통적으로 나
타나는 '눈(雪)'은 하늘에서 수직으로 하강하여 녹아 없어지는 소멸성의
시각적 이미지를 가진 존재이다. 눈은 내리면서 바로 녹아 사라지는 반
면, 이어서 쉬지 않고 내림으로써 생성을 유지한다. 비록 개체의 삶은 일
회적이지만 무수히 반복되는 다른 개체들로 인해 삶의 연속성을 유지한
다. 눈은 자연의 섭리인 연속적 생명성과 소멸성을 동시에 가진 이미지
이다.

「무엇인가 말하는 것은」에서 풍차는 바람에 의해 언제나 제자리에서
돌고 도는 순환성을 가진 존재이다. 풍차는 소멸을 망각하고 다시 원점
으로 돌아와 순환을 끝없이 반복하는 세월이다. 이러한 '눈'과 '풍차'에
대한 시적 자아의 자각은 눈의 '사락사락 내리는 감촉'과, '풍차가 돌아가
는 음향'이라는 감각적 이미지로 나타난다. 이때 '가슴이 뿌듯'함은 자각
된 시인의 감정이며 이것은 무상감으로 이어진다. 무상감의 강조는 '부
질없고나, 정말'이 도치법으로, 이어진 행 '내가 무엇인가 말한다는 것은'
과도 도치되어 나타난다. 일반적인 문장으로 정리하면, '내가 무엇인가
말한다는 것은 정말 부질없고나'가 되어야 한다. 그런데 어구의 순서는
'부질없고나, 정말'이 도치되고, 다시 '무엇인가 말한다는 것은'의 행과의
도치로 나타난다. 이것은 무상감을 더욱 강조하기 위한 시의 기법이다.

시의 언어는 일반화되고 지시된 의미와 다르다. 시인의 말(言語)은, 사
물의 본질적 의미를 나타내기 위한 언어이다. 자신의 모든 감각이 열려

서 세계에 대한 경이감으로 충만할 때 시인은 시로써 '말'을 한다. 무한한 우주와 자연의 섭리를, 그 충만함을 '말'로써 다 나타낼 수는 없다. 시인의 말은 대상을 말로써 표현할 때 대상의 의미 속에 갇혀버리고, 대상의 진정한 본질은 사라져버리기 때문이다. 마치 땅에 떨어져 녹아버리는 눈의 존재처럼. 그래서 '무엇인가 말 한다는 것'은 부질없다고 한다. 이것은 시인이 언어로써 자각한 존재의 무상감에 대한 인식이다.

「눈 오는 밤에」의 '무한한 밤이/ 밀려오고 다시 밀려가는/ 그 어느 자리에'서 시적자아는 무한한 세월 속에 내가 생명으로 존재하고 있음을 인식한다. 이것은 '내 등불만한 모습이 켜지고'의 나로 표상되어 있다. 무한하게 긴 씨줄이라는 세월의 한 시점에 한 올의 가는 날줄로서 나의 존재가 있다는 말과 같다. 이러한 나의 존재는 무한한 세월 속에서 '눈' 같이 소멸될 작은 존재이다. '눈'의 존재는 이어지는 연에서 인생의 사랑과 욕망, 절망까지도 넘어선 초탈한 존재가 된다. 그것은 '오랜 歲月을 두고/ 절로 물처럼 고인 슬픔이/ 풀려나는 밤이다.'로 시작되는 이 시의 첫 연에서 알 수 있다. 오랜 세월 동안 인내하면서 기다린 결과는 곰삭은 성숙된 영혼이다. 그동안 눈으로 존재하던 '고인 슬픔'이 액체인 눈물로 변환되어 풀려 나타나고 있는 것이다. "눈물은 어떤 강렬한 자극에 의한 생체험적 육체의 표현이다. 슬플 때, 기쁠 때, 내면적 깊은 감동의 순간 등 생명성을 가진 몸의 언어이기도 하다."11) 눈물은 가장 순수한 육체의 언어이다. 이러한 눈물이 풀려난다는 것은 시적화자에게 어떤 고결한 깨달음이 있었다는 것을 의미한다. 이것은 이 시의 '스스로 우러나는 내 靈魂의/ 높

---

11) 박라연은 "눈물은 견고하고 마른 이미지를 부드러운 서정적이고 인간적인 시를 잃지 않게"한다고 했다(박라연, 「한국 현대시의 눈물의 시학 연구」, 『논문집』, 광주대 민족 문화예술연구소, 2000, 141~142쪽).

은 울음에……’로 알 수 있다. 눈물은 시적화자의 고독한 실존의 한계성을 인식하고, 체념하고, 동경하고, 인내하면서 기다림 속에서 생성된 순수한 액체이다. 눈물은 모든 것을 가능케 하는 생명의 원천으로서의 액체인 것이다. 그러므로 시적 자아의 실존적 고독감과 무상감을 눈(雪)에 투사하여 동일화시키고, 인생의 모든 것을 영혼의 울음으로 순화시키고 있다. 시적 자아는 눈을 통해 존재의 무상감을 수용하고 있다.

무상감은 ‘눈’으로 형상화되어 있다. 눈은 일회적 삶을 가진 존재이다. 그 속성은 물이라는 액체로서 정해진 형태가 없다. 시적 자아는 고유한 형태가 없는 존재의 무상감을 눈(雪)을 통해 정화된 눈물과 울음으로 수용하는 자세를 가진다.

무상감 즉 덧없음에 대한 시인의 인식은 시에서 동양화12)를 그릴 때 쓰는 선염법13)적 표현기법으로 나타난다. 동양화에서 ‘선염법은 회화繪畵에 있어서, 산수운연山水雲煙의 흐릿한 느낌, 우중雨中의 정취, 어스름달 등을 표현하기 위해 화면을 몽롱하게 그리는 기법’이다.14)

이형기의 시에서 사물의 윤곽이 부드럽고 흐릿한 것으로 표현되어 있는 것은 무상감에 대한 인식이다. 그는 “윤곽이 뚜렷한 사물은 부운浮雲

---

12) 우리의 전통 그림인 수묵화나 채색화를 이를 때 조선시대에는 서화(書畵), 일제강점기부터는 동양화(東洋畵), 1982년부터는 한국화(韓國畵) 로 시대에 따라 그 명칭이 다르다(조용진 · 배재영,『동양화란 어떤 그림인가』, 열화당, 2004, 8쪽). 본고에서는 편의상 시대구분 없이 일반적으로 통용되는 ‘동양화’라는 용어로 통일해서 사용했다.

13) “한지에다 그림을 그릴 때는 먹물이나 안료가 모세관 현상에 의해 섬유질 사이로 잘 스며들고 선염(渲染) 현상이 일어난다. 물론 여기에서는 먹이나 안료에 넣은 아교가 계면활성제로써 작용하여 번지게 한다. 이런 원리를 유효 적절히 이용한 결과 나온 것이 수묵화이다”(조용진 · 배재영, 위의 책, 34~35쪽).
문학에서 ‘선염법’이란 용어는 이형기가「박목월론」에서 사용한 용어인데, 자신의 주관적 문학관이 담겨있는 인상비평적 비평방법이라 할 수 있다. 그것은 자신의 시에서도 그러한 요소가 담겨 있다는 뜻이다.

14) 이형기, 앞의 책, 130쪽.

처럼 또는 유수流水처럼 유위변전有爲變轉하지 않고 그 뚜렷한 윤곽이 보
장하는 안정된 모습을 그대로 유지해 나간다"15)고 했다. 무상감은 고정
된 고유한 형태가 정해져 있지 않기 때문이다.

> 시의 언어가 사물의 본질적 의미를 나타내려는 것이라면, 사물의 형
> 태를 시로 나타냈을 때 그 사물이 가진 본질적 의미는 이미 언어를 벗
> 어난 곳에 있다. 언어에 의한 사물의 의미는 오직 인간의 해석 능력인
> 인간의 시선에 의해서만 파악되기 때문이다. 그렇다면 인간의 시선
> 을 전혀 받아들이지 않는 사물은 알맹이 자체를 가질 수 없는 것이 된
> 다. 그것은 무(無)의 심연에서 깊이 잠들고 있는 정체불명의 그 무엇
> 이다.16)

이런 이형기의 인식은 인간이 사물을 인식함으로써 사물이 가진 의미
를 가질 수 있는 것이지, 사물의 실체를 제대로 파악한 것이 아니라는 것
이다. 인간이 어떤 사물을 인식하지 않더라도 그 사물은 인간의 인식 밖
에서 존재하고 있다. 이형기는 사물의 밖에서 사물을 바라보는 태도를
가진다. 사물의 형태가 선명하지 않은 이미지들이 곳곳에 나타나는 것은
이러한 이유 때문이다.

> 저문 들길이다.
> 은은한 보랏빛 背景을 등지고
> 소를 몰고,
> 느릿 느릿 가는 길은
> 집으로 가는 길이다.

---

15) 이형기, 위의 책, 130쪽.
16) 이형기, 위의 책, 330쪽.

山그늘이 기울고
周圍는 말 없이 어두워 오는데
―「소를 몰고 간다」 부분

한 色 보라로 칠을 하고, 길 아닌 千里를 더듬어 가면……
―「비 오는 날」 부분

哀切한 薄
안개서린 골목 길

부슬비 오는 밤에
나는 먼 旅行길에서 돌아오고 있다.
―「窓2」 부분

여름밤 강변에 안개가 서린다
한동안 잊었던 슬픔이 서린다
나의 다함없는 애탄은 흘러서
지금 안개처럼 강변에 서린다.
―「여름밤 江邊에」 부분

또는 해질 무렵 산허리에 어리는
저녁 안개처럼 덧없고 가볍다.

아 보랏빛 안개서린 喜怒哀樂
먼길을 가며 보는 江山風景……
―「나의 詩」 부분
(인용시 강조점―필자)

위의 인용시에는 인생을 의미하는 '길'이라는 이미지가 공통적으로 나타난다. 이 길은 모두 보랏빛 또는 안개에 싸여 있다. 시적화자는 자연현상이 소멸해 가는 길 위에서 보랏빛 또는 안개에 둘러싸여 그 무엇도 선명하지 않음을 인식하고 있다. 이것 역시 자연 현상을 통해 보는 인생에 대한 덧없음이다. 이처럼 '대상을 점차로 무화無化시키는 이미지는 그 속성이 지닌 불명확함과 덧없음'[17]을 나타내기 위함이다. 이들 시작품에서는 '비'와 '안개', '보랏빛' 등이 무상감의 인식으로 이미지화 된 것이다. 또한 '저문 들길', '해질 무렵', '황혼' 등의 자연현상에서의 소멸성 이미지는 밤으로 나타난다. 밤은 모든 사물의 모습을 시각적으로 볼 수 없게 만든다. 그래서 심연의 인식에서 건져낸 사물에 대한 인식은 시각화된 사물의 형태가 선명하지 못할 수밖에 없다.

'안개'로 표상된 이미지 또한 무상감에 대한 인식이다. 특히 자신의 삶을 되돌아본다는 것은 새로운 길을 모색하기 위한 전제가 된다. 이때 시적 자아는 안개 속에 갇혀있는 자신을 되돌아 볼 수 있다. 아직은 혼미함 속에 갇혀 있지만, 이 안개를 벗어나기 위해 시인은 새로운 세계를 찾아 나설 수 있다. 안개는 시인이 인식하는 세계이다. 시인이 인식하는 내면 세계를 이미지로 형상화 시킨 것이 시라고 할 때 안개는 시인의 내면 의식의 표상이 되는 것이다.

1950년 대 전후 세대는 기존 전통 문학에 대한 부정과 단절 등을 꾀하였다. 이들은 모든 것을 타기하고 극복해야 할 무엇을 찾았다.[18] 이형기도 전통적 서정시의 영향권에서 벗어나 자신만의 새로운 시세계를 탐색할 무렵이었다. 새로운 시세계는 청록파류의 전통적 서정시의 세계에서

---

17) 김현자,『한국시의 감각과 미적거리』, 문학과지성사, 1997, 15쪽.
18) 송하춘 · 이남호,「1950년대와 전후 세대 시인들의 성격」,『1950년대의 시인들』, 나남, 1994, 14쪽.

벗어나 존재의 본질을 탐색하기 위한 시도였다.

시는 안개처럼 덧없고, 허무하다는 시인의 인식은 대상과 거리를 멀리
두면서, 선명하지 않은 대상을 바라본다.

　　　山은 조용히 비에 젖고 있다
　　　밑도 끝도 없이 내리는 가을 비
　　　가을비 속에 鎭坐한 무게를
　　　그 누구도 가늠하지 못한다
　　　表情은 뿌연 시야에 가리우고
　　　다만 윤곽만을 드러낸 山
　　　千年 또는 그 이상의 歲月이
　　　午後 한 때 가을비에 젖는다
　　　이 深淵같은 寂寞에 싸여 조는둥 마는둥
　　　아마도 반쯤 눈을 감고
　　　放心無限 비에 젖는 山
　　　그 옛날의 激怒의 기억은 간 데 없다
　　　깎아지른 絶壁도 앙상한 바위도
　　　오직 한가닥
　　　완만한 曲線에 눌려버린 채
　　　어쩌면 눈물어린 눈으로 보듯
　　　가을비 속에 어룽진 윤곽
　　　아아 그러나 지울 수 없다.

—「山」 전문

위 시의 '산'은 위엄이 있다. 그것은 셀 수도 없는 오랜 세월 동안 온갖
풍파를 인내로 견뎌낸 세월로 인한 것이다. '산'은 자신의 몸을 차갑게 적
시는 비에도 무관심하다. 과거에 쉽게 격노하고, 질벽치럼 곧고 날카롭

던 직선적이던 모습은 시간이 흐르면서 다듬어지고, 포용할 수 있는 부드러운 곡선으로 바뀌었다.

비를 맞고 편안한 모습으로 앉아 있는 산은 눈을 반쯤 감은 상태이다. 이러한 상태는 존재의 한계를 극복하기 위한 전 단계로 해석된다. '반쯤 가려진 상태의 이미지는 현실과 추구하는 세계를 중개하는 자의 시선이다'.[19] '반쯤 감은 눈'은 욕망의 현실 세계와 시인이 추구하는 세계의 중간쯤에 있는 산의 내면적 모습이다. 그 '눈'은 많은 세월을 인내하며 이겨낸 '산'의 눈이다. 이 '눈'은 세상 욕망의 집착에서 벗어난 상태로서 영원을 향해 있다. 초속超俗한 산은 외부의 어떤 자극에도 마음의 동요 없이 '방심무한' 편안한 상태가 될 수 있다.

인간의 눈은 사물을 가까이서 볼 때와 멀리서 볼 때 차이가 있다. 또 사물을 보는 각도에 따라, 즉 마음의 상태에 따라 사물은 다르게 보인다. 자신의 감정과 욕망을 다스리지 못한 상태에서는 사물의 본질을 제대로 볼 수 없다. 시적 자아는 자신이 바라보고 있는 산을 자신에게 동화시켜 눈물어린 눈으로 다시 산의 모습을 보고 있다. 이렇게 바라보는 인격화된 산의 모습은 현실적인 욕망을 이겨낸 성숙된 자신의 모습이다. 그러나 그런 모습의 실체를 확인할 수는 없다. 시적 자아는 멀리서 눈물이 어룽진 눈으로, 뿌연 가을비 속에 나타난 부드러운 선의 형태만 볼 수 있을 뿐이다.

> 정체불명이 허무감으로서, 인간이 부여한 의미로 앞에 나타날 때 시인은 의미 너머에 있는 사물의 실체를 보고자 한다. 그러나 시인은 실패하고 만다. 시인이 보는 눈은 인식함으로써 볼 수 있는 눈이다.

---

19) 김현자, 앞의 책, 26~27쪽.

모든 사물이 어둠 속에 갇힐 때 시인은 인식의 조명으로 사물을 밝
혀낸다.[20]

이것은 시인이 인식한 결과로 나타난 것이다. 사물의 경계지점이 뚜렷
하지 않고 서로의 경계 속으로 스며들어 번진 부드러운 색채의 이미지는
멀리서 인생을 관조하는 시적자아의 달관자적인 자세이다. 시적자아는 그
림 밖에 서서 한 편의 동양화를 감상하듯 멀리서 인생을 바라보고 있다. 이
러한 사물에 대한 시적화자의 태도는 사물과 미적거리를 형성하고 있다.
자연을 소재로 한 시에서 자연은 인격화되어 나타나는데 인간과 자연
을 동일시 한 우리의 자연에 대한 인식이다. 존재의 근원적 한계는 자연
의 소멸 이미지로 나타났다. 소멸은 모든 존재에 대한 무상감을 느끼게
했다. 이것은 존재의 유한성을 극복하고자 하는 의지로써 기다림이라는
인고의 시간으로 침잠하는 것으로 나타났다. 이 과정에서 존재는 완전히
소멸되어 새로운 존재로서 재탄생하게 된다. 이것이 표면으로는 인생을
달관한 노년의 원숙미로 보이는 것이다. 시적 자아가 가진 '눈'의 여러 이
미지는 자연의 소멸에 대한 저항 의지가 저변에 깔려 있음을 알 수 있었
다. 이것은 내면을 지향하고, 인내로써 기다리는 수동적인 태도로 표면
화되어 있었다.

2) 인내와 내면지향

유한적 삶에 대한 한계성과 무상감은 삶에 대한 체념을 유발시킬 수
있다. 삶에 대한 체념을 극복하려는 의지는 꿈을 가지기 때문에 가능하

---

20) 이형기, 「체흡의 비」, 『시와 언어』, 문학과지성사, 1987, 325쪽.

다. 체념이 포기나 단념에 머무르지 않고 꿈을 향할 때 체념은 한계성을 극복하기 위한 자세를 가진다. 이것은 기다림이라는 자세로 나타나는데, 기다림은 '시작과 끝으로 이루어지는 유한적 시간성에서 시작과 끝의 경계를 넘어선 무시간성'[21]을 향한 과정에 있는 것이다. 존재의 한계성과 무상감을 수용한 시적자아는 그것을 극복하기 위해 기다림의 터널을 통과하는 시간을 거친다. 이 기다림에는 자아각성과 인내의 고통이 전제되어 있다.

> 그러기에 더욱
> 흐느끼지 않는 설움 홀로 달래며
> 목이 가늘도록 참아내련다.
>
> 까마득한 하늘가에
> 내 가슴이 파랗게 부숴지는 날
> 코스모스는 지리
>
> — 「코스모스」 부분

> 窓마다 불 밝힌 먼 마을 어구에
> 너는 누워서 기다렸는 진종일…….
> 뉘우침은 실로
> 크고 흡족한 寢室같다.
> (중략)

---

21) "시간과 무시간은 지각의 복합성 속에서 위계적 관계를 배태한다고 봄이 옳다. 그것은 유아가 성숙을 배태하는 것과 다르지 않다. 그러나 유아가 성숙의 상태보다 원시적인 상태에 있다는 것은 그가 성숙의 상태에 도달하기 전에만 필요하다는 사실을 염두에 두어야 한다"(이승훈, 『문학과 시간』, 이우출판사, 1983, 47쪽).

너는 조용한 湖水처럼
운다
木蓮꽃.

—「木蓮」 부분

그리하여 밤이면 밤마다 나는
窓, 너와 더불어 침묵하며
오래오래 참고 기다리는 눈을 기른다, 절망하지 않는다.

—「窓1」 부분

때로 나는 懷疑하고
때로 나는 눈물을 흘린다
그것들이 얼룩진 초가집에 영창 밖에
밤을 새워 우는 가을 풀벌레.

—「窓2」 부분

참으로 기다림이란
이 차고 슬픈 湖水같은 것을
또 하나 마음 속에 지니는 일이다.

—「湖水」 부분

나의 사랑, 나의 訣別,
샘터에 물 고이 듯 成熟하는
내 靈魂의 슬픈 눈.

—「落花」 부분

위의 시작품들 중에서, 「코스모스」는 완전한 소멸을 위한 기다림이
다. 코스모스는 머리를 박고 몸부림 친 흔적으로 새겨져 더욱 비극적인

모습이다. 완전소멸은 그 존재가 완전히 사라지는 것으로 존재의 본질로 돌아가는 것을 의미한다. '코스모스'의 '어룽'이 영원한 생명을 얻기 위해서는 코스모스가 완전히 사라져야 가능하다. 그것은 시적 자아의 가슴이 '파랗게' 부숴지는 날—'코스모스는 지리'—이다. 파란색은 엄밀히 말하면 그 명도의 차에 따라 다르지만, 크게 분류하면 '상실감'과 '재생'의 두 가지 감정을 반영한다고 볼 수 있다.[22] 미를 예술의 본질로 생각하는 예술작품에서 파란색은 상실감에서 재생으로 가는 과정에서 나타난다. 여기서 코스모스를 내면화한 시적 자아는 자신의 모든 욕망이 모두 소멸되어야 가능한 순수한 본질 그 자체의 경지를 기다리고 있는 것이다. 이러한 기다림의 자세는 '흐느끼지 않는 설움'이라는 인내의 의지로써 나타난다. 설움은 울음과 연관된다. 그 울음은 흐느끼는 것이 정상이다. '흐느끼지 않는 설움'이란 내면에서 차오르는 설움을 자신의 의지로써 억누르면서 견딘다는 뜻이다. 이것은 아직 시적 자아의 내면적 갈등이 해소되지 않았음을 의미한다.

「木蓮」은 뉘우침의 기다림이다. '목련'은 마을과 떨어진 먼 곳에서 피었다가 진, 땅에 떨어져 외롭게 '누워'있는 형상이다. 목련은 스스로 충만할 줄 아는 샘물처럼 소멸과 생성의 질서를 깨달으며, 영원성을 꿈꾸고 있다. 이 영원성은 '침실'이라는 이미지로 형상화되어 나타난다.「木蓮」의 '침실'은 소멸된 영혼이 안식할 수 있는 '형이상학적인 세계로, 있어야 할 세계로서 추구하는 영원의 집'[23]으로 볼 수 있다. 영원의 집이란 바로 죽음의 세계이다. 목련이 시들어 땅에서 바라보는 하늘은 영원히 안식할 수 있는 곳이다. 땅에서의 소멸은 새로운 생명으로 태어날 수 있는 과정

---

22) 末永倉生, 박필임 역,『색채심리』, 예경, 2003, 72쪽.
23) 마광수,『상징시학』, 청하, 1989, 109쪽.

이다. 목련의 죽음 곧 소멸은 새로운 세계로 가기 위한 과정임을 깨닫는 것이다. '침실'로 가기 위해서 필요한 것은 깨달음이다. 이 시에서는 이것이 '뉘우침'이라는 시어로 나타나 있다.

「窓1」과 「窓2」는 자아성찰로서 마음을 비워야하는 기다림이다. '창'은 '물같이 흐르는 세월의 斷面을 조용히 가로막은 透明體'로서, 내면적 자아를 성찰하는 장치이다. 자아는 방황했던 자신의 삶을 되돌아보면서 존재의 한계성을 인식하는 성찰의 자세를 갖는다. 이것은 모든 존재가 만나는 죽음의 세계를 영원성으로 인식하고 인생의 유한적 가치를 깨닫는 것이다. 내면의 자아는 자연의 질서를 수용하고 무상한 세계의 본질을 담기 위해 인내하면서 기다리고 있다. 「窓1」의 '눈' 자의식의 각성으로 밝혀지는 '눈'과 '불빛'은 이러한 기다림의 자세를 밝혀주는 이미지이다.

「湖水」의 기다림은 고요하게 인내하는 '정靜'24)의 기다림이다. '호수'는 성숙된 내면의 형상화이다. '눈을 뜨고 밤을 새우'는 인내로 다져진 내면은 잠잠하다. 청춘의 열정이나 사랑도 이제는 불고 가는 바람처럼 무상하다는 것을 깨닫고 고요한 호수의 수면水面같은 원숙함을 지니게 된 것이다. 이것은 감정을 조절할 수 있는 '차고 슬픈' 마음과 인내로써 가능한 것임을 말하고 있다.

「落花」의 기다림도 생성을 위한 인내를 말하고 있다. 시 「落花」는 이별을 떨어지는 꽃잎으로 의인화하여 형상화 한 작품이다. 봄 한 철 피었다가 떨어지는 꽃잎은 '가야할 때가 언제인가를 분명히 알고 가는 이'로서, 자연의 질서에 적극적으로 순응하는 자세를 가진다. 이것은 존재의

---

24) 남만성은 무위(無爲)사사에서 노자는 무(無), 허(虛), 정(靜), 유약(柔弱), 박(樸) 등을 강조하였다고 했다. 그 중에서 정(靜)은 '고요함을 지키기를 돈독하게 하면 만물이 왕성하게 생성하고, 고요함은 조급한 것을 다스린다'고 하였다(老子, 남만성 역, 『도덕경』, 1994, 6~7쪽).

유한성에 집착하지 않고, 자연의 질서를 수용하는 긍정적 자세를 말한다. 이는 '무성한 녹음'을 향하고, '열매 맺는' 가을이라는 생성을 향하고 있기 때문에 가능하다. 이렇게 생성을 위한 소멸의 과정에는 힘겨운 인내가 기다리고 있다. 자연의 질서에 따라 존재의 한계성을 이별로 받아들이고, 인내를 통해 힘겹게 성숙되는 영혼은 '슬픈 눈'을 가질 수밖에 없다. 보이지 않는 내면의 성숙은 인내하는 가운데 샘물처럼 맑은 영혼이 차오르는 것을 느끼며 기다리는 자세이다.

위에서 살펴본 것과 같이 소멸하는 존재로서의 수용과정은 존재의 소멸성을 인식한 시적 자아가 모두 기다림의 자세를 갖는 것으로 나타난다. 이 기다림의 과정은 자아가 추구하는 꿈을 가지는데, 그것은 자아성찰을 통해 발견할 수 있었던 새로운 세계이다. 꿈은 기다림의 고통을 인내할 수 있는 힘으로 작용된다. 기다림이라는 과정은 뉘우침의 기다림, 비움의 기다림, 정靜의 기다림, 성숙을 위한 기다림의 자세 등의 모습으로 나타난다. 그러나 이 기다림에는 '울음'이라는 이미지가 드러나 있는 것이 특징이다. 이 울음은 현재의 소멸을 극복하지 못하고 새로운 세계의 생성을 위한 표면적 순응의 태도를 취하고 있을 뿐이다.

존재의 한계성을 수용하고 기다림의 자세를 갖는 것은 그것을 초월하려는 기대 때문이다. 초월에 대한 기대는 한계성을 극복하려는 의지로써, 꿈으로 존재한다. 존재가 소멸되어야 하는 운명을 수용하는 것이 '체념'이라면, 체념을 극복하려는 의지는 꿈을 가지기 때문에 가능하다. 체념이 포기나 단념에 머무르지 않고 꿈을 향할 때, 그것은 한계성을 극복하기 위한 기다림의 자세를 가진다.

꿈은 '있어야 될 세계'가 결핍됨으로써 품게 되는 시적 세계이다. 시인이 동경하는 꿈은 시간을 초월하고, 세계를 새롭게 창조할 수 있는 힘이 된다.

나무는
실로 運命처럼
조용하고 슬픈 姿勢를 가졌다.

홀로 내려가는 언덕길
그 아랫마을에 등불이 켜이듯

그런 姿勢로/ 平生을 산다.

철 따라 바람이 불고 가는
소란한 마을길 위에

스스로 펴는
그 폭 넓은 그늘……

나무는
제 자리에 선채로 흘러가는
천년의 江물이다.

ㅡ「나무」 전문

위의 시 1연에서 나무의 '슬픈 자세'는 시적 자아의 인식 변화에 따라 두 가지 관점으로 풀이해 볼 수 있다. 먼저, 나무라는 존재 그 자체를 '슬픈 자세'로 인식하는 것이다. 이것은 나무가 자신의 의지와는 상관없이 한 곳에서 붙박인 채 평생을 살아갈 수밖에 없는 한계성에 대한 것이다. 나무는 마음대로 이동할 수도 없고, 자신을 스쳐가는 온갖 자연의 풍파를 고스란히 맞으며 살아가야 하는 천형天刑과도 같은 운명을 가질 수밖에 없다. '슬픈 자세'는 나무가 지닌 한계성을 운명으로 인식하는 자세이다.

또 하나는, 나무가 지닌 한계성을 극복하기 위해 운명을 수용할 수밖에 없는 인식으로서의 자세이다. 즉 절망의 극복을 위한 자세이다.

시적 자아가 '슬픈 자세'에 대한 인식을 수용할 수 있었던 것은 깨달음이 있었기 때문이다. 깨달음은 '슬픈 자세'를 넘어서기 위해 그것을 받아들여야 하는 자신의 숙명적 자세에 대한 인식이다. 수용은 힘든 고통을 감내해야 하는 조건이 전제된다. 나무는 그것을 알고 있지만 '홀로 내려가는' 힘든 길을 선택했다. 일반적으로 나무는 태양을 많이 받기 위해 다른 나무보다 더 높은 곳으로 가지를 뻗어 자신의 영역을 확장하는 생리를 가졌다. 그러나 이 시의 나무는 그러한 욕망의 길이 아닌 반대의 길을 선택한 것이다. 이러한 선택을 가능하게 할 수 있는 것은 체념이다. 체념은 고통을 인내하면서 '빈 곳'25)을 마련하고, 그곳을 채우기 위한 꿈을 동경한다. 낮은 곳으로 향한 나무는 '그 아랫마을에 등불이 켜이듯// 그런 자세로 평생을 산다.'는 각오로 외롭고 힘든 길을 따라가는 삶을 받아들이는 것이다. 높은 곳이 아닌 낮은 곳으로 향한 그의 꿈은 슬픈 운명에 대한 집착과 욕망을 다스릴 수 있는 내면적 성숙함을 만든다. 누구나 함부로 선택할 수 없는 낮은 곳을 향해 있는 나무, 나무가 동경하는 눈은 운명의 슬픈 자세를 이미 넘어서 있다.

4연에서의 인내를 통해 더욱 다져지고 성숙해진 나무는 '있어야 할 것' 결핍된 것을 자신의 '폭 넓은 그늘'로써 나타내고 있다. 최상의 선善은 물과 같은 것이라고 했다. "물은 모든 생물에 이로움을 주면서 다투지 않는다. 모든 사람들이 싫어하는 낮은 곳에 즐겨 있다."26) 이러한 나무는 구

---

25) '빈 곳'을 마련한다는 것은, 시 「窓2」에서 '나의 마음은 비어 있다./ 오직 네가 와서 / 가득 채워주기를 기다리는 뜻으로/ 이것을 하나 마련하였다'는 시구와 맥락이 같다.

26) '上善若水　水善利萬物而不爭　處衆人之所惡　故幾於道'(老子, 남만성 옮김, 『도덕경』 제8장, 을유문화사, 1994, 34쪽).

도자적 자세로 고체의 견고성, 공간적 한계성을 초월하여 '폭 넓은 그늘', '천 년을 흐르는 강물'로 원천적 생명의 영원성을 꿈꾸면서 '최상의 선'을 동경하고 있다.

> 자라서 늙고 싶다
> 나는 한 그루 樹木같이
>
> 먼 旅程이 끝간 곳에
> 그늘을 느린 나의 追憶
>
> 또 어느덧 하루 해가 저물어
> 그곳에 藤倚子를 내놓고 쉴 때—
>
> 눈을 감고 있으면
> 靑春의 자취위에 내리는 싸락눈
> 漂白된 悲劇의 粉末
>
> —그러나 나는
> 겨울날 단양한 陽地쪽에
> 누워서 존다
>
> 육중한 大地에 묻힌
> 사랑과 미움
>
> 내 가고난 다음 千年 쯤 후에
> 자라서 무성한 가지를 펴라

—「老年幻覺」 전문

위의 시는 그가 20대 중반에 쓴 작품이다.27) 이 시는「老年幻覺」이라
는 제목에서 알 수 있듯이 20대의 청년이 쓴 작품이라고 믿기지 않을 만
큼 인생을 달관한 노년의 삶을 나타내고 있다. 인생을 통찰한 시인의 눈
은 이미 20대의 청춘을 훨씬 지나 그 흔적만이 남아 있는 노년에 가 있다.

시적 자아는 고통으로 점철된 현실을 젊은 패기와 열정으로 채워서 나
아가기보다는 시간을 뛰어넘어 먼 미래의 시간 속에서 삶을 거시적으로
바라보고 있다. '자라서 늙고 싶다'는 언표는 현실의 고통을 뛰어넘기 위
한 소극적인 방편으로 보인다. 인간은 성인이 되는 과정을 거치면서 더
욱 원숙해지고 체화된 삶의 통찰이 생긴다. 이러한 과정이 생략된 채, 무
화되는 삶을 바라본다는 것은 삶의 과정에서 오는 고통을 쉽게 체념하고
소극적으로 회피하는 것과 다르지 않다. 그러한 점에서 생의 흔적을 하
얗게 표백된 눈(雪)으로 바라보는 것은 지적 조숙성에 의한 오만이다.

이러한 태도는 현실에 대한 소극적인 초월의지를 꿈으로 나타낸 것으
로 보인다. 이것은 결핍에 대한 시적 자아의 동경을 문학적 시간 속에서
나타낸 것이다. 시에서의 시간은 현재시제에 포함된 수사학적 표현으로
서 작품이 창조되는 순간에 과거·미래가 융합된 상태인 현재이다.

'인간의 의식은 통일성 및 연속성 등 지적능력을 시간이라는 개념에
적용시켜 정서와 관념으로 이루어진다. 정서란 순간적인 현재의 감정이
라 할 수 있고, 사상, 즉 관념은 시간을 가지지 않는 무시간성을 지닌 것
이라 할 수 있다. 서정시는 물리적 시간에서 벗어난다. 그러므로 서정
시의 현재시제는 '영원한 현재'라 부를 수 있는 시간의 양상을 지니고
있다'.28)

---

27)「老年幻覺」은『문학예술』(1956년 12월)에 발표되었던 작품이다.
28) 김준오는, 문학적 시간이 자연적 시간과는 다르다. 서정시가 가진 시간성의 다양한 특
　　징은 시제의 현재화로 모아진다. 수사학적 형태로서의 시제는 시인의 의식과 연관되고

위의 시에서 시제는 액자화 된 시제로서 현재이다. 이 시에서의 시간적 흐름은, 현재가 액자의 테두리가 되고, 미래가 액자 속의 그림 내용이 된다. 그림의 내용은 미래이다. 이것을 괄호로 도식화하면, '현재→ [미래→ {현재→ (과거)→ 현재}→ 미래]'로 나타낼 수 있다. 다시 말하면, 현재는 액자 바깥에 있는 테두리이고, 액자의 테두리인 [ ] 안의 미래는 액자 안의 현재가 되어 전체 그림 내용을 이끌고 있다. 그 현재는 양지바른 등의자에 앉아 과거인 청춘이 무상함 위에 있었음을 회상한다. 이런 깨달음으로 성숙된 미래의 나는 등의자에서 편안하게 졸고 있다. 시적화자는 청춘시절에 겪을 수 있는 사랑과 미움의 격정적 감정들이 오랜 시간 땅 속에서 완전히 소멸되어 새로운 생명으로 삶을 얻을 수 있기를 꿈꾸고 있다.

시에서 꿈은 직관에 의해 상상력으로 이루어진다. 현재가 미래를 꿈꾸고 미래는 '무성한 가지를 펴'는 미래를 꿈꾼다. 현재 이 순간이라는 시점에서 시적 자아는 '있어야 할 것'인 노년의 시간 속으로 들어간 것이다. 이 시간은 시적화자의 창조적 상상력의 힘으로 가동되는 상상의 시간이다. '노년'이라는 시간은 젊은 날의 격정적 감정에서 자유로워질 수 있고, 인생을 달관의 경지에서 바라볼 수 있는 시간이다.

'한 그루 수목'은 온갖 풍파를 겪으면서 세월을 이겨낸 아름드리 늙은 고목이다. 시적 자아는 이 수목을 '여정이 끝간 곳'에서 '그늘'을 드리우는 존재로 인격화하여 사람과 중첩된 이미지로 표현하였다. 이렇게 인격화된 나무는 인간만이 느낄 수 있는 존재의 한계성을 자각하고 절감할 수 있는 것이다.

이 시간의식은 그의 인생관 내지 세계관과 직결된다고 했다(김쥬오, 「시간적 거리와 미적 거리」, 『시론』, 삼지사, 1995, 232~245쪽).

시에서 '있어야 할 세계'는 꿈이다. 꿈은 이루어 질 수 없는 영원한 동경의 대상이다. 시적 자아는 이 한계를 체념으로써 극복하려는 자세를 취한다. 체념은 꿈을 꿀 수 있는 바탕이 되고, 꿈을 동경할 수 있는 기다림의 자세를 가지는 것이다. 그래서 시인의 통찰력은 나무의 견고함이 강물로도 흐를 수 있고, 상상의 시간 속에서 자신의 먼 미래의 모습도 볼 수 있는 것이다. 사물은 고유한 본질이 없다는 것, 그래서 그 자체의 다른 무엇으로 변할 수 있는 가능성을 미리 자각한 것이다.[29]

그는 존재의 본질에 대해서 끊임없이 탐구했다. 그의 시를 전반적으로 관통하는 주제는 허무의식이다. 모든 사물은 변화하기 때문에 고정된 형태가 없다. 이러한 사물의 본질이 바로 허무라는 것이다.

『적막강산』에 나타난 자연의 소멸성을 인식하고 인내로써 기다리는 자세는 이형기 시에서 자연의 섭리에 대한 수용으로 보인다. 그러나 표면에 나타난 순응은 근원적 한계에 대한 저항을 어쩔 수 없는 체념이다. 이 체념은 세계에 대한 단념이나 포기와는 다른, 꿈을 향해 기다림의 자세를 갖는 것이다.

그는 허무를 인식하고 내면화하였다. 『적막강산』에는 시적자아가 존재의 소멸성을 인식하고, 그것을 수용하면서 고통으로 인내하는 기다림의 단계로 나타난다. 이러한 과정은 두 번째 시집 『돌베개의 시』에서 시인으로서의 자각적 세계 인식으로 구체화된다.

소멸에 대한 인식은 『적막강산』의 시세계가 그 이후의 시세계와 이분화된 것이 아니라 오히려 변화된 시세계를 전개하는데 뿌리를 형성해 준 것이라는 것을 확인할 수 있다. 존재에 대한 끊임없는 성찰과 시적 삶에 대한 치열한 정신적 태도는 변화된 시 세계에서 계속해서 나타난다.

---

29) 이 「나무」의 동경은 「돌베개의 시」를 거쳐 「돌의 환타지아」로 변주되어 나타난다.

2. 자각적 세계 인식의 시—적극적 탐구 의지

이형기의 시세계는『적막강산』이후 큰 변화를 보인다. 그것은 초기 시에 나타난 낭만성과 애수와 한을 주조로 한 전통적 서정시에 대한 반성으로 인한 것이다. 이 반성은 그가 자연발생적 서정의 세계에서 자신만의 새로운 세계로 나아가는 동인이 된다. 새로운 세계를 향한 모색과정에서 그는 "인간은 꿈꾸는 존재요, 시는 또 그러한 인간의 꿈의 언어라는 사실"30)을 깨닫는다. '꿈'은 상상력으로 이루어진 현실 너머에 있는 허구의 세계를 말한다. 그가 자연발생적 서정에서 벗어나 새롭게 본 세계는 거부하고 파괴해야 할 부조리한 세계였다. 꿈은 이러한 현실 세계에서 절망하고, 새로운 세계를 창조하려는 정열의 소산이다. 변화를 모색하는 과정에서 얻은 깨달음은『돌베개의 시』에 그 특징이 잘 나타나 있다.

> 첫 번째의『寂寞江山』은 누구나 흔히 그럴 수 있는 20대의 자연 발생적 서정이 그 내용을 이루고 있다. 두 번째의『돌베개의 詩』는 거기에 회의를 품고 새로운 시를 찾아 나선 내가 방황 중에 쓴 산만하고 타성적인 메모를 묶은 것이다. 세 번째의 이『꿈꾸는 魃』은 말하자면 그러한 방황 끝에 나로서는 이것이다 하고 찾아낸 새로운 시의 지평이라 할 수 있다.31)

위의 인용 글에서 그는 시적 변화를 시도한 이유와 그 과정에서 얻은 깨달음을 요약하여 말하고 있다.『꿈꾸는 한발』이 새로운 시의 세계를 발견하고, 시적 방황을 끝낼 수 있었던 시집이라면,『돌베개의 시』는 그

---

30) 이형기, 「꿈의 언어의 충격성」,『시와 시학』1992.3, 146쪽.
31) 이형기, 「자서」,『꿈꾸는 한발』, 창원사, 1975, 9쪽.

방황의 여정 중에 얻은 단편적 깨달음의 모음집이라는 것이다. 이 깨달
음은 존재에 대한 철저한 탐구 의지로써 세계를 인식하는 방법이다. 이
것은 시작詩作 전반을 통해, 시인이라는 숙명적 궤도를 수용하면서도 그
것에 도전하고, 절망하면서 새로운 세계를 향한 치열한 정신으로 나타난
다. 특히『돌베개의 시』는『적막강산』의 시세계에서 벗어나『꿈꾸는 한
발』과 그 이후의 시세계를 열어주는 관문으로서의 특징이 분명하게 나
타나는 시집이다.

『돌베개의 시』에는 그가 새로운 시세계를 모색하는 과정에서 존재의
근원적 한계에 대한 탐구가 적극적인 형태로 나타나기 시작했고, 시인으
로서 세계에 대한 인식이 뚜렷하게 변화되어 나타나 있다. 이러한 점들
은 변화된 시세계가 '청록파'나 미당의 시집『귀촉도』의 전통적 서정시
영향권 내에서 벗어난 것임을 알 수 있게 하는 것이다.

전통적 서정시와의 결별 이후 인식한 현실 세계는 자아와 갈등하고 대
립되는 부조리한 세계였다. 이러한 세계는 부정과 파괴의 대상이 되고, 새
로운 세계를 창조해야 되는 필연적인 욕망을 일깨우는 것이다. 그에게 욕
망은 부조리에 도전하는 시인의 생명과도 같은 것이며, 희망이 아닌 절망
으로 귀결된다.32) 그는 시인의 삶을 숙명으로 받아들이고, 존재의 근원적
한계를 끝까지 탐구하면서, 새로운 세계를 창조하기를 포기하지 않는다.

시가 '언어의 창조적 예술'33)이라면, 시인은 언어로써 새로운 세계를

---

32) 오규원은 '절망의 비전'에 대하여, 이미 정의되고 정리된 부조리에 대응하는 한 정신의
간단없는 절망의 우주로서, 대응하는 자의 정신에 따라 절망의 의미가 증감되는 세계라
고 설명했다(오규원, 앞의 책, 75쪽).
이형기의 절망은 실현되지 않는 꿈으로 인한 것이다. 그것은 결코 이루어질 수 없는 꿈
을 향해 불꽃 속에 뛰어드는 부나비처럼, 부조리한 현실 세계를 향해 자신의 모든 것을
전신연소로써 대응하는 시정신이다.
33) 윤재근,「현대시의 시정신에 관한 연구」,『한국학논집』제4집, 1983, 195쪽.

창조하는 존재이다. 새로운 세계를 창조한다는 것은 일상화되고 관습화된 기존 세계를 부정하고 세계를 새롭게 해석하는 것을 의미한다. 그것은 기존 세계의 소멸이 전제되어야 한다. 세계를 소멸시키고 창조하는 것은 시인의 상상력으로써 가능하다. 이 상상력은 세계를 새롭게 볼 수 있는 눈(目)이며, 확장된 인식이다. 시인으로서의 자각이란 결국 세계와의 동일성(identity)[34]을 향한 시의 과정이라 할 수 있다.

그가 강조한 삶의 주체자는 이러한 기존의 규율화된 세계를 거부하는 시인의 정신적 위상을 말한다. 이것은 부조리한 세계와 절대 타협하지 않는 시인으로서의 자세이다. 이러한 자세는 개별화된 존재로서 시인이라는 소명의식을 끝까지 감당하면서 삶의 본질을 탐구하는 의지로 나아간다. 이것은 시지프스의 노역처럼 끝없이 이어지는 삶의 도로에 대한 극복 의지를 말한다. 삶의 본질이 허무라는 것을 확인하고 절망하면서, 허무 위에 다시 허무를 쌓는 노역의 반복은 새로운 세계를 창조하기 위한 적극적인 실천 방법이라 할 수 있다.

이러한 그의 자각은 『적막강산』 이후 변화된 시세계를 분명하게 확인할 수 있는 근거가 된다. 또한 『꿈꾸는 한발』과 그 이후의 시에서 나타나는 방법론적 변화의 바탕이 이 자각으로 인한 것임도 알 수 있다.

『적막강산』에서 보여주었던 기다림의 자세는 소멸하는 유한적 존재로서 생성을 위한 시간을 갖는 것으로 나타남을 앞서 확인했다. 시인의 시적 여정은 『돌베개의 시』에서 존재의 근원을 직접 찾아나서는 적극적인 탐구자세로 변화된다.

---

34) 김준오는 identity를 '동일성'이라는 용어로 채택하면서, 정체성·개성·개인적 독특성·조화·일체감 등 여러 문맥, 여러 학문분야에서 다양한 개념으로 사용되고 있음을 밝혔다. 동일성은 주체로서의 자아가 외부세계와 조화를 이루느냐 대립 갈등을 일으키고 있느냐에 대한 것이다(김준오, 『시론』, 삼지사, 1991, 355~456쪽).

1) 소명의식

이형기는 시인으로서의 개별적 존재를 강조했다. 개별적 존재는 전체주의 또는 어떤 조직 속의 구성원이 아닌 무수한 존재 속에 있는 하나하나의 인격이다. 이것은 개인주의자로도 말할 수 있는데, 여기서 개인주의자는 '전체주의적 세계에 대해 타협하는 무리 또는 확실한 신념이나 교화된 이념 등을 거부하는'35) 시인으로서의 인격을 의미한다. 그렇다면 인격이란 스스로 주체로서 어떤 예속隷屬에서 벗어나는 것 또는 그것을 위한 행동이라고 할 수 있다.

개인주의자는 전통이나 관습에 예속되지 않고 부조리한 현실적 상황에 매몰되지 않고 깨어있는 정신을 가진 개별적 시인을 말한다. 시인은 시의 언어로써 세계를 창조한다. 이 창조행위는 세계라는 전체성과 대립하고, 부조리한 세계에 대한 노예성을 극복하여 자유로움을 획득한다. 시인은 자유로운 인격임을 자각한 주체이다. '단독자'36)는 이러한 사회의 규범화된 무리를 철저하게 거부하고, 자각적 시세계를 확립해 나가는 자유로운 인격이다.

---

35) 이형기, 「시를 쓰는 매 순간이 디데이」, 『시와 시학』 제27호, 1997.9, 21~24쪽.

36) 위의 주장과 관련된 글들을 인용한 것을 보면, "시인에겐 유파가 없다. 있다면 그가 만든 그 자신의 유파가 있을 뿐이다. 그런 뜻에서 시인은 모두가 일인일당의 당수이다. 시인이 단독자인 까닭은 여기에 있다"(이형기, 『존재하지 않는 나무』, 고려원, 2000, 93쪽). 신상성에 의하면, 이형기는 세스토프의 반합리주의와 반이성주의 사상에서 철저한 단독주의자를 발견한다고 하면서 "그는 인간이 버려야 할 중요한 것을 만인근성으로 보고 있습니다. 내가 싫어도 만인이 그렇게 하니까 옳은 것이라는 것을 틀렸다고 말하기도 합니다"라고 했다(신상성, 「단독자의 사상 혹은 허무화」, 『한국문학의 공간구조』, 형설출판사, 1983, 68쪽).

인간은 없다. 있다 하더라도 그것은 하나의 추상적 존재에 불과하다. 실재하는 것은 개개의 인간, 즉 김 아무개와 박 아무개, 그리고 죤과 메리일 뿐이다. 이러한 인식 없인 인간의 참모습은 파악되지 않는다.[37]

이것은 개별적 인간에 대한 단호한 선언이다. 일반화된 인간이란 추상적 존재일 뿐이다. 스스로 한 개별적 존재로 깨어있음은 그 자체로서 삶의 체험을 가진 주체성을 인식하는 것이다.

『적막강산』에서 자아는 자연과의 동일화를 추구하는 존재로서 주어진 존재의 운명적 삶 또는 근원적 한계성에 대해 체념적이고 순응적 정서로 나타난다. '실로 운명처럼/ 조용하고 슬픈 자세.(「나무」)'의 규정된 삶에 대한 운명론적 한계성이나 '언젠가는/ 모두가 망각의 그늘에 졸 것(「창1」)', '내 팔에 안기기에는 너무나 벅찬/ 커다란 가을이/ 숭엄한 가을이(「귀로」)'의 삶의 유한성 등은 거부할 수 없는 주어진 환경을 유약한 존재로서 순응하는 자세를 취한다.

이런 자세는 『돌베개의 시』에서 개별적 인간으로서의 자각 곧 시인으로서의 자각을 통해 성실하고 당당한 귀뚜리의 울음이 되어 존재감을 일깨운다.

봄밤에도 귀뚜리가 우는 것일까.
봄밤, 그러나 우리집 부엌에선
귀뚜리처럼 우는 벌레가 있다.

너무 일찍 왔거나 너무 늦게 왔거나
아무튼 제철은 아닌데도
스스럼없이 목청껏 우는 벌레.

---

37) 이형기, 『존재하지 않는 나무』, 고려원, 2000, 11쪽.

생명은 어쩌지 못한다.
그저 열심히 열심히 울고
또 열심히 열심히 사는 당당한 긍지,

아아 하늘같다.
하늘의 뜻이다.
봄밤 子正에 하늘까지 울린다.

귀를 기울여라.
태고의 원시림을 마구 뒤흔드는
메아리 쩡쩡,

메아리 쩡쩡
서울 도심의 숲숯은 고층가
그것은 원시에서 현대까지를

열심히 당당하게 혼자서도 운다.
목청껏 하늘의 뜻을
아아 하늘만큼 크게 운다.

―「봄밤의 귀뚜리」 전문

「봄밤의 귀뚜리」의 귀뚜리는 생명력이 왕성한 적극적인 삶의 의지를 가졌다. 시적 세계의 변화를 시도한 이후 시인으로서의 자각은 시집『돌베개의 시』를 관통하는 주된 시정신의 바탕이 된다.

귀뚜리는 우리의 전통적인 농경사회 속에서 오랜 세월에 걸쳐 등장한 곤충이다. 이런 귀뚜리가 제철이 아닌 봄밤에, 그것도 농촌이 아닌 도시 한복판에서 자신의 존재를 알리며 우렁차게 울고 있는 것이다. 귀뚜리는 우는 것을 자신에게 주어진 삶의 소명으로 알고, '태고의 원시림을 마구 뒤흔'들면서 '메아리'가 '쩡쩡' 울릴 정도로 힘차고 '당당하게' 울고 있다. 시공을 초월한 이러한 귀뚜리의 울음은 '원시에서 현대까지' 이어지는 시원적인 생명으로서 개별적 존재감의 각성을 의미한다. 귀뚜리는 그 누구도 근접할 수 없는 당당함으로 목청껏, 존재감을 드러내면서 열심히 그리고 '당당하게 혼자서' 운다. 혼자서 운다는 것은 외부의 어떤 환경이나 집단에 속하지 않고 스스로 개별적인 존재임을 나타내는 것이다.

'사람 그리운 정에 못이겨/차라리 사람없는 곳에 살아서(「비」)'[38]에도 이미 개별적이고 고독한 존재가 모순어법으로 나타나 있다. 그는 "진실은 고독이라는 그 본질적 속성을 살리기 위해 벗과 이웃을 스스로 차단한다"[39]고 했다. 여기서 진실이란 개별적 인격체가 가진 깊은 성찰을 의미한다. 이 진실은 스스로 인격체임을 인정하고 어떠한 곳에 예속되지 않는 자유로운 정신이다. 즉 예속을 스스로 차단하면서 진정한 자유와 그것에 따르는 고독을 스스로 받아들이는 개인주의적 정신이다.

삶의 주체자로서의 이러한 자각적 인식은 관습화되고 일상화된 전통과 일반에 대한 안일함을 거부하는 것이다. 봄밤에 찾아와 우는 귀뚜리의 당당한 울음도 이와 같은 맥락이다. 귀뚜리의 울음은 주체적 존재로서 시적화자의 깨어있는 의식이다.

이러한 자각은 「밤」에서 세계에 대한 각성으로 이어진다.

---

38) 위의 인용된 시 「비」는 『적막강산』에 실려 있는 작품이다.
39) 이형기는 도스토예프스키의 「지하 생활자의 수기」에 나오는 '한 잔의 차를 위해서는 세계의 파멸도 불사한다'는 말을 인용하면서, 이 극단론이 가진 진실을 옹호하고 있다. 신실은 가장 비타협적이고 가장 고독하다는 것이다(이형기, 『서서 흐르는 강물』, 휘경출판사, 1979, 18쪽).

누군가 밤내 바위를 쪼고 있다.
그 정소리의 울림만큼 밤은 깊어간다.
심야에 이르러선 온 골이 쩡쩡
진동한다.
살아있는 모든 것들이
잠을 깨선 일제히 울어댄다.
도대체 죽은 것이 어디 있는가
죽음조차도 그렇게 소리치며 울고 있다.
일이 마침내 여기에 이르도록
온갖 혼령을 흔들어 깨운 자 누군가
미련하게도 무작정 바위를 쪼아대는
그 밤내의 정소리는 누구의 짓인가.

－「밤」 전문

밤은 침묵하면서 모든 것을 배태하고 있는 어둠이다. 이러한 밤에 '누군가 밤내 바위를 쪼'는데, '온 골이 쩡쩡 진동'할 정도의 그 소리에 '살아있는 모든 것들'은 잠을 깬다. 그리고는 모두 '도대체 죽은 것이 어디 있는가'라고 소리치며 운다. 정소리의 울림만큼 밤의 침묵은 침묵 속으로 더욱 가라앉고, 가라앉은 만큼 소리는 밤을 가득 채운다.

'정소리'는 가시적可視的 삶만을 껴안고 사는 부조리한 현실 세계를 향한 경고라 할 수 있다. 또한 시인으로서 눈(目)을 여는 스스로에 대한 자각적 울림이다. 죽음은 자연의 순환적 고리의 한 단계이다. 모든 것은 죽거나 소멸되어야만 부활되거나 생성되는 것이다. 그런데 근대화 이후 인간은 생산의 효율성과 생활의 편리함만을 좇으며 삶의 세계만을 추구하면서 살고 있다. 죽음을 잊어버린 삶의 세계는 시인에게 위기의식으로 다가온다. 정소리는 삶의 가치가 전도된 문명의 위기의식[40]을 일깨우는 시적화자의 인식이다.

'미련하게도 무작정 바위를 쪼아대는/그 밤내의 정소리는 누구의 짓인가' 그것은 바로 시인이다. 시인은 언어라는 '정'으로 이러한 부조리한 현실세계인 단단한 바위를 쫀다. 각성되지 못하고 타성화된 세계는 시적화자에게 위기감으로 다가오고, 시적 자아는 여기에 안주하지 않기 위해 정소리를 울리고, 각고의 노력을 하며 깨어있다. 이것은 세계를 향한 자각적 시작詩作행위가 된다. 시인에게 시는 '잠자는 이를 흔들어 깨우는, 잠든 의식을 깨'[41]우는 충격이어야 하는 것이다. 그것은 앞서 논의한 '아아 하늘같다/ 하늘의 뜻이다(「봄밤의 귀뚜리」)'와 맥을 같이하는, 시인으로서 소명의식의 표현이다.

　　　凶惡犯 하나가 쫓기고 있다
　　　人家를 피해 산속으로 들어와선
　　　혼자 등성이를 넘어가고 있다

　　　그러나 겁에 질린 모습은 아니다
　　　뉘우치는 모습은 더욱 아니다
　　　성큼성큼 앞만 보고 가는 巨軀長身

　　　가까이 오지 말라
　　　더구나 내 몸에 손대지는 말아라

---

40) 이 위기의식은 뒤의 3절에서 논의할 '종말론적 상상력'으로 나타난다.
41) 신상성은 "시는 잠자는 이를 흔들어 깨우는, 잠든 의식을 깨워 잠자기 못하게 불면증에 빠지게 해서 우릴 굶주린 개로 만들어야 하는 것이라는 시적 자각"을 얻게 되었다는 이형기의 말을 인용하면서, 1960년대 초기의 서정성에서 벗어날 수 있었던 것은 단독자의 사상에 근간을 두었기 때문이라고 했다(신상성, 앞의 책, 69쪽).

어기면 경고없이 해치워 버리겠다
단숨에

그렇다 단숨에
쫓는 자가 모조리 숯검정이 되고 말
그것은 불이다
불꽃도 뜨거움도 없는

불꽃을 보기 전에
뜨거움을 느끼기 전에
만사가 깨끗이 끝나 버리는
三相三線式 33만볼트의 고압전류

凶惡犯은 차라리 황제처럼 오만하다
그의 그 거절의 의지는
멀리 하늘 저쪽으로 뻗쳐 있다

— 「高壓線」42) 부분

위 시에 나타난 거구장신의 흉악범은 단독자로서 개별화된 존재이다. 자신의 죄와는 상관없이 다만 성큼성큼 걸어가는 거구장신의 사내는 흉악범이다. 산속으로 쫓기고 있지만 그의 모습은 오히려 당당하고 오만하기까지 하다. 그리고 가공할만한 위력의 고압전류로써 자신을 쫓는 자에 대해 위협까지 하는 대담함을 보이고 있다. 이 시에서 초점은 흉악범의 죄 그 자체보다 거인으로서의 당당한 실존적 자세에 있다. 시인은 삶의 가치를 긍정하는 거인의 가치를 지향한다.

---

42) 시 「고압선」은 다섯 번째 시집 『보물섬의 지도』에 실려 있는 작품이다. 『돌베개의 시』에서부터 그의 시인으로서의 자각과 치열한 시정신은 시집마다 이어지고 있다.

거인은 독수리가 가진 드높은 긍지를 가지고 있다. 거인은 삶에 대한 우연성을 운명적 신의 작용으로 돌리는 대담함을 가지고 있다. 그것은 오이디푸스의 비극적 죄를 운명에 의한 수동적인 죄라 생각하고, 그에게 돌을 던지지 않으며, 신을 속이고 불을 훔친 능동적 죄를 지은 프로메테우스를 영웅으로 생각하는 것이다.43) 이러한 거인의 자세는 주체적이고 자유로운 인격을 나타내는 것이다.

거인으로서의 시인은 어떠한 것에 구속되지 않으므로 자신의 삶에서 자유롭다. 그러나 사회라는 질서와 제도는 사회라는 조직을 유지하기 위해 인간을 어느 정도는 구속할 수밖에 없는 것이다. 이러한 점에서 보면 꿈과 상상력을 가진 시인은 그 사회의 테두리 밖에 있을 수밖에 없다. 플라톤이 그의 공화국에서 시인을 추방한 것은 시인의 꿈과 상상력이 필요 없었기 때문이다. 시인의 꿈은 사회라는 현실 바깥에 있기 때문이다.44)

이러한 점에서 거구장신의 흉악범은 시인과 동일시된다. 흉악범이 범죄로써 사회의 도덕적 질서를 교란시키는 자라면, 시인은 꿈과 상상력으로 사회의 타성화된 언어의 질서를 어지럽히는 자45)라는 점에서 그렇다. 이로 인해 사회 무리의 바깥으로 밀려나 고립된 삶을 사는 점도 공통점을 가진다. 고독한 존재로 홀로 살아간다는 것은 사회의 무리와 타협하지 않고, 스스로의 정신적 가치를 지키며, 시인으로서의 인격적 삶을 끝까지 버텨내며 살아가야 한다는 것을 말한다.46)

---

43) 고병권, 『니체, 천 개의 눈, 천 개의 길』, 소명출판, 2001, 32~38쪽.
44) 이형기, 「시와 사회」, 『심야의 일기예보』, 문학아카데미, 1990, 115~122쪽.
45) 여기서 시인이 사회의 질서를 어지럽힌다는 것은 관습적이고 규율화된 사회의 질서 속에서 시인의 언어는 이러한 것을 파괴하고 새로운 언어의 세계를 만든다는 것을 의미한다.
46) 이러한 정신은 『절벽』으로 이어지며, 「절벽」, 「민들레」, 「해바라기」 등에서 더욱 강하

그는 누구보다도 삶의 주체로서 삶과 맞서고 또 삶을 수용했다. 그것은 시인으로서의 소명을 받아들이고 주어진 삶에 대해 성실한 자세로 철저하게 살아가는 것이다. 이러한 숙명적 삶에 대한 수용은 전통적 서정이라는 자각 없이 쓴 시세계에서 현실적 삶의 무게감을 담을 수 있는 모더니즘적 부정 정신으로 나아가는 것이다. 결국 그에게 시인이라는 소명의식은 부조리한 현실 세계를 부정하고, 삶의 본질을 향해 도전하는 치열한 주체로서의 자각이다. 이러한 주체성에 대한 자각은 자신에게 주어진 삶을 성실하게 온몸으로 살아가는 것이며, '절망'과 고통으로써 삶의 자세를 굽히지 않는 것이다. 이것은 곧 앞서 논의했던 그의 시적 진실을 지켜나가는 정신이다.

> 절망은 절망할 줄 아는 재능과 그 재능의 불꽃같은 발현을 가능하게 하는 정열이 있어야 한다. 그런 뜻에서 하나의 특수한 능력이라 할 수 있는 절망을 사람들은 흔히 재능도 정열도 없는 자의 심약한 자포자기라고 생각하고 있다.[47]

에밀시오랑(Emile Cioran)[48]은 '나이가 들수록 지적 능력도 줄지만, 젊어서는 그 매력과 재미를 느낄 수 없었던 절망하는 능력도 줄어든다'고 했다. 이것은 시인으로서의 시정신을 말하는 것이다. 절망은 자신의 현재 위치에서 아무 것도 바랄 수 없는 막막한 상태를 말한다. 인간은 막막한 현실 앞에서 아무런 희망이 없을 때 절망하고, 절망이 두려워질 때 부조리한 현실과 타협하게 된다. 나이가 들면 정열이 사라지는 만큼 절망할 수 있는 힘

게 드러난다. 이들 작품에 대해서는 4절에서 논의할 것이다.
47) 이형기, 『존재하지 않는 나무』, 고려원, 15쪽.
48) Emile Cioran, 김정숙 역, 『독설의 팡세』, 문학동네, 2004, 104쪽.

도 줄어든다. 정열이 사라지면, 절망이 두려워진다. 시인은 절망함으로써 오히려 부조리한 현실 세계를 버텨낼 수 있음을 깨달았다.

　그가 말하는 절망을 위한 정열은 온몸으로 불 속으로 뛰어드는 부나비와 같은 것이다. 적극적 존재 탐구에서 얻은 삶의 본질은 완전히 연소 후에 남는 허무였다. 허무만을 확인할 때, 그 절망감은 새로운 시를 찾아나서는 동인이 된다. 그가 강조하는 시인으로서의 삶은, 부나비 같은 정열로써 부조리한 세계를 온몸으로 맞서며 살아가는 것이다. 그것은 허무로 드러나는 삶의 본질에 절망하면서, 삶의 부조리와 타협하지 않는 치열한 정신을 의미한다.

　자각의 밑바닥에는 초기 시부터 전신 연소를 향한 절망에 대한 욕망이 자리 잡고 있었다.

　　송두리째 – 희망도, 절망도,
　　불타지 못하는 육신

　　머리를 박고 쓰러진 코스모스는
　　귀뚜리 우는 섬돌 가에
　　몸부림쳐 새겨진 어룽이었다.

　　그러기에 더욱 흐느끼지 않는 설움 홀로 달래며
　　목이 가늘도록 참아내련다.
– 「코스모스」⁴⁹⁾ 부분

---

49) 위의 인용시 「코스모스」는 『적막강산』에 실려 있는 작품이다.

초기 시의 욕망은 수동적으로 인내하는 기다림으로 나타난다. 이러한 욕망은 '송두리째 타버리는' 절망적 상황을 향해 나아간다. 욕망은 그리움이나 외로움이라는 전통적 서정세계로 나아가지 않고, 자신의 전신을 태우는 극단의 세계로 나아간다.[50] 초기 서정시에서 전신을 다 태워버리지 못한 욕망은 「夏雲」에서 그것의 실체를 잡기 위해, 전신을 바다에 던지는 정열로 나타난다.

海岸線을 따라
그 둘레만큼 커다란 어망을 던진다
등어리가 밖으로 비어져 나와
육중하게 몸을 뒤트는 大魚
그 비늘에 찬란한 금빛이 흩어질 때
바다는 일제히 함성을 지른다
놓치지 말아라
힘껏 당겨라
아니 뛰어 들어라 뛰어 들어라
빙빙 도는 바다 고추서는 바다
숨찬 뒤범벅이다
가슴에선가 아랫배에선가
불끈 솟는
아아 慾望의 夏雲
구름따라 바다는 돌연 昇天한다.

ㅡ「夏雲」 전문

---

50) 오규원에 의하면, 이형기의 '가공의 비전'이라는 자각은 불화와 절망을 조직하는 지적 서정시로 나아가게 하는데 큰 몫을 했다고 보았다. 그 자각의 밑바닥에는 초기시부터 욕망이 자리하고 있었고, 그러한 욕망이 '송두리째 탈 수 있는' 극단적인 세계관으로 나아가도록 했다는 것이다(오규원, 앞의 책, 73쪽).

바다는 모든 가능성을 포함하고 있는 생명의 원천이며 현현顯現된 가능성의 총체51)이다. 바다의 역동적이고 활기찬 생명감, 화려한 이미지는 시적자아의 열정적 욕망을 나타낸 것이다. 그 욕망은 바다에서 하운夏雲으로 치환되어 인간 삶의 무상함을 보여주고 있다. 인간의 욕망이 추구하는 실체는 여름 하늘의 구름처럼 변화무쌍하며, 가볍고, 덧없다는 것이다.

시적 자아가 잡고 싶은 욕망은 '해안선의 둘레'만큼 크다. 그것은 화려하면서 생동감이 넘치는 육중한 몸집을 가진 대어로 나타나 보인다. 이 시에서, '놓치지 말아라/ 힘껏 당겨라/ 아니 뛰어들어라 뛰어들어라'고 '함성을 지르'는 부분을 유심히 볼 필요가 있다. 이것은 시적 자아가 해안선 둘레만큼이나 큰 어망을 던진 것에서 한 걸음 더 나아가 적극적인 실천의지를 강하게 나타내 보이는 것이다. 그 대어를 송두리째 잡기 위해서는 어망을 던지고 당기는 것만으로는 부족하다. 온몸을 던져서 대상과 맞서고, 부딪치면서 그것을 잡아야 한다는 말이다. 또 '말아라', '당겨라', '뛰어들어라' 등의 명령형과 반복된 표현, '아니'라는 부사 등은 앞말의 '놓치지 말아라/ 힘껏 당겨라'에서 나아가 더 적극적인 행동을 강요하는 것이다. 이어지는 다음 행 '빙빙 도는 바다 고추서는 바다/ 숨찬 뒤범벅이다'에서 시적화자와 바다의 역동성은 절정에 닿아 있다. '숨찬 뒤범벅'이 되었다는 것은 두 사물이 서로 경계가 분명하게 드러나지 않고 뒤섞여있는 것을 말하는데, 시적자아와 바다는 서로 구분할 수 없을 정도의 뒤엉킨 혼돈의 상태 즉 절정에 달해 있다는 것이다.

그 순간 시적 자아가 잡았다고 생각한 그 대어의 실체는 '가슴에선가 아랫배에선가/ 불끈 솟'아 하늘로 올라가는 구름이 된다. 바다가 그대로 하늘로 오른 것이 아닌 시적화자의 가슴이나 아랫배에서 불끈 솟아 오른

---

51) J. C. Cooper, 이윤기 역, 『세계문화상징사전』, 까치, 2010, 253쪽.

것이다. 가슴이나 아랫배는 인간 몸에서 중심이 되는 부분으로, 인간의 호흡과 관련 있는 폐 또는 심장, 기氣의 흐름을 주도하는 단전丹田이 있는 중요한 부위이다. 시적자아가 추구했던 욕망의 실체는 시적자아가 바라본 바다가 아닌 자신의 몸속에 있었던 것이다. 그렇다면 그 욕망의 실체는 시적화자의 호흡 곧 생명과 다름 아니다. 이 말은 욕망의 실체가 바로 존재 그 자체였다는 말이 된다.

시적 자아가 온몸으로 뛰어들어 잡으려 했던 존재의 실체는 하운처럼 고유한 형체가 없는, 그 자체가 수시로 유위변전有爲變轉하는 허무 그 자체였다. 삶에서의 노역은 바로 이러한 허망함이다. 이 허망함은 실존적 절망감으로 이어진다.

삼복 한더위, 그 사내는 언덕길을 오르고 있다.
끌고가는 자전차 짐판에는 쌓아올린 세케의 맥주궤짝.
자기는 마시지도 못할 저 많은 맥주 때문에
흘린 땀은 맥주병을 몇 개나 채울 것인가.
그러자 언덕위에서도 또 한 대의 자전차가 달려온다.
가볍게 핸들을 잡은 소년의 맥주처럼 시원한 모습…
갑자기 멈칫, 그리고 기우뚱.
비틀거리다가 맥주궤짝은 비스듬히 넘어져 버린다.
맥주는 간데 없고 온통 거품뿐이다.
신이여 보소서, 이 허황한 崩壞를
崩壞해선 거품이 이는 人間事의 우연을
당신의 뜻이지만
한번 정한 후에는 당신도 어쩌지 못하는
이 당신의 뜻을 보소서 신이여.

―「自轉車와 麥酒가 있는 風景」 전문

'세 켜의 맥주 궤짝'52)을 자전거에 싣고 언덕길을 힘들게 오르는 사내가 지고 있는 삶의 노역, 반대편에서 내리막길을 가볍게 달려오는 소년의 유희적인 삶의 발랄함, 이 둘의 우연한 부딪침으로 거품처럼 허사가 되는 인간 삶의 허망함. 위의 시는 이렇게 무거움과 가벼움, 그리고 거품의 이미지로 구성되어 있다. 삶의 노역에 대한 무거움과 유희 같은 삶의 가벼움, 그리고 거품과 같이 끓다가 사라지는 삶의 실체. 시적자아는 이러한 인간사의 허망함을 인간에게 삶을 준 신을 향해 절망적으로 탄식한다. 이 세상의 모든 삶은 인간의 의지와는 상관없이 사소한 우연으로 이루어진다. 이런 사소한 우연이야말로 삶의 부조리함이 아닌가. 그렇다면 이렇게 삶이 붕괴되어 끝내는 거품으로 일다가 사라지는 이 모든 상황은 신의 뜻이라고밖에 생각할 수 없다. 신은 이 모든 것에 책임을 져야 하지 않는가. 이것은 바로 존재의 실존에 대한 물음이고 자각이다. 시적자아가 신을 찾은 것은 절망을 두려워해서가 아니라 실존에 대한 물음을 제기하기 위해서이다.

이러한 실존에 대한 자각은 '아아 하늘의 뜻이다', '그저 열심히 열심히 울고/ 또 열심히 열심히 사는(「봄밤의 귀뚜리」)'에서 보듯이 소명召命에 대한 수용적 자세로 나타났음을 확인하였다. 그것은 '숙명의식'53)으로

---

52) 위 시의 본문에 있는 '세케의 맥주 궤짝'의 '세케'는 사전에 나오지 않는 말이다. '케'는 '켜'의 잘못된 표현으로 추측된다. '켜'는 포개어진 물건의 하나의 층을 뜻하는 명사로, 수량을 나타내는 말 뒤에서는 포개어진 물건 하나하나의 층을 세는 단위로 쓰인다(국립국어원, 『표준국어대사전』, http://stdweb2.korean.go.kr/search/List_dic.jsp 참조). 그러므로 위 인용된 시는 내용상 문맥으로 볼 때, '세케의 맥주 궤짝'은 '세 켜의 맥주 궤짝'으로 보는 것이 타당하다.

53) 이형기는 전신연소와 숙명의식을 연관시켜 설명했다. 전신연소의 바탕에는 투철한 숙명의식이 있고, 그 숙명의식은 허무의식으로 직결된다는 것이다. 이 숙명은 생의 절대적인 한계조건으로서 우리에게 인생의 무의미 즉 허무를 깨우쳐 준다는 것이다(이형기, 「전신연소의 시」, 『감성의 논리』, 문학과지성사, 1976, 231쪽).

나타나는데, 이러한 숙명의식은 삶의 조건을 수용하는 것에 그치는 것이 아니라 귀뚜리처럼 주어진 생의 조건을 마다않고 '하늘의 뜻'으로 받아들여 당당하게 울 수 있는 투철한 실존적 존재감으로 나타났다. 실존적 존재에 대한 자각은 삶의 한계까지 자신을 '송두리째' 던질 수 있는 치열한 시정신의 바탕이 된다.

이러한 시정신은 「유성」에서도 '캄캄한 미지를 향해' 자신의 '전부를 던지'는 사랑의 정신으로 나타난다.

肉身은 삭아서 먼지가 되고 바람이 되어도
눈만은 남은 사랑,
캄캄한 未知를 향해 流星은
전부를 던진다.

―「流星」 부분

시인에게 사랑은 그 대상에게 자신의 전부를 연소시키는 것이다. 시인에게 사랑은 삶이고, 시이다. 사랑은 세월이 흘러 물질로 이루어진 그 육신조차 '삭아서 먼지가 되고 바람이 되'어도 '눈'만은 남아있는 것이다. 그렇다면 이 '눈'은 사랑의 핵이다. '눈'은 육신의 부분이 아니라 세계와 자아를 바라볼 수 있는 인식으로서 정신의 핵이 된다. 이 '눈'마저도 알 수 없는 '캄캄한 미지를 향해' 자신의 '전부를 던'지는 것이 사랑이다.

가늠자 위에서 떨고 있는
새 한 마리.

방아쇠를 당기면
그러나 새는 이미 날아간지 오래다.

　　　　빈 총소리만 요란하다.

－「감기」 부분

　이 시에는 '시를 쓰지 못하는 시인3'이라는 부제가 있다. 이 시에 앞서 『적막강산』의 마지막 작품으로「시를 쓰지 못하는 시인 1」과「시를 쓰지 못하는 시인 2」가 실려 있다. 이 작품은 시를 쓰지 못하는 현실적 상황에 대한 시인의 정신적 고충이 잘 나타나 있다. 이것은 시인으로서의 책임감이자 의무감으로서, 시인이라는 '숙명의식'에 대한 연장선으로 이해할 수 있다. 이러한 자각적 의식은 '전통적 서정시'에 대한 한계성을 벗어나기 위한 고뇌와 시적 여정의 변화를 시사해 주고 있는 것이다.

　'시인은 살아 있는 포에지를 살아 있는 그대로 사로잡기 위해 언제나 그것을 뒤쫓고 있는 집요한 사냥꾼'54)이다.「감기」에서 시적 자아가 잡으려는 새는 시인이 추구하는 시이다. 시적 자아는 감기로 인한 미열이 있는 상태로, 온 몸의 신경을 모아 새를 향해 조준하지만 새는 온데 간데 없고 '빈 총소리만 요란'하게 크게 울린다. 빈 총소리의 울림은 '시를 쓰지 못하는 시인의/감기를 앓는 기침소리'와 같다. 이것은 시를 쓰지 못하고 있는 시인으로서의 불안감과 모든 노력이 수포로 돌아간 시적 자아의 절망감에 대한 표현이다.

　그에게 허망함은 바로 절망이다. 포획하지 못한 시를 확인하는 것은 절망을 확인하는 것과 같다. 이것은 삶의 실체를 잡지 못한 도로徒勞에 대한 절망감은 새로운 시를 찾아 나설 수 있는 동력이 된다.

---

54) 이형기,「우로보로스의 시학」,『시와 언어』, 문학과지성사, 1987, 260쪽.

2) 세계 인식 확장

『적막강산』의 절망감이 '송두리째' 타지 못한 욕망으로서 인내하는 기다림의 자세로 나타났다면, 『돌베개의 시』에서 절망감은 삶의 본질 탐구를 위한 적극적인 실천 욕구와 자신의 모든 것을 던지는 정열로써 시를 찾아 나아가는 자세로 나타난다.

> 그러는 동안에 나는 몇 가지 깨우침을 얻었는데 그 중의 하나가 인간
> 은 꿈꾸는 존재요, 시는 또 그러한 인간의 꿈의 언어라는 사실이다.
> 상식이라면 상식이라 할 수도 있는 이러한 인식은 그러나 내가 새로
> 운 시의 방향을 잡는데 있어서 매우 중요한 디딤돌이 되었다.[55]

그가 시적 변모를 시도하면서 새롭게 인식한 현실세계는 불화의 세계로서 '부정과 파괴의 대상'이 된다. 꿈은 현실에 대한 결핍에서 꾸게 되는 것이며, 더 나은 세계에 대한 기대를 의미한다. 실재하지 않는 허구인 꿈은 상상력으로 이루어진 세계이다. 상상력은 무한한 세계를 창조할 수 있는 꿈꾸기의 원동력이다. 그러한 점에서 시 「돌베개의 시」는 새로운 세계를 향한 시인의 자세가 잘 나타나 있는 작품이다.

> 밤엔 나무도 잠이 든다.
> 잠든 나무의 고른 숨결소리
> 자거라 자거라 하고 자장가를 부른다.
>
> 가슴에 흐르는 한줄기 실개천
> 그 낭랑한 물소리 따라 띄워보낸 종이배

---

55) 이형기, 「꿈의 언어의 충격성―나의 시세계」, 『시와 시학』 1992.3, 146쪽.

누구의 손길인가, 내 이마를 짚어주는.

누구의 말씀인가
자거라 자거라 나를 잠재우는.

뉘우침이여.
돌베개를 베고 누운 뉘우침이여.

－「돌베개의 시」 전문

이 시에 나타난 '돌베개'라는 견고하고 고정된 이미지는 자유로운 세계로 나아가기 위한 꿈의 전주곡이라 할 수 있다. 고체로 된 돌이, 갇혀있는 의식에서 자유로운 세계로 나아갈 수 있는 것은 시인이 가진 상상력을 통해서이다. 이 상상력은 '사물에는 고유한 본질이 없으므로 다른 무엇으로도 변할 수 있는 가능성을 안고 있'[56]는 것이다. 그런 점에서 「돌베개의 시」의 무생물인 돌은 시인의 상상력으로 그 한계를 열고 생명력을 가진 생물로서 무한하게 변화할 수 있는 물질이 될 수 있다는 것을 의미한다. 이것은 이후 「돌의 환타지아」에서 돌의 역동적인 작용으로 다시 변주되어 나타난다.

여기 돌 하나 있다
그냥 그렇게

그것은 가장 견고한 감옥이다
갇혀 있는 수인은 바로 돌 자신이다
그러므로 언제나 탈옥의 꿈으로

---

56) 이형기, 『존재하지 않는 나무』, 고려원, 2000, 77쪽.

불타고 있는 돌
그 불길 식히려고
때로는 진종일 비를 불러오는 돌
돌의 내부는 심장으로 가득 차 있다
(중략)
그리하여 스스로 증식하는 돌
(중략)
그리고 이튿날은 세상을 다시
견고한 감옥으로 되돌려 놓는 돌

그것이 여기 있다
응고된 광활한 자유가 있다
그냥 그렇게

— 「돌의 환타지아」[57] 부분

「돌의 환타지아」의 돌은 두 가지 의미가 중첩되어 있다. 고체인 물질로서의 돌과 보이지 않는 비물질인 생명력을 가진 존재로서의 돌이다. 전자는 '견고한 감옥'으로 나타나고, 후자는 이 속에 갇혀 있는 '수인囚人'으로 나타난다. 돌은 '견고한 감옥'이면서 동시에 갇혀 있는 '수인'으로 '탈옥의 꿈'을 꾸는 것이다.[58] 돌이 꾸는 꿈은 외부와 소통하면서 고체라는 경계를 뛰어 넘는다. 무생물인 돌은 시공을 초월하여 우주로까지 무한 증식했다가 다시 '견고한 감옥'으로 자신을 되돌려 놓는다. 그래서 돌은 '응고된 광활한 자유'가 '견고한 감옥' 속에 구속되어 있는 것이다. 어떤 물질이든 그 실체는 언제나 변화하고 고정되어 있지 않다.

인간의 경우도 마찬가지다. 눈에 보이는 육체적 인간과 정신적 영역의

---

57) 「돌의 환타지아」는 『죽지 않는 도시』(1994)에 실린 작품이다.
58) 『적막강산』의 「나무」에서 나무가 '천년의 강물'로 흐를 수 있는 것도 이와 같은 맥락이다.

인간은 한 몸을 가진 존재이다. 인간은 육체의 유한성에 갇혀 있지만 무한한 상상력은 육체성을 뛰어넘는다. 인간 존재는 육체성에 가두어 생각할 때 소멸을 향해가는 존재일 뿐이다. 그러나 시인은 이러한 육체성을 가진 존재를 초월하기를 꿈꾼다. 초월에 대한 꿈꾸기는 「돌베개의 시」부터 적극적인 태도로써 존재의 본질을 탐구하는 것이다. 위 시의 '돌베개'는 길 위에 놓인 돌을 베개 삼아 누워 있는 시적 자아의 상황을 말해주고 있다. 그것은 한 곳에 정착하지 않고 나그네처럼 정처 없는 인생의 길을 가고 있음을 뜻한다. 돌베개를 베고 누운 시적 자아는 '뉘우침'으로써 사물과의 작용하고 변화할 수 있는 가능성을 발견하게 된다.

'뉘우침'은 『적막강산』에서 이미 나타났다. '뉘우침은 실로/ 크고 흡족한 침실같다(「목련」)'의 '뉘우침'은 소멸되는 목련의 유한한 삶이 영원의 세계로 열리는 것을 말한다. 여기서 영원의 세계는 바로 '크고 흡족한 침실 같'이 쉴 수 있는 영원한 안식처인 죽음의 세계이다. 그것은 소멸에서 찾은 무한하고 막연한 허무의 세계이다.

「돌베개의 시」의 '뉘우침'도 견고한 돌의 갇힌 세계에서 열린 세계로의 변화 가능성을 나타내고 있다. 그러나 「돌베개의 시」의 그것은 소멸에서 허무를 찾은 것이 아니라 현재적 의미 곧 지금 여기라는 현실적 삶에서 허무를 확인하고 새로운 시를 찾는 것이다. 그것은 '잠을 재우는 자장가'처럼 편안하고 자각 없이 쓴 전통적 서정시와의 결별을 의미한다. 지금까지의 시가 '물을 따라 흐르는 종이배'처럼 '자연발생적'으로 흐르는 서정시였다면, '돌베개를 베고 누운 뉘우침'은 자각한 시인으로서 변화되는 시세계의 여정을 나타내는 것이다.

> 나그네의 길은 자신의 <u>현재적 의미</u>를 버리고 떠나는 시인의 운명적
> 인 도정을 의미하는 것입니다. 끝없이 여기를 버리는 것은 현실을 허
> 무의 눈으로 바라볼 수 있을 때 가능한 것입니다. 그러한 의미에서 시
> 인은 항상 돌베개의 잠을 잘 수밖에 없는 것이지요.59)

윗글의 '현재적 의미'는 시인으로서 부정되고 파괴해야할 현실적 세계
이다. 그것은 현실적 삶 또는 현재 시인의 삶을 말한다. 현재적 의미를 버
리는 것은 이러한 현재 또는 여기에서 타협하거나 머물지 않는다는 것을
뜻한다. 시인은 삶의 실체가 허무라는 것을 확인하고, 그 허무 위에 새로
운 꿈을 키우는 여정을 떠난다. 이처럼 시인의 여정은 길 위에 있다. '돌
베개의 잠'이란 새로운 시세계를 찾아 나서는 꿈꾸는 시인이 가야 할 시
의 여정을 말한다.

시인이 시의 여정에서 꿈꾸는 자로서 깨달은 것은 눈을 통해 보는 세
계였다. '눈(目)'은 '울다', '보다'라는 동사와 함께 이형기 시인의 초기 시
부터 나타나는 이미지이다.60)

『적막강산』의 '눈'의 이미지는 주로 울음과 애상적 정조로 나타났고,
'보다' 동사의 이미지는 소멸에 대한 무상성 또는 허무를 바라보는 것으로

---

59) 이형기, 「시를 쓰는 매 순간이 디데이」, 『시와 시학』 제27호, 1997.9, 18쪽 참조(인용문
   의 밑줄은 본 연구자가 강조하기 위해 줄친 것임).
60) 눈[目]과 관련된 이미지는 그의 전체 시집 중 『적막강산』, 『돌베개의 시』, 『꿈꾸는 한발』
   에서 빈도율이 가장 높게 나타났다. 그것은 세계에 대한 시인의 인식이 확대되고 첨예
   화되는 시기에 그 빈도율이 높게 나타난 것으로 파악할 수 있다.
   눈[目]과 '울다', '보다'라는 시어가 나타난 시편들을 이형기의 전체 시를 대상으로 조사
   한 결과는 다음과 같다. 『적막강산』: 39편 중 23편(59%), 『돌베개의 시』: 26편 중 15편
   (58%), 『꿈꾸는 한발』: 31편 중 16편(52%), 『풍선심장』: 14편 중 5편(36%), 『보물섬의
   지도』: 41편 중 17편(41%), 『심야의 일기예보』: 63편 중 14편(22%), 『죽지않는 도시』:
   62편 중 12편(19%), 『절벽』: 42편 중 5편(12%), 『절벽』 간행된 이후 시집에 묶이지 않
   고 발표된 시 및 유고시: 32편 중 10편(30%).

나타났다.61) 이것은 존재의 근원적 한계성에 대한 순응적 태도와 소극적 극복의지를 나타낸 것으로 파악된다. 『꿈꾸는 한발』에서 '눈'이나 '본다'는 것은 섬뜩하고 구체화된 이미지로써 의식을 일깨우고, 세계의 어둠과 부조리를 예리하게 부정하고 파괴하는 구체적인 매개로 표현되었다.62)

『돌베개의 시』에서는 '보다'라는 동사가 많이 나타나는데, 그것은 세계를 바라보는 자각적인 인식이 확대되기 시작했기 때문이다.63) 이렇게 '눈'과 관련된 이미지가 『적막강산』에서는 소멸이라는 한계상황에서 수동적이고 소극적인 극복 의지로 나타났다면, 『돌베개의 시』에서는 시인의 자각을 통해 확장된 세계를 인식하는 적극적 의지로 나타난다. 이것이 『꿈꾸는 한발』에서는 그로테스크한 이미지로서 구체적인 부정과 파괴의 행위로 나타난다. '보다'는 일반화로 보는 것이 아닌 시인의 감수성 또는 시인의 상상력으로 보는 체험을 의미한다. 여기서 세계를 인식하는 시인의 눈은 『돌베개의 시』에서부터 확장되고 열려 있었다.

> 하늘 만한 안경을 끼고
> 밤하늘을 보라
> 별들이 보인다.

---

61) 『적막강산』에서 '눈' 이미지는 '너는 조용한 호수처럼/ 운다(「목련」)', '스스로 우러나는 내 영혼의/ 높은 울음에…….(「눈오는 밤에」)', '내 영혼의 슬픈 눈(「낙화」)' 등에 나타났다. '보다'의 이미지는 '눈을 들어라(「목련」)', '창에 불빛이 켜있는 것을 보아라.(「창2」)' 등으로 나타났다.

62) 『꿈꾸는 한발』에서 '눈' '보다'는 '무수한 복안들이/그 무수한 수정체(「폭포」)', '자객의 눈초리(「첨예한 달」)', '칼을 갈듯 그 눈을 간다(「칼을 간다」)', '너의 눈동자를 바늘로 찌른다(「바늘」)' 등으로 나타났다.

63) 『돌베개의 시』에서 '보다'는 '늘 어둠과 함께 있는 빛이 보인다(「하늘만한 안경」)', '이 당신의 뜻을 보소서(「자전차와 맥주가 있는 풍경」)', '이제 나는 그대를 먼 발치에서/ 바라볼 뿐이다(「먼 발치에서」)', '지구는 밑바닥까지 들여다뵌다(「전쟁시1」)' 등으로 나타났다.

하나의 별이 三十億光年을 살아온
三十億光年의 歷程이 보인다
銀河의 물결이 보인다
별이 별끼리 만나고 헤어지는
그 만남과 헤어짐이 보인다.
하늘 만한 안경
아아 어둠이 보인다
늘 어둠과 함께 있는 빛이 보인다

—「하늘 만한 안경」 전문

    안경은 하늘만큼 무한한 크기다. 그런 안경을 끼고 하늘을 '보라'고 시적 자아는 강한 어조로 요구한다. 그 안경은 일상적 눈으로는 보지 못했던 비가시적非可視的인 세계까지 볼 수 있는 것이다. '하늘만한 안경'은 시인다운 개별화된 눈으로 보는 인식의 지평을 말한다. 개별화된 눈이란 존재에 대한 구체적 실존성을 볼 수 있는 체험의 눈이다. 이 눈은 별의 표면뿐만 아니라, 별이 살아온 '삼십억 광년 역정', '은하수 물결', '별의 만남과 헤어짐'이라는 개별적 움직임까지 구체적으로 볼 수 있는 눈이다. 이렇게 확장된 인식은 별빛의 뒤에서만 존재하는 보이지 않던 어둠까지도 볼 수 있다. 나아가 체험의 이 눈은 어둠뿐만 아니라 빛과 어둠은 공존하고 있다는 것까지도 통찰할 수 있다. 시적화자에게 이런 인식의 세계는 상상력이라는 '눈'을 통해 넓게 깊게 확대되어 보이는 것이다.

호박꽃 속에는
꿀벌 한 마리 갇혀 있다.
붕붕거리는 축제여 내란이여.
노란 호박꽃 태양

손으로 끝을 틀어쥔 태양
높이 들어 비춰 보면
저쪽에도 또 하나 태양이 있다.
태양 속엔 불을 먹는 개가 있다.
멍멍 짖어대는 축제여 내란이여.

-「축제 또는 내란」 전문

호박꽃 속의 '꿀벌'과 태양 속의 '개'는 시적 자아의 세계에 대한 현실 인식이 투사되어 나타난 것이다. 붕붕거리는 꿀벌은 축제이면서 내란이 될 수 있다. 그것은 꿀벌이 현실의 풍족함에 만족하여 축제처럼 즐겁게 춤추는 축제로 보는 시각과 갇혀 있는 공간 속에서 열린 공간으로 탈출하기 위해 몸부림치는 것으로, 내란을 일으킨 상황이라고 보는 시각이다. 이것은 인간의 삶과 같다. '축제와 내란'처럼 삶의 세계는 양면성이 공존하고 있다. 시적 자아는 호박꽃 바깥의 무한의 세계까지로 시야를 넓힌다.

끝없이 인식이 확장되는 것은 시인의 얼굴처럼 다양하고 무수한 세계를 볼 수 있는 눈을 뜨는 것이다. 이것은 '호박꽃 속에 갇힌 꿀벌'이나 '태양의 불을 먹는 개'의 내란과도 같은, 갇혀있는 의식에서 벗어나려는 시적 자아의 꿈을 향해 '눈'을 여는 것이다. 시인의 가면과도 같은 '눈'은 상상력이라는 다면체를 통해 그 너머의 세계로 시야를 확대시켜 인식의 지평을 넓힌다. 이렇게 시적화자의 확대된 인식은 가시성의 세계뿐만 아니라 비가시성의 세계까지 무한대로 뻗어간다. 그것은 사물을 다양한 각도에서도 볼 수 있는 의식의 열린 '눈'이다.

숲은 조용히 타고 있다
눈을 뜰 수 없는 금빛 불꽃의
황홀한 燃上에 출렁이는 바다여

육중한 물결이 가슴을 누빌 때
나는 높이 두 팔을 벌린다
물보라에 어리는 무지개의 둘레만큼

두 팔에 가득 안기는 무형의 암시
암시에 찬 이 허공을
불꽃이게 그리고 물결이게 하는 것

아아 나의 소망의 變幻自在여
누구도 그것을 볼 수 없다
새벽과 日暮의
노을이 비낀 그 視線이 아니고는

-「숲」전문

상상력이라는 다면체는 사물을 고정된 형태로 보여주지 않는다. 여러 각도에서 여러 형태의 모양을 보여준다. 숲을 바라보는 시선은 '비낀' 시선이다. 비스듬히 쏟아지는 빛에 따라 숲의 이미지도 자유롭게 '변환자재變幻自在'한다. 지금 시적 자아는 '노을이 비낀' 가을의 단풍 숲을 금빛 출렁이는 바다로 바라보고 있다. 바람이 불어 단풍 숲은 바다의 물결처럼 출렁이고, 시적 자아는 이러한 숲의 황홀한 정경을 팔을 벌려 가슴으로 가득 안는다. '무지개의 둘레'만큼 '두 팔에 안기는' 것은 실체 없는 형상인 무한한 허공이다. 이 '무형'은 비어있는 '허공'이다. '무형의 암시'는

‘허공’ 속에서 상상력을 통해 실체 없는 사물의 형상을 무한하게 변화시킬 수 있음을 뜻한다.

‘새벽과 일모의/노을이 비낀 그 시선’은 정면이 아닌 측면에서 가을 숲 전체의 정경을 바라보는 것임을 알 수 있다. 비스듬히 기울어져 사물을 비춘다는 것은 그 사물과 주체와의 거리감을 형성하는 것이다. 거리감은 사물을 객관적으로 볼 수 있는 눈과 다양한 각도에서 바라볼 수 있는 틈을 형성한다. 이 틈이 바로 ‘무형의 암시’와 ‘암시에 찬 허공’이다. ‘나의 소망의 변환자재’는 ‘노을이 비낀 그 시선’ 속에서 가능한 것이다.

새로운 세계를 창조하는 시인의 여정은 삶이 가진 허무를 확인하고, 새로운 꿈을 향해 또다시 나아가는 것이다. 이러한 세계를 보는 것은 상상력이라는 다면체가 가진 눈으로써 가능하다. 다면체의 눈은 무한한 비가시적 세계까지 볼 수 있는 통찰의 눈이다.

『적막강산』의 ‘눈’이 자연과의 동일화 속에 갇혀있는 의식으로 본 세계였다면,『돌베개의 시』는 상상력의 다면체인 열려있는 의식으로 본 새로운 세계였다. 이러한 자각적 세계 인식은 존재에 대한 적극적 탐구 의지로써 나타났다.『돌베개의 시』의 시세계는 이후의 부조리한 세계에 대한 부정과 파괴, 존재론적 탐구의 시세계로 나아가는 분기점으로서 중요한 바탕이 되었다.

『돌베개의 시』에는『적막강산』과는 다른, 시인으로서의 자각과 존재에 대한 적극적 탐구 의지가 나타나 있다.『적막강산』의 시세계가 생성을 위한 기다림의 자세가 정적이고 수동적인 자세로 나타났다면,『돌베개의 시』의 시세계에서는 시인이라는 소명의식으로 새로운 시세계를 창조하기 위한 여정으로 나아가는 것으로 나타났다. 이 여정에서 시인은 시인으로서 자각적인 세계인식을 할 수 있었다. 그것은 삶의 주체지로서 적극적으로 탐구하고, 새로운 세계를 창조하는 자로서 세계를 인식하는 자세이다. 삶의 주체자로서의 자각은 시인이라는 소명의식으로 존재가 가진 시원적 생명성을 일깨우고, 거부하고 파괴해야할 현실 세계가 가진 타성적 정신을 일깨우는 것이었다. 새로운 세계를 창조하는 시인으로서의 자각은 상상력의 다양한 시선으로 세계를 새롭게 해석하는 의지로 나타났다. 자각은 실존적 존재 탐구를 위해 적극적 의지였다. 이것은 시인이라는 삶의 큰 과제를 수용하고, 그것을 풀어내기 위한 방법으로서의 자각이었다.

『돌베개의 시』에 나타난 시인으로서의 자각적 세계 인식은 『적막강산』의 시세계와는 분명하게 구별되는 변화된 시세계임을 알 수 있었다. 또한 『돌베개의 시』는 이형기의 전체 시에서 변화된 이후의 시세계를 심화시키고 확장시키는 데 디딤돌로서 중요한 위치를 차지하고 있음도 확인할 수 있었다.

3. 부정과 파괴의 시―종말론적 위기 의식

이형기의 여태까지 시세계가 새로운 세계에 대한 모색 과정이었다면, 시집 『꿈꾸는 한발』은 새로운 세계에 대한 탐구가 구체적 방법으로 제시되어 있는 시집이다.

여기에 이르러 나는 비로소 시인이란 자각을 갖게 되었다. 흔히 말하는 장밋빛 꿈은 그 바탕에 그 실현의 가능성을 내다보는 기대가 있다. 설령 실현되지 않는다 하더라도 그것이 실현되기만 하면 인간은 틀림없이 행복해질 수 있다는 압티미스틱한 믿음이 있다. 장밋빛은 행복을 표상하는 빛깔이다. 나의 꿈엔 그러한 장밋빛이 없다. 물론 의식적으로 배제한 것이다. 그렇게 되면 꿈은 그 실현의 가능성에 대한 기대를 박탈당해 버린다. (중략) 희망이 아니라 절망을 확인하기 위해 있는 꿈, 그것이야말로 참다운 꿈이다. 당연한 일이지만 그러한 꿈은 이른바 행복이라는 것을 믿지 않고 세계와의 화해를 거부한다.[64]

이러한 '장밋빛 행복'에 대한 꿈은 '희망이 아닌 절망'에 대한 기대를 가지는 것이다. 그는 행복을 의도적으로 거부한다. 그것은 전통적인 서정에서 벗어나 자신만의 시세계를 갖기 위해 험난한 여정을 선택한 것처럼 행복 역시 그에게는 안일함과 타성에 젖는 표면적 삶의 껍데기일 뿐이다. 그가 생각하는 시인의 꿈은 이루어질 수 없는 실재이다. 「李白에게」[65]에서 제시되었듯이 삶의 실체는 죽음을 통해서만 드러나는 것이다. 그가 깨달은 꿈의 실재는 허상일 뿐이다.

존재의 근원적 부조리에 대해 시인은 세계와의 화해를 거부한다. 부조리한 세계를 극복하기 위해서는 '시인으로서의 정체(identity)가 없어야' 된다고 한 키이츠의 말은, 시인은 개성의 구속을 벗어난 자유로운 존재로서 모든 사물을 수용하고 다양한 시적 개성을 창조할 수 있어야 한다는 것이다.[66] 여기서 말하는 시인의 정체는 확대되지 못하고 자신 속에 갇혀 있는 세계 인식이다. 이것은 세계를 수용하는 시인으로서의 자세를 말하는 것으로, '나'라는 정체는 세계와의 경계를 만드는 것이다. '나'라

---

64) 이형기, 「자서」, 『꿈꾸는 한발』, 7~8쪽.
65) 「李白에게」는 『돌베개의 시』 맨 마지막에 실린 시편이다. 전문은 다음과 같다.
당신의 죽음은/ 醉中의 장난이다.// 實在하는 것은/ 당신의 꿈,// 달을 보고 뛰어 든/ 그 환상이다.// 허리춤에 차고 다닌/ 洞庭湖 물결// 그 물결에 아롱진/ 당신의 아폴로 計劃…// 李白! 당신은 虛像에 불과하다.// 溺死 후에 당신은 / 비로소 實在한다.(이형기, 「李白에게」, 『돌베개의 시』, 문원사, 1971, 63~65쪽).
66) 김준오, 「입사적 상상력과 꿈의 시학」, 『그해 겨울의 눈』, 고려원, 1985, 238쪽.

는 정체성을 허문다면 나와 세계에 대한 경계는 없어지고, 세계는 열리게 된다. 세계는 시인의 것이 될 수 있고, 시인이 곧 그 세계가 될 수 있다. 이것은 곧 새로운 세계를 창조하는데 전제되어야 할 자세이다.

생명은 끊임없이 움직이며 자아확대를 진행한다.[67] 자신의 외부에 있는 우주공간의 모든 것을 끌어들이는 행위로써 세계를 자아화 한다. 우리가 호흡하는 행위, 음식물을 먹는 행위 등도 이런 맥락에서 이해될 수 있다. 반대로 죽음은 이러한 생명의 활동이 정지된 것을 의미하는데, 자신의 몸이 우주공간으로 흩어져 돌아감을 의미한다. 이것은 세계 속에 자신을 확산시키는 것이다.

『꿈꾸는 한발』에서 두드러지게 나타나는 그로테스크한 표현과 악마적 섬뜩함의 이미지는 극단의 절망적 상황으로까지 나아간다. 그것은 시인으로서 새로운 세계를 창조하기 위한 '나'의 정체성의 경계를 허무는 행위이다. 이것은 자기부정과 파괴로써 세계에 대한 거부의 정신이라 할 수 있다.

또한 『풍선심장』, 『보물섬의 지도』, 『심야의 일기예보』, 『죽지 않는 도시』 등으로 나아가면서 시세계는 물신화되고 문명화된 현실에 대한 비판과 인간의 도덕성 상실에 대한 비판이 주류를 이루고 있다.

1) 자기부정과 파괴

이 절에서는 한 시집에서 주류를 이루는 시세계를 위주로 논의하지만, 『꿈꾸는 한발』만을 대상으로 하지는 않는다. 논의할 주제에 맞는 시작품을 택해서 대상으로 논의할 것이다. 왜냐하면 시인이 시를 창작할 때 면

---

67) 강홍기, 『엄살의 시학』, 태학사, 2000, 20쪽.

도날로 가른 것처럼 시의 세계가 나뉘는 것은 아니기 때문이다.

부조리한 세계를 인식한 후 시인은 그것을 단호하게 거부하는 포즈를 취하는데, 그것은 자기 파괴와 세계 파괴라는 형태로서 나타난다. 이것은 새로운 세계를 향한 통과제의 성격을 지니는 것이다.

새로운 세계를 창조하기 위해서는 꼭 거치는 과정이 있다. 이것을 통과제의 과정이라고 하는데, 이 과정은 청소년기를 벗고 성년이 되기 위해서 처절한 고통의 의식을 치르는 것을 말한다.

통과제의는 라틴어로 '시작'을 의미하는 말이다. 그리스어 단어 텔레테와($\tau\epsilon\lambda\epsilon\Upsilon\acute{\eta}$)와 동사 테레인($\tau\epsilon\lambda\acute{\epsilon\iota}\nu$)은 '완벽의 추구'를 뜻한다. 어근인 테로스($\tau\epsilon\lambda\acute{o}s$)는 인도 유럽어 켈레스(queles)에서 온 것으로, '도달과 완성'이라는 개념으로 쓰인다. 또한 통과제의의 대상자인 신참자(néophyte)는 땅에 묻혔던 낟알에서 싹터 오른 새초목이라는 뜻이다. 비유하자면, 통과제의는 인간이라는 씨앗을 성숙시켜서 완성시켜줄 어떤 상태의 시작을 일컫는 말이다.[68]

한 알의 낟알이 땅에 떨어져 죽어야만 새로운 싹을 탄생시키는 것과 마찬가지로 인간도 다시 태어나기 위해서는 죽어야 한다. 이 죽음은 실제 죽음이 아닌 상상의 죽음이다. 이것은 통과제의를 거치게 될 대상의 존재적 위치의 변화를 말하는 것이다. 여기에 대해서 시몬느 베이른느(S. Vierne)는 엘리아데의 말을 빌려 '시련을 겪은 후 신참자는 통과제의 이전과는 전혀 다른 존재를 향유하는 다른 사람'이 되는 것이라고 설명한다. 통과 제의를 통과한 신참자는 새로운 지역사회 속으로 진입될 뿐만 아니라, 정신적 가치의 세계로 안내되어 성인다운 행동과 기술, 그 사회의 제도를 배우게 된다.[69]

---

68) Simone Vierne, 이재실 역, 『통과제의와 문학』, 문학동네, 1996, 11~12쪽.

이렇게 볼 때 통과제의는 단순히 고통의 과정을 거치는 것만으로 통과했다고 볼 수는 없다. 그 고통은 새로운 세계를 향한 관문으로서 의미를 가지며, 새로운 세계로 진입하는 것이다. 통과제의 과정의 핵심은 죽음이다. 비록 상상적인 죽음이지만, 이것은 기존세계를 부정하고 해체하는 혹독한 과정을 거친 후 새로운 세계에 들어가기 위한 과정이다.

시몬느 베이른느는 통과제의를 세 단계로 구분하여 설명하고 있다.70) 그것은 준비단계, 피안의 영역 즉 죽음단계, 새로운 탄생의 단계이다.

첫 번째 준비단계는 정화의 단계이다. 죽음의 영역에 들어가기 전 통과제의 입문자는 기존의 사회에서 격리되어 그 전의 세계에 있던 죄를 정화시키기 위해 강물에 몸을 담근다든지 지나간 행위의 증거물인 머리카락을 자르는 등 정화의식을 가진다. 이것은 순수한 정신을 요구하는 제의로서의 과정이다. 입문자는 자신이 가졌던 옛것을 버리고 순수한 상태에서 변화의 과정에 들어가야 한다.

이러한 과정을 거친 후 입문자는 죽음의 영역의 단계로 들어간다. 죽음이라는 것은 돌이킬 수 없는 행위이므로 매우 엄숙하면서도 극적인 형태를 띠는 경우가 많다고 한다. 이 과정은 물론 상징적인 행위로써 이루어지는데, 이성적 판단으로 불가능해 보이는 관문통과, 그 극적인 상태에서의 혼절, 꿈이나 환각을 유발시키는 고행 등으로 행해진다. 또한 이 과정에서 입문자는 이미 죽은 사람으로서 산 사람과는 구별되는 행위를 취하는 것으로 단식斷食도 행해진다. 이것은 출생 이전의 상태인 모태회귀와도 관련되는 것이다. 이 단계에서 침묵의 규칙을 지키는 것 역시 아직 속俗의 존재가 아닌 상태를 의미한다. 성인식에서 구덩이나 무덤, 터

---

69) Simone Vierne, 이재실 역, 위의 책, 12~13쪽.
70) Simone Vierne, 이재실 역, 위의 책, 20~270쪽(통과제의의 세 단계에 관한 내용은 위의 책의 도움을 받았다).

널 등의 통과 과정에서 대지·물·공기·불의 4원소에 의한 성스럽고 두려운 심연으로서의 이미지로서 정화의식도 나타나는데, 이것 역시 모태회귀의 한 형태이다. 대지는 사색의 방으로 표현되는 죽음의 영역이며, 물은 육욕의 무게를 씻어주고, 공기는 신념을 없애주고, 불은 영혼을 정결하게 한다는 상징적 의미를 띤다. 또한 상승의식은 신에게 접근하는 최고의 단계로서 가치를 가지며, 하강의식은 지옥으로의 하강이나 미궁의 모티프와 함께 존재한다. 여행도 통과제의의 한 과정으로 존재한다. 여행은 꿈속이나 황홀경 상태에서 이루어지는 경우가 많다. 이것은 여행이라는 테마가 인간의 상상력에 많은 영향을 미치기 때문이다.

다음은 새로운 탄생으로서 통과제의의 마지막 단계이다. 이 단계에서는 기존세계의 것을 뛰어넘는 과정으로 그것을 죽이거나 험난한 모험의 형태를 띤 재탄생의 의식으로 나타나기도 하고, 엑스터시 상태의 수면에서 깨어나는 것으로 새로운 탄생을 상징하기도 한다. 또한 개명改名도 이러한 상징적 의미를 가진다.

『꿈꾸는 한발』에서는 스스로 극단적인 고통을 의도적으로 자행하는 것으로 나타난다. 이것은 단말마적 고통과 절망 앞에서 시적자아는 현재적 위치를 새롭게 그려내고 있는 것이다.

> 이러한 인식은 나의 가슴 속에 맹렬한 복수심을 불러 일으켰다. 오냐, 눈에는 눈, 이빨에는 이빨이다. 그리하여 나는 비수를 갈듯 시를 썼다. 말은 비수라고 했지만 이 한 줄의 하찮은 시, 무력하기 짝이 없는 인간의 영위가 어찌 저 세계의 옆구리를 찌를 것인가. 나의 비수는 결국 나 자신을 찌를 수밖에 없는 것이었다. 그러나 그것은 뜻밖의 결과가 아니라 사전에 충분히 내다볼 수 있었던 그래서 또 스스로 그렇게 되기를 노렸던 나의 의도적인 자기암살이었다.[71]

　절망을 확인하는 꿈을 위해 시인은 세계와의 화해를 거부한다. 그가
서정의 세계에서 벗어나 바라본 세계는 악의의 덩어리 그 자체였기 때문
이다. 그러한 세계에 대한 그의 저항은 복수이다. 복수의 도구는 언어라
는 비수匕首이다. 이 비수는 결국 자신을 찌를 수밖에 없다. 그것을 그는
‘의도적 자기암살’이라고 했는데, 이것은 자신을 고통스럽게 자학하는
통과제의 과정을 겪는 것이다.

　문학에서 통과제의 과정은 연금술과도 밀접한 관련이 깊다. 연금술은
종교나 숭배의식의 형태를 띠고 있다. 이것은 연금술사들의 선조격인 대
장장이들의 전유물이었다. 그 작업은 절대적 순수성이 요구되는 통과제
의적인 목적을 가진 것이었다. 연금술의 조작은 금속의 용해와 부패 단
계를 포함한다. 이것은 부패기간을 겪지 않고는 더 나은 상태로 다시 태
어날 수 없다는 점에서 통과제의 과정과 같다. 연금술은 융합-창조-탄
생의 절차에 따라 이루어지는 ‘신비한 결혼’의 의미를 가지는데, 연금술
사의 개인적인 희생도 요구되는 것이었다.[72]

　시에서 통과제의 과정은 연금술과도 비유된다. 그는 시를 ‘언어의 연
금술’이라고 직접 밝히기도 했다.

> 언어의 연금술이란 말은 수사학적 차원에서 매끈하게 갈고 닦는 일
> 인 양 오해되고 있는 경우가 많다. 연금술의 기본 개념은 하찮은 비
> (卑)금속을 귀금속으로 바꾸어 놓는 일, 즉 그 질의 전환을 뜻하는 것
> 이다. 이 전환은, 중세사회가 연금술을 악마의 소행으로 본 것처럼,
> 미상불 일종의 마술적 힘에 의해 돌연변이적으로 이루어지는 것이
> 기 때문에 강한 충격을 수반하지 않을 수 없다. 언어의 연금술도 물

71) 이형기, 「허무의 창조」, 『풍선심장』, 문학예술사, 1981, 4쪽.
72) Simone Vierne, 이재실 역, 위의 책, 20~70쪽.

론 그처럼 돌연변이적으로 언어의 질적 전환을 이룩하는 충격적 작
업이다.[73)

　시의 언어 역시 연금술처럼 질적인 전환을 할 수 있다. 그렇다면 시인
도 연금술사와 같이 시적 언어의 질적인 전환을 이루는 과정을 거쳐야
한다. 삶의 질서 속에서 사용하는 언어는 전달 기능으로서 보편적 의미
를 가진다. 보편적 의미를 가진 언어는 일상적 삶을 유지하는 데 아무런
문제가 없는 실용성을 가졌다. 시인은 이렇게 관습화된 실용적 언어를
새롭고 자유롭게 해 주어야 한다. 시의 언어는 보편화된 언어 질서 속에
서 벗어나야 하기 때문이다. 시인의 상상력은 무한한 세계를 창조할 수
있다. 시인의 통과제의 과정도 이러한 상상력으로 이루어지는 것이다.

주여 칼을 주소서
칼자루는 말고 그 날을
쥐면 손바닥이 나가는
그러나 피가 흐르지 않게
더욱 힘 주어 쥘 수밖에 없는 그것을

수은 한방울
떨어뜨려 주소서 그 순수를
깊이 살속에 스미는 단잠 한숨
그리고 온 몸이
한송이 커다란 함박꽃처럼 썩는 그것을

---

73) 이형기, 『존재하지 않는 나무』, 고려원, 2000, 71쪽(「언어의 연금술」은 제5시집 『보물
　　섬의 지도』에 있는 「불꽃 속의 싸락눈」 16번에도 실려있다).

주여 또 불빛을 주소서
밝음이 아니라 어둠인 불빛을
죽은 여름의 혼령이
눈 없는 심해어의 눈을 비치는
주여 일점 鬼火를 주소서

─「古典的 祈禱」 전문

　시적 자아가 신에게 간구한 것은 본질적 순수상태이다. 이것은 통과제의 과정 중 정화단계에 해당된다.

　부조리한 세계에 대한 복수의 도구로서 사용된 이미지는 주로 칼, 삽, 곡괭이, 도끼, 바늘 등이다.[74] 칼을 비롯한 금속성의 차갑고 예리한 이미지는 차갑고 섬뜩한 시적 분위기를 자아낸다. 시적자아는 칼자루와 밝음의 불빛은 원하지 않는다. 칼이라 할 때 칼자루는 당연히 칼과 함께 이미지화되고, 불빛이라고 할 때 밝음은 당연한 이미지로 떠오른다. 그는 이런 이미지를 거부한다. 그것은 이미 사회적 통념으로 자리가 굳혀있는 객관화된 언어이다. 이미 있어온, 있는 사물들은 시인으로서 넘어서야 할 전통의 산물이기 때문이다. 시인이 원하는 것은 쥐어서 손바닥이 베여도 피가 흐르지 않는 더욱 세게 쥘 수 있는 칼, 수은 한 방울, 일점의 귀화鬼火 등이다. 그것은 일상화된 표면에 나타나는 것을 거부하는 언어의 알맹이다.

　시적 자아가 원하는 순수상태는 굳은 표면을 벗긴 언어들의 속살이다. 이렇게 간구하여 얻은 언어의 속살은 다시 자멸로 이어진다. 자멸을 위

---

74) 금속성 이미지들이 나타난 작품은 다음과 같다.
　칼·비수:「고전적 기도」·「첨예한 달」·「사막의 소리」·「칼을 간다」, 삽:「자갈밭」, 톱:「백치풍경」, 도끼:「동상」, 곡괭이:「석탄」, 바늘:「바늘」·「사랑가」, 선반:「손가락」 등이다. 그 외에도 얼음과 이빨 등의 이미지가 있다.

한 자학적 고통은 존재의 탐구를 위한 의지이며 시인으로서의 정신을 지키려는 것이다. 그래서 시적화자는 부조리한 존재를 찌를 수 있는 칼, 완전 소멸을 위한 수은, 존재의 한계 너머까지를 볼 수 있는 눈이 필요했다.

김종삼은 릴케의 말을 빌려서 언어의 순수성을 '언어의 도끼'로 비유하여 강조한 적이 있다.

> 나는 릴케가 말한—새로운 언어개념에 대해서 경건히 머리를 수그리는 기쁨을 오늘에 이르기까지도 잊어버리지는 않고 있다. 그는 말하기를 새로운 언어란 언어의 도끼가 아직도 들어가 보지 못한 깊은 樹林 속에서 홀로 숨쉬고 있다고 말했다. 말하자면 함부로 지껄이는 언어들은 대개가 아름다운 정신을 찍어서 불 태워 버리는 이른바 언어의 도끼와 같은 수단에 지나지 않으므로 그와 같은 언어 속에는 새로운 말이라는 것이 없다는 게 우리들의 라이나 마리아 릴케의 지론(持論)이다. 여기서 언어의 도끼라고 릴케가 쓰고 있는 릴케의 비유가 도끼와 같은 언어라는 뜻임은 구태여 주석을 붙일 것도 없으리라.[75]

위 인용문의 '언어의 도끼'란 아름다운 정신을 찍어서 불 태워 버리는 수단에 불과한 것이다. 새로운 언어를 발견하여 찍어내는 도끼도 아름다운 정신을 그대로 보존시켜주지는 못한다는 말이다. 언어라는 도끼가 그 언어를 찍었을 때는 언어가 가진 본질적 순수성은 사라져버린다. 표면화되어 나타나는 언어는 의미의 규격화된 질서 속에서 시인의 순수한 정신, 의미가 되기 전의 그 무한한 침묵은 사라진 언어이다. 따라서 위의 말은 시인으로서 시의 언어가 가진 절대 순수성을 옹호하는 말이다.

「동상」의 '도끼'는 시인이 가진 무딘 의식을 떼어내는 도구로 이미지

---

75) 김종삼, 「의미의 백서」, 『김종삼 전집』, 나남출판, 2005, 297쪽.

화 된 것이다. 오랜 세월 동안 풀리지 않는 굳어있는 의식은 떼어내기가
고통스럽다. '동상 걸린 발등'을 찍어내는 도끼는 이러한 오랜 세월 동안
풀리지 않는 굳어버린 의식을 고통스럽게 떼어내는데 섬뜩한 이미지의
도구로 사용된다.

> 동상의 발등
> 벌겋게 부어오른 가려움증
> 그 속에 박힌 얼음을 찍어내자 아우여
>
> 세례 요한이 나무밑에 두고 간
> 2천년동안 버려져 있는 도끼
> 그것으로 이 발등을 찍자
>
> 동상의 발등
> 벌겋게 부어오른 가려움증
> 그 속에 박힌 얼음을 찍어내자 아우여
>
> —「凍傷」부분

이 시에서 남아있는 오직 한 그루의 나무조차 이제는 동상에 걸린 얼
음을 딛고 겨우 버티고 서 있다. 동상으로 썩어 들어가는 발등, 그 속에
있는 순수한 언어의 본질. 언어의 도끼로 동상의 염증을 찍어내고, '그 속
에 박힌 얼음' 같은 차가운 결의 순수한 언어를 캐어 내고자 하는 것이다.
세례 요한은 약 2천 년 전 신약성서에 나오는 인물로서 '귀 있는 자는
들으라'고 외치며, 인간들에게 위기의식을 일깨우는 메시지를 던졌다.
그 외침은 새롭게 도래할 메시아의 세계를 맞이하기 위해서 현실적 삶에
서 타성화된 언어로써 안일하게 살아가는 인간들에게 각성을 촉구하는

소리였다. 이 시에서 도끼는 세례 요한이 새로운 세계를 맞이하기 위해 사람들에게 각성을 촉구하는 언어로써의 도구가 된다. 그러나 지금까지 사람들은 아무런 각성도 없이 그 도끼로 '나무를 모두 도벌해' 갔다. 즉 언어의 도끼로 세상의 모든 언어들을 찍어내어 세상에서 사용한 것이다. 세상에 드러난 언어는 세계를 규정짓는 규범적 언어가 된다. 언어에는 세계를 질서화 시키는 힘이 있다. 이것을 두고 시인은 '언어의 행위는 혼돈 속에서 하늘과 땅을 밝혀내는 인식의 조명'[76]이라고 했다. 이러한 언어의 조명으로 이루어진 세계의 언어 질서는 오늘날 우리가 그대로 이어받아 '어제의 하늘은 오늘도 하늘, 어제의 땅은 오늘도 땅으로서 견고하게 자리를 차지하고 있'다.[77] 이것은 언어가 지시하는 대로 우리는 그 언어를 그대로 답습하고 있다는 말이다. '시인의 언어'는 이러한 세계의 질서를 교란시키는 역할을 한다. 그러므로 시의 언어는 어디에도 얽매이지 않은 자유로운 그 자체로서의 목적을 가진 존재라는 것이다.

위 시의 동상에 걸린 나무는 시인의 이러한 정신을 나타내고 있다. 동상의 염증으로 가렵고 '붉게 부어오른 발등'은 타성적 언어의 부풀어 오름이다. 즉 타성적 언어에 무디어진 시인의 정신이다.

세례 요한이 두고 간 도끼는, 새로운 세상을 대비하는 시인의 종말론적 위기의식이다. 이 종말론적 위기의식은 역사적인 의미가 아닌 어느 시대에서나 통용되는 시인으로서의 새로운 세계를 향한 인식의 조명이다. 시적 자아는 언어에 대한 각성으로 자신의 동상 걸린 발등을 찍어낼 수 있다. 그 속에 있는 얼음 같은 언어는 차갑게 정신을 자극하는 언어로서의 결을 가지고 새로운 세계를 비춰주는 조명이 된다.

---

76) 이형기, 「시인의 언어」, 『시의 언어』, 문학과지성사, 1987, 296~303쪽
77) 이형기, 위의 책, 296~303쪽.

石炭을 캔다.
패름紀 이래의 어둠속에 잠 자는
黑人 巨人
곡괭이로 어깨쭉지를 내리찍어
그의 잠을 깨운다.
속살이 패어나고, 피가 철철 흐르는
아침 햇살
石炭은 일어난다.
石炭은 링컨 大統領을 믿지 않는다.
뉴욕 슬럼가의
골목골목에 가득 차 있는 石炭의 敵意
그것은 또 다른 敵意를 갈망한다.
상극의 불길이 활활 타는 꿈
飛躍 또는 流血革命
黑人 巨人은 눈망울을 디룩거린다.
보라.
나의 採炭은 난폭한 露天掘이다.

―「石炭」 전문

새로운 세계에 대한 인식의 조명은, 표면을 벗긴 언어의 속살을 확인하기 위한 작업으로 '석탄' 캐기로 비유된다.

니체에 의하면, 도덕을 탐사하는 계보학자는 농부 또는 광부를 닮았다고 했다. 광부는 심층으로 들어가는 동시에 표면을 만들어내는 사람이기 때문이라는 것이다.78) 광부가 파낸 땅의 속살은 표면으로 드러날 수밖에 없다.

---

78) 니체는 "도덕을 연구하려는 탐사자는 자신의 시대를 떠날 수 있는 자유정신의 소유자이어야 한다"고 하고, 이러한 도덕에 대한 탐사 작업을 계보학(Genealogie)이라고 했다. 계보학자는 광부처럼 기원(起源)이라는 심층을 향해 파 내려간다. 그들이 심층을 파내어 확인하는 것은 이질성과 다양성이다. 심층은 표면이 됨으로써만 드러날 수 있다. 따라서

위 시에서 석탄은 '흑인 거인'으로 비유되고, 곡괭이는 잠자고 있는 기원起源을 파내는 도구로써 사용되었다. 심층에서 잠자고 있는 석탄의 기원, 즉 그것은 한 번도 드러내본 적 없는 속살이다. 이 속살은 아침 햇살 속에 드러나면서 표면화 된다. 새롭게 표면화 되어 나타난 이들은 기존의 일상화된 세계와는 이질적일 수밖에 없다.

석탄으로 비유된 흑인 거인은 새롭게 캐낸 시의 언어이다. 이 언어들은 세상에 있는 기존의 보편화된 지시적 언어들과 의미가 상충될 수밖에 없다. 이 언어들은 다시 흑인으로 비유되고, 백인으로 상징화된 링컨 대통령의 말을 믿지 못한다. 흑인들은 미국의 역사적 상황 속에서 아웃사이더일 수밖에 없다. 백인이 만든 사회의 제도는 이들을 구속할 뿐이다. 이들의 적의는 극에 달한다. 이들이 품은 이질성은 세상에 대한 적의로써 극을 향해 불타올라 비약 또는 보편적인 세상을 뒤엎을 유혈혁명의 꿈을 꾼다. 시의 언어도 마찬가지다. 사회의 질서 또는 약속으로 이루어진 일상적이고 과학적인 언어들은 시의 언어를 구속할 수밖에 없다. 시의 언어 역시 이러한 구속을 벗어나는 혁명을 꿈꾸는 언어이다. 언어의 해방을 꿈꾸는 이들은 '나의 채탄採炭'은 열려있는 '난폭한 노천굴露天掘'이 된다. 결국 이 시의 채탄 작업은 새로운 세계를 꿈꾸는 시인 자신에 대한 고통과 절망을 확인하는 시작詩作이다.

이러한 작업은 '삽 한 자루의 적개심'으로 '꿈을 파내 그 정수리를 찍어버'리면서 '불을 지르고는 저도 함께 타 죽는' 완전 소멸을 지향한다. 그것도 모자라 그 상처의 영구보존을 위해 '소금절임'까지 하는 것이다.

니체는 이 표면에서 사건의 의미가 생겨난다고 보았다(고병권, 앞의 책, 64~68쪽).

아물어선 안될 상처의 영구보존
소금절임을 위해

오 이 삽 한자루의 敵愾心
垂直의 幻想

마침내는 한뙈기 자갈밭이 남는
그 이미지를 위해 땅은 있다.

—「자갈밭」부분

삽은 자갈밭을 갈기 위한 것이 아니고 묻기 위해서 있는 것이다. 꿈을 파내고 언어의 정수리를 찍고, 불까지 지르고 함께 타 죽는 삽의 적개심은 수직의 환상을 이룬다. 수평이 아닌 수직은 보편이 아닌 개별성이다. 또한 위를 향해 치솟았다가 절정의 순간 아래로 떨어지는 불꽃같은 순간의 환상이다. 그것은 '한뙈기의 자갈밭'이라는 허무를 확인하는 절망적 상황이다.

삽의 적개심은 「루시의 죽음」79)에서도 고통의 그 황홀한 전율로 나타난다. 쥐약을 먹은 개 루시는 빈사 상태에서 적개심으로 불타 시적 자아에게 달려든다. 이때 시적 자아는 그 고통을 '황홀한 극치'라고 표현하고 있다. 이것은 곧 고통의 절대 순간이다.

고통의 절대 순간은 「바늘」80)에서 절제된 감정으로 함축하여 표현된

---

79) 「루시의 죽음」 내용의 일부는 다음과 같다.
   '루시는 내 혈관을 뚫고 내닫는다/ 번뜩이는 칼날의 그 번뜩임처럼 황홀한 전율/ 루시는 이미 개가 아니다/ 독한 쥐약이다/ 기억하라 눈에는 눈 이빨에는 이빨/ 아니다/ 그 투명한 극치를'.
80) 「바늘」 내용의 일부는 다음과 같다.
   '나는 나의 심장을 바늘로 찌른다./ 심장은/ 살아 있는 그대로 조용히 멎는다'.

다. 그는 바늘이라는 예리한 이미지처럼 간결한 구조로써 박제된 꿈, 포기하지 않고 끊임없이 이어지는 꿈의 정곡을 예리한 바늘로 찌른다.

이렇게 자신을 고통으로 몰고 가면서도 새로운 세계에 대한 인식의 눈은 예리하게 '칼을 간다'. 이 칼은 '밑바닥이 없는 가을의 밑바닥(「칼을 간다」)'의 '눈'을 가는 것이다. '지구의 밑바닥에서 아무리 퍼내어도 한이 없는 정숙(「전쟁시」81))'이 허무이듯이 이 역설적 표현 속에 있는 가을의 가장 깊은 곳에 있는 '눈'이란 허무를 인식하는 깨어있는 눈이다. 이것은 세계의 본질을 향한 날카로운 의식이다.

이형기는 '시는 세계의 부조리에 대한 복수의 비수다'라고 했다. '비수'는 시세계의 부조리에 대해서 복수를 감행하기 위한 것이고, 그 복수는 부조리한 현실적 세계에 대해 세계의 옆구리를 찌르는 것이라고 했다. 즉 부조리한 현실을 상상의 비수로써 복수한다는 것이다.

> 암살은 틀림없이 감행되었다
> 물증보다도 확실한 심증
> 심증보다도 더욱 확실한 것은
> 저 하현의 달이다
>
> 刺客이 누구냐고 묻는가
> 被殺者가 누구냐고 묻는가
> 보라 저기 저 高山 萬年雪에 꽂혀 있는
> 한 자루 비수
> 대답은 이미 소용없는 시간이다

---

81) 「전쟁시」는 『돌베개의 시』에 실려 있는 작품이다.

눈물은 과거의 인류가 모두 흘리고
지금 남아 있는 것은
다만 이 첨예한 겨울 나의 노래
소리없는 외마디소리의 스타카토

드디어 밤은 절명한다
그렇다 밤은
죽지 않으면 다시 살아날 수가 없다
왕생하라 사자여
너를 축복하는 일편의 이미지
자객의 눈초리는 복면속에서 빛나고 있다

―「尖銳한 달」 전문

자루 없는 칼의 이미지는 암살까지 자행하게 된다. 위의 시는 차가운
겨울 밤하늘에 떠있는 하현달에서 이미지를 가져와 암살을 감행하는 비
정함의 고통이 느껴지는 작품이다. 자객은 물증보다, 심증보다 더 확실
하게 만년설 덮인 고산 위에 떠 있는 하현달이다. 하현달은 바로 죽임을
감행한 자객이면서 비수이다. 겨울밤은 저 하현달에 의해 절명한 피살자
이다. '눈물조차도 과거의 인류가 모두 흘렸'기 때문에 '지금 남아 있는
것은/ 다만 이 첨예한 겨울의 노래'일 뿐인 겨울밤이다. 시적자아는 '소리
없는 외마디 스타카토'로써 절제된 단말마의 울림을 느낄 뿐이다. 하현
달은 과거로부터 현재까지 순환성 속에서 죽었다가 초승달로 새로 태어
나는 소멸과 생성을 반복해 왔다. 눈물이 메마른 것은 오래된 순환성의
하나로서 새로운 죽음을 맞이한 것은 아니다. 초기 시의 세계에서 나타
나는 '울음' 또는 '눈물'은 생성에 대한 기다림과 인내로 다져져 있다. 그
런 눈물조차도 메말라버리고, 이제 남은 것은 '나의 노래'뿐이다. 또한 눈

물은 몸의 결정체로서 시인에게는 '시'이며 꿈이다. 이것조차 '외마디 스타카토'로 완전 절명한다. 그렇다면 겨울밤은 곧 시인의 세계인 시가 된다. 시적 자아는 시적 자아는 비수라는 시의 언어로써 시를 죽인 것이다. 따라서 어두운 겨울밤은 부조리한 현실세계이며, 그것을 나타낸 시인의 시였다.

그대 아는가
나의 등판을
어깨서 허리까지 길게 내리친
시퍼런 칼자욱을 아는가

疾走하는 전율과
전율 끝에 斷末魔를 꿈 꾸는
벼랑의 직립
그 위에 다시 벼랑은 솟는다

그대 아는가
石炭紀의 종말을
그때 하늘 높이 날으던
한 마리 장수잠자리의 추락을

나의 자랑은 自滅이다
무수한 複眼들이
그 무수한 水晶體가 한꺼번에
박살나는 盲目의 물보라

그대 아는가
나의 등판에 폭포처럼 쏟아지는

시퍼런 빛줄기
2億年 묵은 이 칼자욱을 아는가

– 「폭포」 전문

　벼랑에서 쏟아져 내리는 폭포는 내 등판에 길게 난 '칼자욱'이며, 수직으로 하강한 질주로써 죽음의 단말마를 꿈꾸고 다시 직립하는 '벼랑'이며, 석탄기 종말 때 날던 그 '장수 잠자리'이다. 또한 장수 잠자리의 '복안'들이 박살나는 맹목의 '물보라'이다.82)

　현재 폭포의 물살은 과거 2억 년 전부터 있었던 시원적 세계의 물살로서, 현재에도 떨어져 내리고 다시 벼랑으로 직립하는 노역을 끊임없이 이어오고 있었다. 인간의 힘으로는 도저히 도달할 수 없는 그 허무의 심연을 시지프스처럼 계속 이어오고 있었다는 말이다. 칼자국은 시인으로서의 의식을 날카롭게 일깨우는 도구이며, 그 흔적이다. 그래서 '나의 자랑은 자멸'이라고 한다. 그 자멸은 맹목적으로 박살하는 물보라로 형상화된다. 높은 벼랑에서 바닥으로 떨어지는 이러한 물줄기의 단말마 또한 시인의 고통과 절망의 의식에서 나오는 전율이다.

　시인의 양식은 고독과 고통이라 했다.83) 이 고통은 세계의 부조리를 향한 복수이면서, 본질 탐구를 향해 나아가는 시인으로서의 통과제의의 과정이다. 통과제의의 고통은 거대한 악의에 대한 복수지만, 그 악의의 실체는 텅 빈 허무였다. 그 허무는 새로운 내가 태어날 수 있는 창조로서의 의미가 있는 것이다. 통과제의는 자신을 고통으로써 소멸시키고 새로운

---

82) 위 인용 시에 나열된 이미지들은 병치은유로서 모두 '폭포'를 가리키고 있다. 이러한 시의 병치은유의 수사법은 시인으로서의 자각 이후 아이러니, 패러디 등과 함께 두드러진 수사적 특징으로 나타난다.
83) 이형기, 「다시 불꽃 속의 싸락눈」, 『심야의 일기예보』, 문학아카데미, 1990, 108쪽.

세계를 창조하는 것이다. 그로테스크한 이미지로써 고통을 가하는 것은 절대적 순수성을 위한 정신을 강조하기 위한 것이다. 그 순수성은 전율로 이어지는 고통과 극적인 긴장감으로 부조리한 세계와 맞선 시정신이다.

2) 세계부정과 생태위기

세계를 보는 관점은 1980년대로 오면서 개인에서 사회로 변화된다. 『꿈꾸는 한발』이 주로 개인적인 몸과 관련된 소재라면, 이후 『풍선심장』, 『보물섬의 지도』, 『심야의 일기예보』, 『죽지 않는 도시』 등에서는 사회적 현상과 존재론이 관련된 소재로 나타난다. 1980년대의 사회는 1960년대부터 고속화로 진행된 산업화로 인해 문명화되고 도시화됨으로써 많은 병폐가 생겨나게 되었다. 그는 물신화로 치닫고 있는 이러한 사회에 대해 비판적인 시각을 나타냈다. 그것은 문명화에 의한 병폐, 생태계 파괴와 인간의 윤리·도덕성 파괴로 인한 존엄성 문제 등 사회적인 현상에 대해 종말론적 위기의식이다. 이러한 시각은 순수 문학을 옹호하는 그에 대한 참여론자들의 비판을 일축시키는 것이었다.

(1) 문명의 병폐에 대한 위기의식

폐허의 풍경을 잡은
이 사진은 앵글이 기막히다
뼈대만 남은 고층건물
앙상한 늑골새로
죽어서 납덩이가 된 도시를 보여준다
그 배경
疊天을 가로질러 모여든

까마귀 한떼
무엇인가를 파먹고 있다
사람의 가슴이
가슴속에 흐르는 피가 붉다는 것은
거짓말이다
터지는 검은 먹물
그리고 폐허는 질척거린다
내일이면 陷沒
다시 내일이면 늪이 될 폐허
수수께끼의 광선 엑스레이는
이처럼 오직 사실만을 증명한다

– 「엑스레이 사진」 전문

시 「엑스레이 사진」에는 이하李賀84)의 '長安有男兒 二十心已朽'라는 시구가 전제前提되어 있다. 중국 당대의 시인 이하는 '20세에 이미 마음이 폐허화되었다'고 했다. 이것은 무엇을 말하는가. '마음이 폐허화되었다'는 것은 세계의 이면을 볼 수 있다는 말과 같다. 어둡고 음산하고 썩은, 세계의 또 다른 부분을 볼 수 있는 시인으로서의 눈을 말한다.

---

84) 이하(李賀, 791~817)는 중국 당대(唐代)의 시인으로 26세의 나이로 요절했다.
이하의 조숙성에 대한 김윤식의 간략한 평을 덧붙이면 다음과 같다.
'그리고 이 저주에 정면으로 도전해온 세계 유일의 존재에 中庸期의 鬼才 李賀가 있다. 키이츠모양 27세에 요절한 唯美主義者 李賀는 나귀를 타고 小童을 거느리며 등에 비단 주머니를 메고 다니며 영감이 떠오르면 시를 써서 그 주머니에 담았다고 한다. 인생의 진실이나 삶의 고뇌 따위의 현실적 문제를 외면하고(외면함이 아니라 그럴 겨를이 없는 것, 그것이 조숙의 운명이자 저주이다). 오직 절묘하고도 날카로운 감각적 직관력에 의해 절륜의 경지를 개척한 것으로 되어 있는 이하를 중국문학사에서는 한마디로 異端的이라 기록하고 있다'(김윤식, 「미 그 자멸에의 충동」, 『심상』 1976.4, 131쪽).

이형기 스스로가 말한 시인으로서의 눈은 새로운 세계에 대한 인식이
다. 그가 이하의 시 한 구절을 자신의 시의 앞부분에 제시했다는 것은 이
하의 시적 조숙성을 나타낸 것으로 볼 수 있다. 천재 시인이라고 인정받
은 이하의 20세 나이와 이 시를 쓸 당시 자신의 나이 40세[86]를 비교하면
서 자신의 시에 대한 각성을 촉구하는 것이다. 여기에 대해 김윤식은 '조
숙성에 대한 비할 수 없는 자학自虐'[87]이 위의 시에 나타난 것이라고 했
다. 이 조숙성은 이형기가 17세(1949년)에 『문예』지 추천으로 등단한 것
과 무관하지 않다. 초기 시의 세계에서 보여준 자연을 통해 소멸을 인식
하는 태도에서나, 시 「나무」, 「산」, 「노년환각」 등에서 보여준 애상적이
고 인생에 대한 달관적 태도가 이를 잘 말해준다.

이 시에서의 조숙성은 세계를 폐허로 보는 것이다. 폐허는 모든 것이
소멸된 상태인 허무이다. 그는 에스레이 사진에 찍힌 자신의 가슴을 폐
허화된 도시로 본 것이다. 살아 있는 것이라곤 까마귀 한 떼뿐이다. 그것
도 폐허 속에서 무언가를 파먹으며 도시를 더욱 폐허화시키고 있다. 그
가 본 도시는 피도 썩어서 검은 먹물처럼 변했고, 질척이는 늪의 도시, 내
일이면 함몰될 위험에 처한 위기의 도시이다. 시적자아는 지금 도시의
화려한 문명의 표면 그 너머를 보고 있다. 그것은 인간의 문명으로 이룩

---

85) 이형기, 『존재하지 않는 나무』, 고려원, 2000, 30쪽.
86) 「엑스레이 사진」은 『현대시학』 1972년 10월호에 게재되었음. 그때 이형기의 나이는 40
세였음.
87) 김윤식, 앞의 책, 131쪽.

한 엑스레이 광선을 비추는 과학적 기구에 의해서이다. 기계는 거짓말을 하지 않는다. 엑스레이 광선이 비춘 늑골의 사진은 문명의 도시가 폐허가 된 이면의 모습이 사실임을 증명하기 위한 역설적으로 사용된 도구이다.

일상화 눈은 그 이면을 볼 수 없는 한계를 가지고 있다. 이 한계는 가시화된 세계만이 전부인양 알고 생활하는 인간들의 타성화된 눈이다. 이런 인간들의 시선은 온갖 도시문명의 병폐를 낳는 요인이 된다.

이 시에서 또 한 가지는 문명화 된 사회의 병폐를 인식하는 시인의 언어이다. 화려하고 번영된 '은성을 극하는' 도시의 한복판에서 이러한 폐허를 볼 수 있는 시인의 눈은 사람들에게 위기의식을 일깨우는 시의 언어로 나타난다.

우리의 번영은 하늘을 찌른다.
모든 星座
모든 天體를 사정없이 덮치는
宇宙空間의 마라푼다—
우리는 하늘마저 掠奪해 버린다.

일상의 때가 낀
티눈만도 못한 육안은 그러나
아무 것도 모른다.
다만 일편의 유리쪼각과
그 위에 달라붙은 한점 얼룩을 볼 뿐이다.

가장 냉정한 第三者
顯微鏡이여 네가 말하라
밤내 爆竹이 터지는 우리의 祝祭

狂亂의 增殖
그 홀연한 星雲의 탄생을……

─「암세포」 부분

　일상적인 우리의 눈은 몸속의 암세포가 온 몸을 마음껏 점령해도 그것을 알지 못한다. '티눈만도 못한 육안'은 혈액을 채취해서 유리조각 위에 놓여있는 혈액의 얼룩만을 볼 뿐이다. 육안은 현미경이라는 도구를 통해서 몸속에 퍼진 암세포를 볼 수 있다.

　이것 역시 문명의 안락함 속에서 보이지 않는 세계를 외면하는 인간들에 대한 위기의식을 일깨우는 것이다. 문명의 이면에 숨은 불편한 진실은 마라푼다[88]의 광적인 증식이다. 마라푼다의 자유로운 증식은 암에 걸린 육체의 '안식을 보장'하는 죽음의 세계로 향하고 있다. 이러한 것을 볼 수 있는 것은 일반인과는 다른 시인의 현미경 같은 눈이 있기 때문이다.

　시인은 문명자체를 비판하는 것은 아니다. 물신화된 문명사회로 인해 인간의 존엄한 가치가 상실되고, 그것에 의한 병폐를 비판하고 있는 것이다.

여름은 드디어 숨을 걷운다
그 마지막 경련이 끝나자
여기 저기서 불거져 나오는 醜聞
개펄 바다

─지금은 썰물이다
죽은 여름의 사독이 찬 배를 가르고
길이 열린다

---

88) 마라푼다는 아프리카에 서식하는 식육개미로서 이 개미떼는 동물을 삽시간에 먹어치운다고 함.

석달만에 긁어낸 핏덩이와 그 어미가
발바닥에 회를 치면서 가는 길

― 「썰물」 부분

여름처럼 화려하고 풍성한 문명 속에서 기생하는 병폐나 추한 모습은 그 정체를 쉽게 드러내지 않는다. 밀물 속에 가려진 물속의 바닥은 썰물이 되어서야 그 모습을 드러낸다. '은성을 극하는 도시'의 한복판에서 질척이는 폐허를 보듯이 물이 빠져 나가고 난 뒤 썰물이 남긴 바닥은 인간 욕망의 실체를 보여준다.

그가 새롭게 바라본 세계는 부정되어야 할 세계였다. 이 세계는 화려한 문명의 이면에 있는 폐허화된 세계이다. '폐허화된 도시'를 볼 수 있는 눈은 시인의 깨어있는 인식의 눈으로써 가능하다. 이것은 '종말론적 위기의식'으로 현재에 대한 시인의 인식이다.

문명에 대한 비판적 시각은 생태환경에 관한 위기의식으로 이어진다.

(2) 생태환경에 대한 위기의식

시인의 눈은 이러한 문명의 병폐현상을 생태계 파괴에 대한 위기의식으로 보여준다. 그것의 근본적인 원인은 인간의 도덕성의 결여로 인한 것이다. 이것은 이형기가 강조한 종말론적 위기의식으로 나타난다.

나는 시인에겐 언제나 종말론적 의식이 선천적으로 있어야 한다고 보거든. 세계는 늘 낭떠러지에 있다. 인간 생활 자체가 낭떠러지다라는 위기 의식 감각이 발달한 이가 시인이라고 봐. 이런 의미에서 내 글들이 주로 문명비평적이거나 생태계에 무게 중심이 실려 있었던 게지. 이제는 경고성 메시지에 그칠 것이 아니라 지구나 우주의 질서,

나아가 생태계의 질서를 파괴해서 마침내 자신의 무덤을 파고 있는
인간에 대한 일종의 공포, 전율을 더하고 싶은 욕심이 있어.89)

여기서도 이형기의 시정신을 잘 파악할 수 있다. 종말론적 위기의식이
란 어느 특정한 시대를 지적하는 것이 아니라 시인이 언제나 품고 있는
시대에 대한 인식이다. 이형기는 자신의 시가 시대의 문제점에 대해서
경고로 그치는 것이 아니라 공포와 전율을 느낄 수 있는 폭탄이기를 원
했다. 그에게 시는 일상적 경험이 아닌 개인의 작은 체험과 무한한 상상
력으로써 이룰 수 있어야 하는 것이다. 상상력은 세계를 전복할 수 있는
폭발력을 가진 시로 나타날 수 있다.

시대에 대한 이러한 공격적 비판은 풍자의 형식에서 가능하다. 풍자는
일반적으로 인간의 어리석음과 악덕, 부조리한 사회현실을 폭로하고 비
판하는 문학의 한 형태이다. 풍자는 인간과 삶의 세계에 관한 모든 것에
만 관심을 두고 있기 때문에 가장 세속적인 문학 형태이기도 하다. 풍자
의 공격은 정면공격이 아닌 다른 것에 빗대어 대상을 간접적으로 공격하
는 것이다.90) 풍자는 본질적으로 사회적인 문학양식으로 인간이 지향하
는 모든 것이 주제가 된다.91)

이제는 쓸모가 없게 된 심장
구겨 뭉쳐 쓰레기 통에 내버린 심장
한데도 사람들은 여전히
심장을 달랍니다.

89) 이형기, 「나는 시를 찾는 사람」, 『현대시』 1993.6, 116쪽.
90) 김준오, 『시론』, 삼지원, 1982, 177~178쪽.
91) Arthur Pollard, 송낙헌 역, 『풍자』, 서울대학교 출판부, 1978, 10~11쪽.

　　드리고 말고요
　　어렵잖은 일입니다.
　　당신의 맘에 꼭 드는
　　예쁘장한 심장

－「풍선심장」 부분

　위의 시에서 공격의 대상은 심장을 달라는 '당신'으로 표현된 인간이다. '당신'은 사회가 요구하는 가치에 맞추어 살아가도록 요구하는 사회의 제도, 관습 등 그 무엇 또는 누구이다. 시적 자아에게 자신의 진정한 마음이 든 심장은 필요가 없다. 다만 그 사회가 요구하는 것에 맞추어 웃는 얼굴로 살아가면 된다. 자신의 진정한 모습은 스스로도 불편할 뿐이다. 그 심장은 이제 풍선으로 예쁘게 장식하여 가볍게 날리면 되는 것이다. 사회적 효율성과 생산성에 가치를 둔 사회는 인간적이고 개인적인 심장에 가치를 두지 않는다. 이러한 사회는 안락한 인간의 삶을 보장하는 대신 사회의 전체주의적 효율성에 맞춘 심장을 원한다. 자신의 주장이나 개인주의적 생각이 든 심장은 이러한 사회에서 아무런 쓸모가 없다. 이제 시적 자아는 사회가 요구하는 가치에 맞추어 살아가면 된다. 그래서 시적 자아는 사람들이 요구하는 심장을 그 사람에게 맞추어 얼마든지 줄 수 있게 되었다. 자신의 진정한 생명을 가진 진실한 마음은 이러한 사회에서 오히려 불편하다. 허위로 가득 찬 사회에서 진정한 마음은 '가슴 속에 감추어 둘 필요조차 없'어졌다. 심장은 누구에게나 보여줄 수 있고, 좋아할 수 있는 것으로 예쁘게 장식하여 하늘에 가볍게 띄울 수도 있는 것이다. 이것은 진정한 가치를 잃고 표면적이고 허구적 삶을 살아가는 현대 문명 속의 인간에 대한 비판적 성찰이다.

　편리함에 길들여진 인간은 참다운 아름다움조차 느끼지 못하면서 그

저 보이기 위한 표면적인 삶을 살 뿐이다. 조화는 시들 줄 모르고 '마냥 노랗게 피어(「조화」)'있고, 무덤가에 꽂혀 있는 플라스틱 조화는 오히려 '무덤 속의 주검보다 처량'하게 보인다. 이러한 시대에 시의 언어는 무용 지물일 뿐이다. 시는 '디룩디룩 살이 찐 시대의/건강에 짓눌려 비실대는 것(「극약처방」)'이다. 시인은 이러한 시대의 시한폭탄 같은 언어의 위력 을 발휘할 시를 썼지만, 그것은 '허약한 시'고 '종이로 만든 불발탄'에 그 칠 뿐이었다.

이제 자연적 순환에 따른 겨울과 여름은 '추위를 모르는 살찐 겨울, 짠 맛을 잃은 소금이 설탕으로 둔갑해서 집집마다 단맛을 가득 채우는(「겨 울의 죽음」)' 아파트 단지의 따뜻한 겨울이나 '여행사의 광고 포스터 속 에/ 화려한 원색의 바캉스 상품(「여름이 없는 여름」)'의 이미지로 존재하 게 되었다.

아 하루 만에 잊혀져
저 혼자 고독하게 썩은 눈으로
썩지 않는 지상의 달걀을 내려다보고 있는
남극 상공의 오존층 달걀

                                   ―「고독한 달걀」 부분

'남극 상공의 파괴된 오존층'이라는 신문의 구문도 하루만 지나면 잊 혀지고, '어미닭의 뱃속에서 이미/항생제를 듬뿍 먹고 나온 힘센 콜레스 테롤/ 썩을 도리가 없는 달걀'을 먹고 사는 사람들은 '매연을 뿜어'내며 출근하고 바쁜 일상 속에 묻힌다. 사람들은 직접적인 이해 관계가 없는 것은 무관심하게 지나친다. 이러한 환경에 무관심한 사람들 대신 그 심 각성을 인식하는 것은 시인의 몫이다. 썩어야 할 것과 썩지 말아야 할 것이 바뀐 상황을 인식하는 것은 아이러니하게도 사람들이 아닌 달걀 형태로 없어진 지상의 오존층이다. 또한 '항생제를 듬뿍 먹'어서 썩지 않는 '도시의 달걀'이나 '꿈의 염색체가 제거된 달걀, /유해한 콜레스테롤의 함량의 극소화(「병아리」)'된 달걀은 생태계의 파괴에 대한 위기의식을 보여주는 것이다. 생태계를 교란시키는 주범은 그 생태계의 유기적 구조 속에 살고 있는 인간이다. 결국 그러한 인간에 의해 인간이 그 피해자가 될 수밖에 없음을 시적 자아는 역설적으로 보여주고 있다. 이것은 과학에 대한 맹신에서 오는 병폐이다.

> 물보다 물 사먹을 돈이 더 좋다.
> 비오디 피피엠.
> 몽골 샤먼의 진언처럼 주술성이 강한
> 비오디 피피엠의 마취효과.
> 물고기는 죽거나 말거나
> 중금속 폐수에 맹독성 농약과 개숫물
> 지천으로 흘러들거나 말거나
> 비오디 피피엠은 끄떡없이 버틴다.
> 이 강물은 썩을 리 없다.
>
> — 「비오디 피피엠」 부분

위 인용시는 과학적인 것을 맹신하는 사회에 대한 비판을 담고 있다. 비오디(B.O.D.: biochemical oxygen demand)는 생화학적 산소 요구량이다. 오염된 폐수가 지천으로 흘러들어 강물이 썩어가는 현실이지만 비오디의 수치를 기준량에 맞추기만 하면 된다. 어느 곳이나 과학적 방법이 동원되어 과학화가 남용되고, 효율적 가치로 수치화된다. 이것은 생물에 대한 속성을 간과하는 인간들의 어리석음과 그 심각성을 지적하고 있는 것이다. '물보다 물 사먹을 돈이 더 좋다'는 인간들의 물질만능화와 과학적 수치에 대한 맹신 등은 자연의 생태까지 위협하고 있다.

> 오늘 이 과수원에도
> 만발한 사과꽃들 토플리스로 치장하고 나서서
> 소싯적 그때처럼 흘려대는 그 소리 기다리고 있건만
> 벌 한 마리 날아오지 않는다
> 아 활짝 열어만 놓고
> 아무것도 받아들일 게 없는 그녀들의 자궁
> 무참한 부끄러움!
>
> 꽃들이 모두 석녀가 되어버린 마을
> 위생적으로 멸균처리가 된 무기질 침묵
> 침묵만 가득 찬 마을 한복판에
> 심약한 레이첼 카이슨 여사가 새파랗게 질려 있다
> 가을에 사과가 열지 않으면 어떡하지요?
> 걱정도 팔자군, 수입하면 그만이지!
>
> * 레이첼 카이슨 여사는 1964년에 세상을 뜬 미국인으로서 『침묵의
> 봄』의 저자이다.[92]

―「석녀(石女)들의 마을」 부분

화학농법은 생장촉진을 위한 농법으로 생산성의 효과를 거둘 수 있다. 그러나 이러한 농법은 생태계의 교란을 가져온다. 생태계는 이미 토질이

---

92) 레이첼 카이슨 여사는 『침묵의 봄』에서 화학제품 및 화학농법의 사용이 생태계를 얼마
　　나 파괴하는지에 대해 그 심각성을 알렸다.

화학성분으로 오염되고, 그 토질에서 생산된 농산물도 오염되어 있다.

과거 과수원은 벌들이 날아들어 자연수정을 했다. '황홀한 꽃가루받이의 집단오르가즘'은 열매를 맺기 위한 자연현상이므로 '부끄러운 일이 아니었다'. 그러나 '오늘'의 과수원에는 살충제 등의 사용으로 벌들이 날아오지 않는다. 자연농법은 이제 쓸모가 없어졌다. 사과꽃은 자연적 생식기능이 사라지고 인공수정으로 열매를 맺게 되었다. 열매를 맺기 위한 자연의 축제는 인간들에 의한 인공적 축제로, 사과꽃들의 생명에 대한 부푼 기대는 '무참한 부끄러움'으로 바뀌었다. 꽃들의 '침묵'은 물신화와 과학의 폭력에 대한 저항이다. '위생적으로 멸균처리가 된 무기질 침묵'은 생명의 활기찬 축제 분위기와 대조를 이룬다. 사과꽃의 침묵은 생명이 사라진 차가운 죽음의 세계와 같다.

그런데도 인간들은 아직도 생태환경에 대한 심각성을 깨닫지 못한다. 가을에 사과가 열리지 않으면 '수입하면 그만'이라고 레이첼 카이슨 여사의 걱정을 되받는다. 과학기술이나 물질적 금전이 인간이 가진 모든 문제를 해결해 줄 수 있다는 맹신은 매우 위험한 생각이다. 오직 눈에 보이는 생산성과 물질적 가치만을 추구하는 인간은 자연이 주는 생명의 가치를 전혀 깨닫지 못하고 있다. 자연은 인간이 정복하고 착취할 수 있는 대상이 아니다. 인간은 자연의 품속에서 살아가고 있다. 자연의 파괴는 유기적 구조를 통해 인간의 생존의 문제로 이어지는 것을 깨달아야 한다. 이 시는 자연에 대해서, 그 자연의 유기적 구조에 대해서 심각성을 전혀 인식하지 못하는 인간들에 대한 풍자이다.

김종철은 '오늘날의 비극은 과학기술이 어려운 문제를 해결해주리라는 어리석은 믿음이 지배하고 있는 점이다'라고 하면서, '참다운 과학정신은 늘 열려있는 겸손한 태도'[93]라고 했다. 전자는 오늘날 환경생태계 파괴에 대한 원인을 말하고 있는 것이고, 후자는 과학을 대하는 바람직한 태도를 말하고 있는 것이다. 전자의 말은 근대화에 대한 막연한 희망으로 많은 사람들이 경제성장과 산업화에 총력을 기울일 수 있었다는 말이다. 그 결과 물질적 성공과 서구적 생활방식을 어느 정도는 이룰 수 있었다. 이 과정에서 과학도 큰 몫을 차지할 수 있었다. 이러한 과정의 대가는 인간의 생존을 위협하는 생태계의 붕괴를 경험하는 것이다. 현대의 과학은 인간이 살아가는 모든 분야에 걸쳐 있으며 인간의 문명과 함께 장족의 발전을 이루었다. 이제 이 과학은 인간의 생활에서 없어서는 안될 생명과도 같은 존재가 되었다. 과학은 인간에게 편리함뿐만 아니라 여러 분야에서 이로움을 주기도 했다. 그러나 과학의 발달은 인간의 가치와 물질의 가치가 전도되는 현상까지 가져오게 되었다.

후자에서는, 이제 과학을 맹신이 아닌 좀 더 겸손하게 열려있는 태도로 대해야 한다고 해결책을 제시했다. '열려있는 겸손한 태도'는 과학 역시 인간 존재의 가치를 위해 사용되어야 한다는 것이다. 존재의 가치를 안다는 것은 정신적인 가치를 안다는 것이다. 과학이 물질만능을 위한 도구가 아닌 생태환경 속에서 활용되어야 한다는 것을 강조한 말이다.

그가 추구한 가치는 인간과 환경이 공존하는 세상이다. 인간의 이기심은 인간에게 되돌아감으로써 오히려 삶을 파괴시킬 수 있다는 것이다. 그것은 정신적 가치로써 생태환경의 위기를 극복할 수 있음을 역설적으로 강조한 말이다.

(3) 인간의 존엄성 상실에 대한 위기의식

인간의 도덕성 상실은 문명의 병폐를 낳고, 환경 생태계까지 오염시켰

---

93) 김종철, 『녹색평론선집1』, 녹색평론사, 2008, 18쪽.

다. 이러한 것은 다시 인간에게로 되돌아오고 있다. '물질적 가치와 경제적 생산 그리고 기능주의가 최선으로 간주되는 현대의 산업사회에 있어서는 인간도 하나의 기계 즉 물질적 가치를 생산해 내는 도구에 다름 아니다'.94) 경제적 효율적 생산을 위해서는 속도감은 매우 중요한 요소가 되었다.

근대 이전에는 사회의 진보, 즉 발전의 개념이 존재하지 않았다. 근대에 들어와 시간의식을 재발견함으로써 진보의 개념은 시간과 밀접하게 연결되어 있다.95) 근대 이전의 시간의식은 삶 자체가 농경 생활에 바탕을 두고 있었으므로 태양의 운행에 맞춘 계절의 주기적 순환성에 맞추어진 것이었다. 근대의 시간의식은 근대의 여러 자연과학의 성장과 더불어 태동하였다.

특히 시계의 발명은 과거의 순환적 시간관념을 선조적線條的인 시간관념으로 바꾼 일대 변혁을 일으키는 계기가 되었다. 시계는 자연의 순환적 리듬에 의한 막연한 주관적 계측이 아니라, 정확하고 객관적인 계측이 가능한 과학의 발달에도 지대한 영향을 끼쳤다. 근대의 산업화는 농경문화가 쇠퇴하고, 수공업의 발전과 더불어 도시의 공업화가 진행되는 과정이었다. 생산양식은 시간의 객관적 측정에 맞추어 노동시간과 노동의 강도를 조절할 수 있게 바뀌었다. 시간은 고리대금업에 종사하는 사람들에 의해서도 세속화 되었다. 이들에게 시간의 흐름은 이자율과 비례하는 것으로 시간의 계산에 밝으면 그만큼 더 많은 부를 축적할 수 있는 기회가 되었다. 이처럼 시간의 이용은 경제적 효용성을 높이는 결과가 되었다. 근대의 시간성이란 전진하는 사고이다.96) 전진하는 사고란 과거

---

94) 오세영, 「상황과 존재」, 『죽지 않는 도시』, 고려원, 1994, 118쪽.
95) 심재휘, 『한국전후시와 시간의식』, 태학사, 1996, 17쪽.
96) 심재휘, 위의 책, 28~36쪽.

에서 미래로만 흐르는 직선적 시간 개념과 연관된다. 이것은 산업사회에
서 자본축적을 위해 생산의 효율성을 높이기 위한 시간 개념이다. 현대
사회에서 시간은 그 이용가치가 더욱 극대화되었고, 가속화됨으로써, 돈
과 직결되는 절대적 가치 기준이 되었다.

    간편합니다
    1분이면 됩니다

    과정은 없고 결론만 있다
    오냐 엑스냐

    얼른 먹고 얼른 차는 배만 있다
    천천히 씹어먹는
    미각은 없다

    사랑은 없다
    그짓하는 그 행위만 있다

    바빠서 바빠서
    어디로 가는지는 생각할 게 없다
    그저 바빠서 돌아가는

    그 회오리바람에 날려서
    온 도시 뒤덮는 우리 시대의 라면봉지

                                        - 「라면봉지」 전문

    라면은 일상적 생활에서 인스턴트 음식의 대명사로 굳어진 단어이다.
즉석이라는 뜻인 인스턴트는 현대사회에서 시간의 효율성을 위한 음식

등 문화에서 많이 사용되고 있다. 이러한 시대에는 '과정은 없고 결론만
있다'. 간편하고 편리한 인스턴트는 뭐든지 즉석에서 해결하는 것이다.
과정에서 느끼고 생각하고 익기를 기다리는 시간조차도 현대인들에게는
아주 긴 시간이 된다. 음식은 배고픔을 해결하기 위해서만 있는 것이다.
사랑이라는 것도 진실된 마음보다는 사랑의 행위로써 말초적 쾌락만을
추구하는 것이 되었다. 여기서 인간이란 없다. 라면봉지처럼 바람에 가
볍게 휘날리며 살아가는 현대인들은 무엇을 위해 살아가는지 자신조차
느끼지 못하고 있다. 사람들은 다만 도시생활의 바쁜 굴레에서 바삐 살
아갈 뿐이다.

　바쁘게 돌아가는 생활의 굴레는 고통과 인내를 통해 성숙되는 과정보
다는 결과만을 중시하는 생활이 되었다. 아이조차 과정이 생략된 채 인
스턴트로, 탄생하는 것이 아닌 생산되고 있는 것이다.

> 그 아이들은 깡통에서 나왔다.
> 실수나 괴로운 중간과정은 모조리 건너뛴 채
> 기성품 정답으로만 있는 아이들
> 그리고 아아 그것뿐인 아이들이 거리에 넘친다.
> 　　　　　　　　　　　　　　－「깡통에서 나온 아이들」 부분

　이 시의 전반부는 '그 아이들은 깡통에서 나왔다./엄마와 아빠의 만남
의 실수/실수를 사탕으로 미화한 어느 날의 충동은/출생의 요건이 되지
않는다.//'. 어른들의 사랑이 아닌 '만남의 실수'로 태어난 아이들은 그것
이 문제되지 않는다. 인간의 생명이 태어나기 위한 전제 조건인 부모들
의 인격이나 사랑 등 인간적인 요건들은 '골치 아픈 생각'일 뿐이다. 그것
은 과정보다는 결과가 중요하기 때문이다. 인간화의 과정이 생략된 아이

들은 이러한 점에서 헉슬리의 『멋진 신세계』[97]처럼 시대가 요구하는 편
리함과 단순함 그리고 전체의 부속물로서 규격화된 시스템 속에서 편안
하고 행복하게 살면 되는 것이다. 전체주의가 요구하는 실속주의는 개별
적 인간으로서의 존엄성은 박탈된다.

인간의 존엄성은 과학 기술의 뒤에 숨어있는 주체로서의 인간 자신을
발견하는 것이다. 디지털 시대에 과학 기술은 얼마나 가치중립적일 수
있는가 또는 과학 기술이 어떻게 가치중립적일 수 있는가에 대한 물음은
과학 기술의 뒤에 있는 인간의 존엄성을 묻고 있는 것이다. 최초의 전자
컴퓨터인 1946년의 에니악(ENAC)이 미국 육군의 탄두궤도를 계산하기
위한 방편으로 개발되었다는 사실은 이러한 물음의 정당성을 잘 말해주
고 있다.[98] '현대 과학의 거의 모든 분야가 전쟁 기술의 개발에 그 뿌리를
두고 있다'[99]는 말은 '전쟁이 과학의 힘을 빌려 흉포화 되었을 뿐만 아니
라 과학 자체도 전쟁의 노력에 힘입어 비약적인 발전을 하게 되었'[100]음
을 의미한다. 특히 디지털은 일상생활에서 떼려고 해도 뗄 수 없을 만큼
오늘날 우리의 생활을 지배하고 있는 것이 사실이다.

---

97) 헉슬리의 『멋진 신세계』는 과학기술로 이루어낸 유토피아에서 인간들이 살아가는 모
  습을 그린 문명비판적인 공상과학소설이다. 과학기술의 발달은 인간사회를 전체주의
  화 시키고, 그 체제 속에서 인간은 얌전한 노예가 된다. 개인의 가치는 소멸되고, 개인
  의 삶도 안락함을 보장받으며 통제받는다. 사회의 모든 것은 몇 사람의 계획 속에서
  이루어진다. 인간은 인공배양으로 태어나고, 정해진 계급에서 일을 하고 살도록 교육
  받는다. 여기서 인간들은 걱정이나 근심, 불안감, 격정적 감정, 불만 등을 느끼지 못한
  다. 평온한 가운데 행복만을 느끼며 살아간다. 인간은 과학기술의 발달시키며 유토피
  아를 꿈꾸지만 이러한 유토피아가 얼마나 인간이 가진 존엄성을 박탈하는 것인지를
  깨닫게 하는 내용이다(Aldous Huxley, 이덕형 역, 『멋진 신세계』, 문예출판사, 1998).
98) 이성우, 『0/1의 세계에서 시란 무엇인가』, 고려대학교 출판부, 2007, 142쪽.
99) Ernist Volkman, 석이용 역, 『전쟁과 과학, 그 야합의 역사』, 이마고, 2003, 30쪽.
100) Ernist Volkman, 석이용 역, 위의 책, 7쪽.

밤하늘에 온통 꽃불이 터진다
누구를 위한 무슨 축제인가

발사!
꽃불 1호
스커드 미사일

발사!
꽃불 2호
패트리어트 요격 미사일

애 어른 할 것 없이 모두
그 실황중계에 넋을 잃고 있는
스릴 만점 우리 시대의 전쟁놀이

전사자는 없다
TV카메라가 잡아주지 않는 한
있어도 없는 허깨비들이여

다만 걸프만의 물새 몇 마리
애교로 양념으로
시커멓게 원유범벅이 되는 봉변

우리 시대의 전쟁놀이는
그래서 더욱 흥행성이 높다
누구를 위한 무슨 축제인가

— 「전쟁놀이」 전문

위의 시는 1991년에 미국의 전폭기들이 디지털로 무장하고 이라크의 수도 바그다드를 공격한 걸프전을 배경으로 하고 있다. 걸프전[101]은 본격적인 디지털 전쟁의 시초가 되었다. 여기에 사용된 전폭기는 스크린에 나타난 이미지를 공격하는 것이었다.[102] 이 시에서는 이러한 전쟁 상황을 실황으로 중계해 주고 있는 것을 '스릴 만점의 전쟁놀이'라고 했다. 전쟁은 수많은 사람들의 목숨을 앗아갈 수 있는 것이다. 그런데 사람들은 TV 화면을 통해 전폭기가 명중시킨 대상이 폭파되는 장면을 볼 뿐이다. 사람들은 이제 전쟁을 밤하늘에 터지는 불꽃 축제로써 즐길 수 있게 되었다. TV라는 카메라는 사람들에게 전쟁이 주는 사실적인 비참함을 무감각하게 만들고, 컴퓨터 게임처럼 전쟁을 놀이로 즐기게 만들 수 있다.

TV는 사람들의 관심과 판단력을 카메라의 시선과 같이 조정한다. 사람들은 전쟁의 참혹함이나 무모함을 느낄 수 있는 화면을 아예 볼 수 없다. 카메라는 비참하게 희생당한 전사자들이나 그 가족들이 아닌, 원유 범벅이 된 걸프만의 새들을 잠깐 보여줄 뿐이었다. TV를 보는 사람들은 전쟁을 실제가 아닌 가상의 현실로 착각하면서 그것의 참모습을 제대로 보지 못한다. 이런 점에서 TV 카메라의 시선은 이데올로기라 할 수 있다.[103] 카메라의 화면 뒤에 숨겨진 이데올로기에 의해 사람들은 세상을 볼 뿐이다. 이 이데올로기가 어느 편에 섰는가에 따라 세상을 보는 시선도 그쪽으로 따라갈 수밖에 없다.

---

101) 걸프전은 이라크가 일방적으로 쿠웨이트를 침공한 것을 계기로, 미국과 다국적군의 이에 대한 제재조치로 이루어진 전쟁이었다. 미군은 최첨단 패트리어트 요격 미사일로 이라크의 수도 바그다드를 공격했다. 이라크군은 후퇴하면서 쿠웨이트의 정유 시설을 파괴하여 걸프만의 세계적인 석유 오염 문제를 일으켰다. 이 전쟁은 미군의 승리로 42일만에 끝났다
102) 이성우, 앞의 책, 143쪽.
103) 이성우, 앞의 책, 147쪽.

　시적 자아는 고도로 발달한 과학기술보다는 그 과학기술 뒤에 도사린 주체로서의 인간, 그 인간의 존엄성을 깨닫게 해 주고자 했다. 그런 점에서 「까마귀」는 시인의 이러한 면을 잘 보여주고 있다.

> 사건 사고는
> 아무리 커도 하루 만에 잊는다
> 전쟁쯤이야
> 안방에서 즐기는 전자오락 게임
> 그래도 더 많은 행복이 필요할 땐
> 청소년용 값싼 본드와 부탄
> 신사숙녀의 품위를 지켜주는 히로뽕
> 일회용 주사약도 준비되어 있다.
>
> 하지만 행복은 까마귀의 먹이가 아니다
> 내 먹이
> 느닷없는 고통과 불행
> 도둑같이 찾아오는 죽음의
> 그 쓰디쓴 소태 한 조각은 어디 있느냐
> 까욱 까욱 까욱
> 까마귀는 이 도시에 살 수가 없다.
>
> 　　　　　　　　　　　　　　　　　－「까마귀」 부분

　사람들은 사건 사고도, 전쟁도 하루 만에 잊을 수 있는 사람들은 오직 육체적이고 가시적 행복만을 추구하게 되었다. 인간의 삶에서 느끼는 고통과 절망감 등은 삶의 완성도를 높여준다. 삶은 죽음과 동전의 양면과 같은 한 몸이기 때문이다. 그러나 행복은 일회용, 가벼움 등으로 포장되어 상품화 된다. 행복과 쌍을 이루는 불행은 얼씬도 못한다.

까마귀는 흔히 문학작품에서 죽음을 연상하거나 상징하는, 불길한 새로 등장한다.104) 죽음을 먹고 살아야 하는 까마귀는 행복만을 추구하는 이 도시에서는 살 수 없다. 죽음을 밀어내는 도시화는 진정한 삶을 잃어버린 생명력을 잃어버렸다. 고통과 불행으로 절여진 '삶의 쓴 소태'는 죽음과 다름 아니다. 이러한 죽음은 진정한 삶을 생성할 수 있는 것이다. 시인이 삶의 고통과 절망을 양식으로 삼듯이 까마귀는 죽음을 양식으로 삼는다. 이러한 점에서 까마귀는 시인이 추구하는 진정한 삶의 정신이 형상화된 것이라 할 수 있다. 죽음이 사라진 도시는 진정한 삶도 없다.

지금까지 세계에 대한 부정을 나타낸 시편들을 살펴보았다. 이들 작품에서 시인은 현실적 삶의 현장을 소재로 삼아 문명의 병폐에 대한 비판과 생태환경, 인간의 존엄성 상실에 대한 비판적 시각을 담았다. 우리나라에서 산업화가 본격적으로 추진되었던 1960년대 이후부터 급격하게 변화된 인간들의 물신화된 가치관은 사회 곳곳에 있는 요소들에서 그 병폐가 드러냈다. 시인의 시선은 인간 삶에 대한 총체적인 병폐 현상을 드러내어 형상화시켰다. 이것은 그가 가진 문명에 대한 위기감이며, 종말론적인 의식을 잘 드러내주는 것이다.

문명사회를 살아가는 인간들의 안일함은 개구리가 헤엄치는 물을 예로 들어 설명할 수 있다. 개구리는 갑자기 더운 물 속에 넣어지면 후다닥 튀어나오지만 서서히 물의 온도를 높여 가면 기분 좋게 헤엄치다가 마침내 그 속에서 죽는다. 우리들도 마찬가지다. 인간들도 문명사회 속의 안일함에 서서히 마취되어 있다.105) '부정과 파괴의 시정신'에서 그가 나타

---

104) 까마귀는 반포지효(反哺之孝)라는 긍정적인 의미로도 나타나지만, 우리나라 문학작품에서는 주로 불길한 일을 암시하는 새로 등장한다. 이태준의 소설에서 『까마귀』도 죽음을 상징하는 새로 등장한다.
105) 이형기, 『감성의 논리』, 문학과지성사, 1976, 14쪽.

내고자 하는 것도 이러한 안일함만을 추구하는 인간의 존엄성 상실에 대한 자각이었다. 인간의 가치가 생산적 가치로만 평가되는 사회에서 스스로 주체로서의 개별적 존재 가치는 인정되지 않는다. 인간은 사회가 요구하는 사회의 맞춤형 인간으로서 존재해야 하는 것이다. 개인으로서의 존재에 대한 위기의식은 안락함에 대한 마취를 섬뜩한 이미지로써 깨어나게 하는 고통의 통과제의 과정을 거친다. 세상의 거대한 메커니즘에 대한 위기의식은 문명과 생태환경과 존재의 존엄성에 대한 가치를 잃어버린 세계를 부정하는 것이었다. 안락함에 젖어 고통도 절망도 사라져버린 사회, 이러한 무감각한 사회를 보면서 시인은 절망하고 있었다. 이러한 것은 그가 강조했던 종말론적 위기의식으로 풀이된다. 종말론적 위기의식은 시대적 종말이 아닌 언제나 현재적 위치에서 세계를 바라보는 인식론적인 관점이다.

4. 존재 탐구의 시―삶의 초극 의지

첫 시집 『적막강산』에서 그는 자연의 근원적인 한계성에 대해 인식하고, 그 근원을 탐구해 나갔다. 그 후 『돌베개의 시』로 오면서 그는 세계를 자아와 화해가 아닌 불화하는 부정적 세계로 인식하고, 전통적 서정시에서 벗어나 새로운 시의 세계를 찾기를 모색한다. 이 과정은 자각적인 세계 인식이라 할 수 있는데, 시인으로서의 소명의식을 가지고 시의 여정을 예시해 주는 과정이었다. 변화된 시세계는 자아와 불화하고, 부정적인 이미지로 제시되었다. 그는 이러한 부조리한 세계를 거부하였다. 부조리한 세계를 부정하고 파괴하기 위해 그는 세계에 대한 통과제의로써 자신을 파멸시키는 것으로 나타냈다. 또한 문명화된 세계에 대한 비판적 통찰은 종말론적 상상력이라는 세계관을 가지고 위기의식으로 드러내 보였다.

이러한 과정에서도 존재론적인 탐구는 계속되었다. 그는 삶이 이룩한 허무의 자리를 확인하고도 또다시 삶을 향해 나아갔다. 이것은 허무를 초극하기 위한 적극적 실천의지이다. 자연의 소멸에서 존재의 근원적 한계를 인식하고, 시인으로서의 자각 이후 변화된 시세계에서 보여준 시적 과정들은 존재의 근원을 탐구하고 초극하기 위한 일련의 방법론이다. 이러한 과정에서 그의 시선은 존재의 근원을 끝까지 파고든다. 특히『절벽』에서는 죽음의 경계를 오고간 체험이 존재의 근원에 대한 깊은 성찰로써 나타나 있다. 이러한 체험적 성찰은 삶의 극단에 선 자의 치열한 시정신이 내면화로 다져져 시의 진정성으로 표출되어 있다.

1) 도로와 허무에 대한 도전

절망과 고통을 시인의 양식으로 삼은 시인은 다시 시를 찾기 위한 길을 떠난다. 그것은 끝없는 도전과 도로, 허무를 확인하는 되풀이의 여정이다. '시인은 시를 쓰는 사람이라기보다도 오히려 시를 찾는 사람'[106]이다. 이 말은 시란 무엇인가라는 가장 근본적인 물음을 안고 늘 새로운 모색을 시작하는 시인의 정신을 의미한다. 시쓰기는 끝없이 되풀이 되는 시찾기에 대한 여정을 떠나는 것이다. 이 여정은 보물섬의 지도를 들고 떠나는 길 찾기와 같다.

---

106) 이형기, 「시인은 말한다」, 『보물섬의 지도』, 서문당, 1985, 109쪽.

손바닥을 펴놓고 내일을 점친다.
몇 가닥의 길은 고집스레 따로 뻗고
또 몇 가닥은
서로 마주쳐 종잡을 수 없는
보물섬의 지도가 그려진 손바닥.
무성한 잡초 속에 흔적만 남은
오솔길처럼
잔손금은 잔손금 나름으로 어지럽다.
그러나 아무리 얽히고 설켜도
모든 길은 한곳으로 통한다.
로마가 아니라 로마의 폐허
손바닥을 벗어나는 낭떠러지 저쪽으로.

거기서 나를 기다리고 있는 확실한 慘事
추락의 一陣風
그때의 바람 한줌 움켜쥔 주먹으로
누군가 힘껏 책상을 내리친다.

암 찾아야지 보물섬의 보물
길이 모두 그곳으로 통하는 낭떠러지
그 너머의 보물섬
해적들이 그린 해골표지의
보물 동굴이나 찾아야지 제기랄!

— 「보물섬의 지도」 전문

이 시에서 손바닥은 인생을 나타내는 제유법의 표현이다. 사람들은 손바닥에 있는 손금을 두고 자신의 인생을 나타내는 지도라고 한다. 흔히 손금으로 자신의 인생을 점쳐보기도 하는데, 시적자아는 이것을 보물섬

의 지도가 그려졌다고 했다. 삶의 끝이 죽음이듯이 손바닥의 끝은 죽음
이라는 길로 가는 낭떠러지이다. 삶의 모든 길들의 끝이 죽음으로 모아
지듯이 '보물섬의 지도가 그려진 손바닥'에 있는 모든 길은 '손바닥을 벗
어나는 낭떠러지'로 통한다. 보물섬의 보물이 있는 곳으로 가기 위해서
는 '낭떠러지'를 통과해야 된다. 그 낭떠러지로 가면 추락할 수밖에 없다.
보물섬에 있는 보물을 찾는 것은 삶의 한계를 넘어 그 너머를 탐구하는
것이다. 삶의 극단에서 잡을 수 있는 것은 '바람 한 줌'밖에 없다. 아무것
도 보이지 않고 잡히지 않는 바람, 아무것도 없음, 그것은 허무이다. 우리
의 삶에서 마지막에 남는 것은 바람 한 줌 같은 허무일 뿐이다. 이러한 것
을 알고도 또 인생의 길을 계속 걸어갈 수밖에 없는 것이 또한 우리의 삶
이다.

　헤어날 길 없는 이러한 숙명적 삶에 대해 시적자아는 '제기랄'이라는
짤막한 언표로써 내뱉는다. 이것은 이전부터 수없이 반복되어 왔던 그
여정이 얼마나 고달픈 길이었나를 나타내고 있다. 그 여정의 끝은 '바람
한 줌'의 허무지만 또다시 떠날 수밖에 없는 숙명적인 길이다. 그것은 전
부터 되풀이해 온 피할 수 없는 도로徒勞의 여정이다.

　　요즘은 병들어 누워 있다
　　이러날 가망이 없는 것 같다
　　그러니 귀도 체념하고 순해져야지
　　하면서도 자꾸만 끓어오르는 가래
　　가래 끓는 소리로 귀가 운다

　　왜 이럴까 제기랄
　　좁아터진 이 구멍 왜 이럴까

그래보지만 별수가 없구나
소라껍질처럼 딴딴하게 굳어 있는 귀

–「귀」 부분

깨어지고 나서야 없음으로 돌아가
제기랄 편히 쉬고 있는 것

–「완성」 부분
(인용시 강조점–필자)

'제기랄'은 자신의 뜻과는 상관없이 어쩔 수 없이 행해야 할 의지가 필요한 경우에, 되풀이된 과정에서의 지친 모습을 체념적으로 나타낸 언표이다.

「귀」는 이순을 넘긴 나이에 모든 것을 포용해야 한다는 당위성과 좁은 귀로써 듣는 역겨운 말도 그냥 지나치지 못하는 현실적 자아에 대한 차이에서 오는 강박을 표현한 것이다. 이 강박은 '제기랄'이라는 빈정거림으로 나타난다.

「완성」은 '깨지고 나서야' 완성을 이루는 존재의 근원성에 대한 인식이다. '편히 쉬고 있는 것'은 다름 아닌 존재의 죽음 상태이다. '없음으로 돌아'간 죽음은 곧 허무이다. 그릇의 깨짐은 인간의 죽음과 같은 것이며, 이 죽음은 바로 시적 자아가 처해있는 현실적 상황이다. 박물관에 있는 상감청자나 국밥집에 있는 뚝배기는 깨지기 전에는 그 나름의 기능에 따라 격을 달리 했다. 그러나 깨지고 나면 그 존재는 본질로 돌아가고 그 가치는 모두 같아진다. 그가 시인으로서 고통을 감내하면서 도달한 이 시점은 눈앞에서 기다리고 있는 죽음의 시점이다. 어떤 생을 살아왔든지 죽음 앞에서는 누구나 똑같은 가치를 가진 존재가 될 수밖에 없다. 죽음은 모든 질서를 흩어버리고 새롭게 무언가를 생성하기 위한 준비과정이며, 존재의 근원이다. 여기서 '제기랄'은 이러한 단순한 진실 앞에 다가서 있는 시적 자아의 숙명성에 대한 내면적 언표이다.

그러나 그는 삶이라는 과정에서 최선을 다할 뿐이다. 이것은 새로운 시의 세계를 찾아 떠나는 나그네로서의 시정신이다. 그는 존재의 실체가 허무임을 확인하면서도 끝없이 되풀이 되는 노역을 성실하게 감당한다.

오 慘劇이여
크라이맥스가 없는 되풀이
되풀이

—「바다無題」 부분

허옇게 거품을 물고 끝장나 버리는
아무도 안보는 백주의 결투!
오늘도 또 그 진종일의 되풀이
그 파도소리

—「파도소리」 부분

바다는 삶의 순간마다 온 힘을 다하여 달려오지만 거품으로 끝장나 버리는 삶의 허무이다. 시적 자아는 이러한 '크라이맥스가 없는 되풀이' 되는 허무를 확인할 뿐이다. 부서짐을 향해 맹목적으로 달려가고, 또 다시 달려가는 파도처럼 우리의 삶도 살기 위해 달려가지만 사실은 죽음을 향해 달려가고 있는 것이다. 그 끝에 남는 것은 아무것도 없음의 허무이다.

시인에게 시쓰기는 패배를 전제로 한 도전이다. 시인은 포에지를 사로잡기 위해 전력을 다해 시를 쓰지만 그것은 매번 실패로 끝난다. 그것을 알면서도 자신의 전부를 던지는 사람이 시인이다. 그 패배는 자신만이 세계를 창조할 수 있다는 의식이며, 그 누구도 성공할 수 없다는 것을 알고 있는 의식이다.

> 너는 언제나 한순간에 전부를 산다.
> 그리고 또
> 일시에 전부가 부서져 버린다.
> 부서짐이 곧 삶의 전부인
> 너의 모순의 물보라
> 그속엔 하늘을 건너는 다리
> 무지개가 서 있다.
> 그러나 너는 꿈에 취하지 않는다.
> 열띠지도 않는다.
> 서늘하게 깨어 있는
> 천개 만개의 눈빛을 반짝이면서
> 다만 허무를 꽃피운다.
> 오 분수, 냉담한 정열!
>
> — 「분수」 전문

위로 치솟아 오르는 분수는 그 한 순간이 생의 전부이다. '일시에 전부가 부서져' 내리기 때문이다. 그래서 '부서짐이 곧 삶의 전부'가 된다. 부서짐은 아무것도 없음의 무無로 되돌아간다. 그 부서짐이 삶의 전부라는 것은 삶 자체가 무無라는 말이다. 삶의 절정의 순간에 무지개라는 꿈이 비춰지지만 시적 자아는 그 꿈에 현혹되지 않는다. 그것은 '열띠지도 않'고 '서늘하게 깨어 있는' '눈빛'이 있기 때문이다. 절정의 순간이 바로 소멸의 순간이고, 그것은 바로 '허무의 순간'임을 인식한 것이다. 아름다운 무지개는 허무의 꽃이며, 분수의 천 개 만 개로 내뿜는 물줄기는 냉담한 정열이

다. 여기서도 삶에 대한 냉담한 태도를 엿볼 수 있다. 그것은 삶에 대한 '차가운 인식(「겨울의 비」)'107)으로도 나타났다. 그 냉담함은 삶을 방치하는 거리감이 아니라 오히려 그러한 삶에 대한 성실함으로 인한 것이다.

한시도 쉬지 않던 너의 발걸음이
마침내 절정에 이르렀구나
벚꽃의 만개여

더 이상은 갈 데가 없는 절대절명
그 팽팽한 긴장감의 한계에서
더러는 한두잎
너의 종말을 예고하는 낙화

아아 벼랑 끝에 선 자의 절망이
그 깊은 나락을 굽어보며
사치를 다한
마지막 잔치를 벌이고 있다

지화자 어디선가 풍악도 울리는
휘황하게 너무나도 휘황하게 불 밝힌
가슴 저리는 슬픔
벚꽃의 만개여

—「滿開」 전문

이 성실함은 '한시도 쉬지 않던' 발걸음으로 '만개'에 이른다. 그가 보는 죽음은 '더 이상 갈 데 없는' 극지에 이르러 '마지막 사치를 다한' 벚꽃

---

107) 「겨울의 비」는 『돌베개의 시』에 실린 작품이다.

의 만개에 비유되어 표출된다. '벼랑 끝에 선 자의 절망'적 상황, 거기서 바라보는 죽음은 '깊은 나락'으로 비유되고, 화려하게 만개한 벚꽃은 '마지막 잔치'로 '가슴 저리는 슬픔'으로 저며 나온다.

이런 '슬픔'은 초기 시의 「낙화」에서 '샘터에 물고이 듯 성숙하는/ 내 영혼의 슬픈108) 눈'의 기다림에서 이어져온 '슬픔'이다. 그것은 「낙화」의 성숙을 통해 새로운 생성을 향한 막연한 기다림의 슬픔에서, 「만개」의 인생의 여정을 지나온 자로서 소멸과 생성의 자연의 섭리를 수용하는 자로서의 슬픔이다. 슬픔은 삶의 한계에 대한 내면의 울음이면서 그 한계를 어쩔 수 없이 받아들이는 것으로 나타난다. 마지막까지 최선을 다해 성실하게 이어온 삶에 대한 경이는 '만개'로써 표출되었다.

2) 맞섬과 자기실현 의지

후기 시세계에 해당하는 『절벽』은 존재에 대한 성찰과 시정신이 두드러지게 나타난다. 『절벽』은 그가 뇌졸중으로 쓰러진 후 투병 중에 간행한 시집으로 세계와 타협하지 않는 치열한 시정신이 그의 어느 시집보다도 강하게 드러나 있다. 그것은 죽음에 직면했던 체험적 성찰과 단독자로서의 결연한 의지로서의 정신이다.

아무도 가까이 오지 말라
높게
날카롭게
완강하게 버텨 서 있는 것

---

108) 강조점은 본 연구자가 표기한 것임.

아스라한 그 정수리에선
몸을 던질밖에 다른 길이 없는
냉혹함으로
거기 그렇게 고립해 있고나
아아 절벽!

–「절벽」전문

시집의 표제로 쓰인 시「절벽」은 이형기 특유의 함축된 언어와 간결한 구조로써 그의 정신을 잘 나타내주고 있다. '아무도 가까이 오지 말라'라고 강한 어조의 명령형으로 이 시는 시작된다. 이것은 앞의「고압선」에서 '가까이 오지 말라/ 더구나 내 몸에 손대지는 말아라/ 어기면 경고없이 해치워 버리겠다/ 단숨에'라고 한 것처럼 세계에 대한 강한 거부의 태도를 나타낸 것이다. 부조리한 세계에서 고립된 존재는 '높게/ 날카롭게/ 완강하게 버텨 서 있'는 절벽의 모습으로 시인의 정신이 형상화되어 있다.

2연은 절벽이 가진 '냉혹함'에 대한 표현이다. 절벽의 정수리는 뒤로 물러설 수도 없는 곳으로 다만 '몸을 던질밖에 다른 길이 없는' 삶의 극지이다. 더구나 타협은 있을 수도 없는 냉혹함 그 자체에 대한 언표이다. '냉혹함'은 고립되어 있을 수밖에 없다. 고립되어 있는 그 절벽은 화자 자신의 고독하고 단절된 세계에 대한 실존적 인식이다. '아아 절벽!'은 이러한 절대적 상황에 있는 단독자로서 일체의 타협을 거부하고 굳건하게 버티고 있는 시정신에 대한 언표이다.

나의 집은
흐르는 강물
그 먼 강심에 있다

크기는 넉넉한 두 평 단칸
들어앉으면 물의 흐름에
절로 손발이 씻기는 깨끗한 그 방
모래로 된 책도 몇 권 있다

별빛을 등불삼아 그 책장을 넘기면
위잉 위잉 후루룩 위잉
그렇다 그것은 지구가 돌아가는 소리
세상에서 가장 크게 울리지만
실은 침묵만을 낳고마는
지구가 자전하는 소리

그 소리 선연하게 들려오는
강심에 있는 단칸방
나의 집

– 「나의 집」 전문

　이러한 고립된 존재에 대한 인식은 끊임없이 자신을 정화시키면서 근원을 향하고 있다. 그것은 '흐르는 강물/그 먼 강심'에 있는 깊숙한 내면을 향한 존재론적 인식이다. 그가 인식한 '나의 집'은 흐르는 물에 '절로 손발이 씻기는 깨끗한 그 방'이 있는 곳이고, '지구가 돌아가는 소리/세상에서 가장 크게 울리/는' 곳이다. 또한 '모래로 된 책'도 몇 권 있는 곳이다. '모래로 된 책'은 보르헤스의 단편소설 「모래의 책」을 연상하게 되는데, 이 「모래의 책」은 모래처럼 무한한 쪽수를 가진 책을 말한다. 이 책은 '그 어떤 페이지도 첫 페이지가 될 수 없고, 그 어떤 페이지도 마지막 페이지가 될 수 없'[109]는 처음과 끝의 쪽수가 없는 책이다. 이것은 '무한' 혹은 '무한한 지식'[110]을 상징적으로 가리키는 말이다. 곧 무한하고 영원한 삶 또는 무한한 지식에 대한 인간의 욕망을 담은 책이라 할 수 있다. 서음書淫이라 불리던 보르헤스는 「모래의 책」을 통해 이러한 무한성을 거부하는 포즈를 취하고 있다. 죽음 없이 무한하게 사는 인생은 악몽과도 같은 것임을 잘 알기 때문이다.

이 시의 '모래로 된 책'에는 무한한 시간과 공간인 온 지구가 들어있다. 그 책에는 지구가 자전하는 소리가 가장 크게 울리고, 그 소리에는 다시 '침묵'을 낳는 근원적 우주가 들어 있다. 소리는 침묵을 배태하고 있고, 침묵은 소리를 배태하고 있다. 언어가 세계를 해석한 것이라면 소리는 세계를 해석하기 이전의 근원적인 것이다.

그의 집은 강심에 있고, 그 강심은 흐르는 강물의 중심이 되는 곳이다. 그의 집은 무한하게 흐르는 시간 속에 있는 한 생을 말한다. 그 생에서 화자는 깨어있는 의식으로 무한성을 추구하는 세속성에서 멀리 떨어져 있다. 그의 정신은 '저 먼 강심'에서 자신을 끊임없이 정화시키면서 존재의 근원을 향해 굳건하게 버티고 서 있다.

> 대밭에 쭉쭉 대가 솟아 있다
> 날카롭게 일직선으로 위로만 뻗은 키
> 곧은 마디마디
> (중략)
>
> 혼자 있거나 무리지어 있거나
> 시퍼렇게 날이 서 있는 대
> 밤중에도 꼿꼿하게 서서 잠잔다.

---

109) Jorge Luis Borge, 송병선 역, 『모래의 책』, 예문, 1995, 51쪽.
110) 김홍근, 『보르헤스 문학전기』, 솔출판사, 2005, 444쪽.

깨뜨려도 부서지지 않고
대쪽이 되는 대

꽃은 피우지 않는다
꽃피면 죽는 개화병
격렬한 사라짐이 있을 뿐

─「대」 부분

　시「대」에서 보는 것처럼 시정신은 고고하고 수직적이다. 수직적인 것은 세계와 소통이 아닌 세계와의 단절을 의미한다. 소통이 옆으로 퍼지는 수평적 성질을 가졌다면, 단절은 옆이 아닌 아래 위를 지향하는 수직적 성질을 가졌다. 이것은 세계와 소통이나 타협을 거부하는 개별적 인간인 단독자로서의 정신을 말한다. '이웃을 거부하고/ 혼자 위로만 솟구쳐 오르는 몸부림(「수직의 언어」)'처럼 '대'는 '일직선으로 위로만' 향해 있다. '대'는 늘 '팽팽한 긴장감'으로 '시퍼렇게 날이 서 있'고, '밤중에도 꼿꼿하게 서서 잠'잘 만큼 그의 정신은 살아있다. 이러한 대는 꽃이 피는 절정의 순간에 '격렬한 사라짐'으로 죽는다. 결코 자신을 편안함에 내려놓지 않고 '깨뜨려도 부서지지 않고/ 대쪽이 되는 대'는 시인으로서 지조를 잘 말해주고 있다.

그 힘으로
무엇을 요리하건 알맞은 푸른 기운
부패를 막기 위해
둔중하지만 확실한 빛살로 하얗게
불타오른다
염화나트륨에 불순물이 섞여서

더욱 기능적인 무딘 칼날
그것은 베어 죽이지만 않고
죽인 것을 살려서 함께 간다
그리고 밤마다
세계를 소금절임하는 꿈을 꾼다

－「소금」 부분

시인이라는 소명의식은 자신만을 위한 것이 아니다. 그것은 '세계를 소금절임'하여 '죽인 것을 살려서 함께' 가는 것이다. 물기가 다 날아가 버린 바다는 '작고 딴딴한 알갱이'인 소금이라는 결정체로 남아 있다. 그 것은 '짜디짠 힘이 되어 숨어' 있는 '푸른 기운'으로 있다. 그것은 현재 시 인의 맑고 투명한 정신이다. 과거 시인은 부조리한 세계를 자각하고 자 아와 세계를 파괴하기 위해 예리하게 '칼을 간다/칼을 갈듯 그 눈을' 갈면 서 세계를 깨뜨리기 위한 언어의 칼을 갈았다. 그러나 이제는 그 세계의 '부패를 막기 위해' '무딘 칼날'로 살려서 함께 가기를 힘쓴다. 그래서 그 는 '밤마다/세계를 소금절임하는 꿈을' 꾸는 것이다. 비록 그것이 '혼자 가는 자의 헛된 꿈'일지라도 '한 댓새를 짐짓 영원인 양하고(「민들레꽃」)' 피어있는 민들레꽃처럼 시인으로서 성실한 삶을 이어가는 태도를 보 인다.

해바라기는 한밤중에 핀다
짙게 깔린 어둠 속에서
또록또록 눈 부릅뜨고 핀다
칼로 벤듯 아프게 낯빛 그리운 해바라기
그것을 삭이면서 캄캄하게 핀다

－「해바라기」 전문

해바라기는 원래 태양을 향해 낮에 피는 꽃이다. 이러한 해바라기가 낮이 아닌 한밤중에 피는 것은 시인의 깨어있는 의식으로 어둠을 무찌르기 위해서이다. 「첨예한 달」의 '달'이 손잡이 없는 비수가 되어 어둠을 암살하였다면, 이 시에서 해바라기는 한 편의 시로 변주되어 어둠 속에서 피어나 있다. 이것은 시인이 가진 강한 정신성을 나타내고 있는 것이다. 김윤식은 이러한 그의 정신을 두고, "정신의 강철화, 이 지적인 오만은 정신의 절대화를 전제로 한 것이다"111)라고 했다. 이 '지적 오만'은 자기 자신을 절대적인 표준으로 삼는 아웃사이더로서의 예술성을 말한다. 신이나 다른 존재를 인정하지 않은 그는 절대성을 위해『꿈꾸는 한발』에서 완전무결한 자멸을 서슴지 않았다. 자멸은 '세계의 옆구리'를 찌르는 대신 자신을 찌르는 것이었다. 이것은 정신의 절내화를 추구하는 천재성을 가진 시인이 나타낼 수 있는 하나의 방법론이며 정신이라 할 수 있다. 「해바라기」에서 해바라기가 가진 육체성 또는 유한성은 어둠 속에서 소멸되고, 어둠 속에서 '또록또록 눈 부릅뜨고' 정신으로 살아 있다. 어둠은 모든 것을 수용하고 있는 근원이다. 빛은 어둠을 이미 배태하고 있고, 이 어둠 역시 빛을 배태하고 있다. 해바라기가 육체성을 버린 한 편의 시라면 이 해바라기는 '한 줄기의 빛'이 되어 어둠을 무찌르고 있는 것이다.

그러나『꿈꾸는 한발』에서 보여준 절대적인 '지적 오만'은『절벽』에 오면서 빛과 어둠을 수용하는 정신으로 나타난다. 수직적이고 절대적인 시정신은 부조리한 세계와의 타협을 철저하게 거부하지만, 세계를 수용하고 포용한다. 「소금」에서 '세계를 소금 절임하는 꿈'이나 '죽인 것을 살려서 함께' 가는 그것이다. 또 「모순」에서 '모조리 쓸어버린/일제 사격의

---

111) 김윤식, 「미 그 자멸에의 충동」,『심상』1976.4, 132쪽.

뒷자리조차'도 '그것대로 완성'으로 보는 눈은 모순의 세계를 투시하고 수용하는 눈이다. 모순된 세계를 수용하는 정신은 세계의 감추어진 이면을 볼 수 있는 천재성을 가진 시인으로서 엘리트 의식과도 통한다.

그는 존재의 근원을 탐구하는 시인의 길을 성실하게 걸어갔다. 당도한 곳은 죽음과 삶, 소멸과 생성이라는 양가성이 한 자리에 있는 모순의 자리였다. 그 자리는 생성을 위한 허무로 채워져 있는 곳이었다.

5. 근원적 세계 인식의 시 — 세계 수용 의지

이 절에서는 시집 『절벽』이 간행된 이후 시집에 묶이지 않고 각 문예지에 발표된 시작품들을 대상으로 논의한다. 발표지에서 확인된 작품은 현재까지 31편이다.[112] 특히 『절벽』 이후 발표된 시들은 이형기가 생을 마감하기 전의 마지막 작품들로서 그의 전반적 시세계를 이해하는데 매우 중요한 의미를 가지고 있다.

그는 전반적인 시세계에서 부조리한 삶에 대해 단호하고도 날카롭게 타협하지 않는 정신을 나타내었다. 부조리한 세계와 타협하지 않는 선비다운 지조와 그것을 지키기 위한 치열한 정신은 시에 대한 진정성으로 나타났다. 시정신은 세계와의 화해에서 부정과 거부로, 다시 수용으로 연결됨을 알 수 있었다. 그것은 방법론적 시의 역정으로, 시인으로서의 삶을 운명론적으로 수용했음을 이해할 수 있는 것이다. 그가 탐구한 존재에 대한 본질은 잡히지 않는 허무였다. 이 허무는 비어있음만의 허무

---

112) 작품에 대한 목록은 「부록2」를 참조하기 바람. 현재까지 발표된 작품은 유고시 및 총 31편의 작품이 확인되었다.

가 아니라, 다시 채움을 위한 생성적 허무이며, 이 허무는 다시 비움과 채
움을 순환하면서 굴러가는 영원회귀의 허무이다.

1) 세계의 양가성 수용

『절벽』 간행 이후 발표된 시작품들은 그의 시론을 바탕으로 삶과 죽
음에 대한 통찰이 잘 나타나 있다. 이는 삶의 마지막을 정리하는 의미로
읽힌다. 존재에 대한 탐구의 여정에서 확인된 세계에 대한 인식은 우주
만물의 등가적 가치, 시간의 순환성, 양가성의 모순 등이다. 이것은 그의
전반적 시에서 바탕을 이루었던 '허무'로 귀속된다. 그가 확인한 존재의
근원은 허무였고, 이 허무는 순환성 속에서 영원히 돌고 도는 것이다. 결
국 시적 여정은 이 모든 것을 수용하기 위한 방법론적인 시쓰기였고, 이
러한 세계를 수용하고 자신의 시적 삶을 받아들이는 것이었다.

눈을 감으면 아득한 기억의 저쪽에서
하얗게 떠오르는 것이 있다
보니 그것은
여태까지 내가 수없이 입 밖에 내었던
그리고 또
입 안에서 이리저리 굴리다가
꿀꺽 삼켜버린 말들이다
원래는 색깔과 모양과 의미가 있었던
그것들이 이제는 그저 하얗다
만들어진 모든 것은
필경 사그러져버린다는 뜻인가
그러나 다시 보면

그것은 싸락눈이 깔린 언덕이다
봄이 되어 그 눈이 녹으면
파릇파릇 새싹이 돋아날
그리하여 새로 시작할 그 자리
소멸과 생성이
둘이면서 하나인 모순의 자리가
바로 거기 있구나

-「모순의 자리」 전문

흰색은 검은색과 대립되는 개념으로 일반적으로 흰색은 빛, 검은색은 어둠으로 상징되기도 한다. 흰색이나 검은색은 무채색으로 분류되어 모든 색채를 포함하고 있는 색이다. 흰색은 흰색이라는 색채를 가지고 있으며 동시에 색채가 아닌 무색無色이기도 하다. 이런 모순은 흰색이 가진 포용성과 상징성을 통해 다각도로 해석된다. 흰색은 여러 의미로 쓰이는데, 그것은 미분화 상태, 초월적인 완전성, 단순함, 빛, 태양, 대기, 계몽, 순수함, 무구無垢, 정결함을 뜻하며, 성성聖性, 성별聖別된 상태, 속죄, 영적인 권위[113] 등을 뜻하기도 한다.

위의 시에서 '하얗다'는 색채의 미분화 상태로서 수용성을 가진 색이라 할 수 있다. 하얀색은 '눈을 감으면'에서 시작된다. '눈을 감으면'은 시적 자아가 어둠의 세계 속에 있음을 의미한다. 어둠의 세계는 만물의 근원이 되는 세계이다. 그 시야는 보지 못하는 것까지 볼 수 있는 영역으로 확대된다. '낙타는 외톨이/그리고 낙타는 눈이 멀었다/먼눈으로도 볼 수 있는 것만 보고 가는 낙타(「낙타」)'처럼 시인의 눈은 현실세계가 가진 유용성의 원칙에 의해 지배되는 곳에서 떨어져 있다. 곧 시인은 유용성이

---

113) J. C. Cooper, 이윤기 역, 『세계문화상징사전』, 까치, 1994, 78~79쪽.

아닌 무용성을 볼 수 있는 세계에 있다.

시적 자아는 지금까지 잊어버리고 있었던 '아득한 기억의 저쪽'에 있는 무의식의 영역 속에 묻혀있던 것을 끌어와 보고 있다. 그가 본 것은 '하얗게' 변해버린 언어들이다. 지금까지 그 언어들은 색깔이 있는 것처럼 언어마다의 의미를 가지고 있는, 유용성이 있는 것이었다. 그러나 이제는 하얗게 무채색으로서 그 의미들은 무화無化되었다. 그것은 '하얗다'는 말이 되기 이전의 상태로서, '색깔과 모양과 의미'가 있었던 것이 지금은 그 경계가 허물어져 다시 미분화된 상태로 돌아간 것을 의미한다. 그것은 시적 자아가 유용성으로 분화되기 이전의 무용성의 통합적 세계에서 본 것을 의미한다. 그가 본 '하얀색'은 소멸성을 가진 색채이다. 그러나 그는 그것을 다시 본다. 그것은 '싸락눈이 깔린 언덕'으로 표상되어 있다. 싸락눈이 하얗게 깔린 언덕은 겨울이라는 계절을 상징한다. 눈앞에 보이는 싸락눈에 덮인 언덕은 얼어붙고 죽은 상태로 보이지만, 그 겨울은 보이지 않는 활동으로 봄을 포용하고 있는 생성의 언덕이다. 하얗게 덮였던 언덕이 파릇파릇한 봄의 색깔로 바뀌는 자연의 섭리 속에서 싸락눈의 흰색은 봄의 파란 싹을 품고 있는 생성의 색이 된다. 소멸이 곧 생성이 되는 것이다. 흰색이 가진 모순이 상징하는 것은 순환성을 가진 자연의 섭리이다.

이러한 흰색은 특히 『적막강산』에서도 '눈(雪)'이 소멸하는 이미지로 많이 나타났다.114) 한 송이의 눈은 일회성의 삶이지만 연이어 하강하면서 연속성을 유지했다. 이것은 자연의 섭리가 순환적으로 이어지는 것을 말한다.

---

114) 「무엇인가 말하는 것은」, 「눈 오는 밤에」, 「노년환각」 등에 나오는 눈(雪)은 소멸성을 가진 이미지이다.

시적 자아의 이러한 인식은 자연의 섭리 앞에서 지금까지의 유채색의 삶을 하얀색의 무채색으로 무화無化시켜 바라보는 죽음에 대한 통찰이다.

> 이 가을
> 마른 나뭇가지의 가지 끝에
> 잠자리 한 마리 앉아 있다
> 숨이 멎은 듯 기척이 없는 잠자리
> 불룩하게 튀어나온 눈알에는
> 언제나 꿈꾸던 대로
> 저녁노을 찬란하게 불타고 있다
> 이윽고 어둠이 닥치리라
> 어둠 속에서 편히 잠들리라
> 그러나 잠자리의 눈은
> 한꺼번에 여러 측면을 볼 수 있는 복안이다
> 거기에는 그래서
> 삶과 죽음이 하나 되어 아른대고 있다
> 눈을 감아라
> 감으면서 또 눈을 떠라!
>
> — 「가을 잠자리」 전문

'가을', '마른 나뭇가지 끝', '저녁노을' 등은 죽음을 목전에 둔 시적 자아의 현실상황을 나타낸 이미지이다. '잠자리'는 이러한 시적 자아와 동일화된 상징적 이미지이다. 시인은 언제나 꿈꾸는 자로서 '한꺼번에 여러 측면을 볼 수 있는 복안'을 가지고 세계를 바라본다. 복안은 상상력으로 볼 수 있는 다면체를 가진 프리즘과 같은 인식이다.

위 시에서 '눈'은 '삶과 죽음'이 둘로 나뉜 것이 아니라 하나임을 깨달은 눈이다. 시인이 오랜 투병생활 끝에서 바라보는 삶은 저녁노을처럼 찬란하게 불타오르는 꿈이다. 찬란한 저녁노을 뒤에는 죽음이 있다. 죽음의 세계인 어둠을 '닥치리라'고 강하고 단호하게 표현한 것은 갑자기 덮칠 수 있는 어둠에 대한 불안과 그 불안을 극복하려는 의지가 서려있는 언표이다. 그는 잠자리의 복안으로써 죽음을 미리 준비하고 죽음의 세계를 바라본다. '눈을 감아라/ 감으면서 또 눈을 떠라!'고 강한 명령형의 어조로 깨어있어야 할 자신의 의식을 일깨운다. 이것은 죽음에 대한 극복의지를 나타낸 것이다.

> 살을 에는 아픔이
> 순간 온 몸속에 흐른다
> 그리고 나는
> 캄캄한 어둠속에 묻힌다
> 그 어두움에 대고
> 누가 돌 하나를 던진다
> 이윽고 툭하고 떨어지는
> 어둠의 밑바닥
> 소리한테 소리가 빨려들어가서
> 침묵이 되는 그 소리
>
> — 「소리」 전문

이 시는 시인이 겪고 있는 투병의 고통과 죽음에 대한 불안함이 그대로 전해지는 시이다. 시적 자아에게 죽음은 멀리서 바라보는 것이 아니라 몸으로 느껴지는 사실적인 것이다. 존재는 고독하게 홀로 어둠 속에 묻혀야 한다. '누가 돌 하나를' 어둠에 던지는 것, 그것은 시적 자아의 죽음을 뜻한다. 소리는 어둠의 밑바닥으로 내려가면서 어둠 속에 묻힌다.

그리고 침묵이 된다. 침묵은 '정숙'이며, 소리의 본질이다. '지구의 밑바닥에서 정숙을(「전쟁시」)'[115) 끝없이 퍼내는 작업이 삶의 본질을 캐내는 탐구 작업이었듯이, 침묵은 소리라는 삶의 본질이 된다. 소리는 모든 것을 수렴하는 블랙홀과 같은 거대한 공동空洞을 형성한다. 침묵과 소리를 배태하고 있는 이 공동은 비어있는 허무의 다른 이름이다.

침묵
그것은 소리의 산실이다

이윽고 전세계의 소리들이
우르르 꽝꽝
일제히 그리고 연달아
폭포수처럼 울린다

– 「소리-1」[116) 부분

동굴은 자기(self)와 자아(ego)가 합일되는 곳이다. 또한 신성과 인간성이 만나는 곳이기도 하다. 동굴은 여성원리도 된다. 그것은 대지모신大地母神의 자궁과 그것을 비호하는 자로서의 면을 가리킨다. 동굴은 매장과 재생의 장소이며, 신비와 증식과 부활의 장소도 되기 때문에 인간은 이곳에서 출현해서 죽은 후에는 돌무덤에 묻혀서 이곳으로 되돌아오게 된다. 인간이 동굴 속에서 태어났기 때문에 동굴은 우주란宇宙卵과 연관된다.[117)

---

115) 「전쟁시」는 『돌베개의 시』에 실려 있는 작품이다.
116) 『절벽』 이후 시편 중 「소리」라는 제목은 두 편이다. 한 편은 『문학과 창작』(2002.3)에, 한 편은 『시인세계』(2002 겨울호)에 실려 있다. 위의 「소리-1」은 『문학과 창작』(2002.3)에 실린 「소리」와 구분하기 위해 편의상 본 연구자가 표기한 것임.
117) J. C. Cooper, 이윤기 역, 『세계문화상징사전』, 까치, 1994, 55쪽.

이 시에서의 동굴은 소리가 침묵이 되어 쌓이는 곳이다. 그곳은 '소리의 산실'인 침묵의 공간이다. 침묵은 전 세계의 소리들을 폭포수처럼 울릴 수도 있는 어둠이며 소리의 근원이다.

침묵이 소리의 근원이라면, 소리는 언어로 분화되기 이전 언어의 근원이 된다. 분화되기 전 소리는 대상과의 직접적 소통이 가능하다.

> 여기는 몽골 고비사막의 변두리
> 그리고 샤먼의
> 열기를 더해가는 몸부림
>
> 솟대가 높이 솟아 있다
> 끝이 흔들리는 솟대 가장자리
> 샤먼은 여전히 주문을 외운다
>
> 소리만 나고 뜻은 알 수 없는
> 울음과 웃음이 함께 하는 모순의 주문
> 아 그 이중성이여
>
> — 「모순의 주문」 부분

샤먼shaman은 원시 종교의 한 형태인 샤머니즘shamanism에서, 신령이나 정령, 사령死靈 따위와 영적으로 교류할 수 있는 능력을 가진 사람을 말한다. 샤먼은 주술사로서 초자연적인 존재와 직접 교류하며, 예언 · 치병治病 · 악마 퇴치 · 공수 따위의 행위를 하는 사람이다.[118]

---

118) 샤먼(shaman)은 본디 시베리아에 사는 퉁구스 족의 종교적 지도자를 이르는 용어이나, 북미 인디언의 주의(呪醫)나 우리나라의 무당도 이에 속한다고 할 수 있다. 대개 황홀경의 상태를 동반하여 영적 교류를 하며, 이들의 영혼은 영적 세계로 여행이 가능하다고 한다. 종교적 현상인 샤머니즘(shamanism)은 아시아 지역 특히 시베리아, 만주,

샤먼이 외우는 주문은 원시의 언어이며 혼돈의 언어이다. 카시러(Ernst Cassirer)는 '원시인의 언어는 인간들 사이에서 뿐만 아니라 자연과 인간, 신과 인간 사이에서도 의사소통의 수단'[119]이었다고 했다. 그러나 인간의 의식이 발달하고 문명이 발달함에 따라 이 원시 언어는 점점 자연과 인간, 신과 인간 사이에서 멀어졌다. 인간 의식의 발달은 인간이 가졌던 원초적 통일성인 사고나 감정, 감각적 대상이 여러 의미로 분열되는 결과를 초래했다. 그것은 언어가 대상을 가리키는 단순한 의미론적 기능인 추상적 기호로서의 역할에 지나지 않게 되었다는 말이다. 김준오는 이러한 분화된 언어가 자연 또는 사물이라는 실재와 멀어지고, 사물 대신 언어와 언어로써 기호의 형식에 의존하게 되었다고 하였다. 그는 이러한 것을 '달'의 예를 통해 제시하였다. '달'이란 언어는 한 때는 언어가 아닌 달이란 직접적 실재로서 지각되었지만, 이제는 대상을 지시하는 단순한 기호로만 고립되었다는 것이다. 이렇게 언어기호에 의지하게 된 인간은 자연과의 직접적 접촉을 잃어버리고 인간과의 소통도 잃어버려 끝내는 자신과도 소외되는 현상을 안고 있다. 과학적이고 전문화로 분화된 언어는 자아의 분열과 그로 인한 인간 자신의 소외현상을 가져오게 했다. 이 소외현상은 다시 세계와의 소통 즉 통일성을 지향할 수밖에 없는 것이다.[120]

문학은 문자가 생기기 훨씬 전에 자연에 대한 경외심과 풍요나 다산 등을 기원하는 제의의 주문에서 그 기원을 찾을 수 있다. '소리만 나고 뜻은 알 수 없는' 샤먼의 주문은 의미가 분열되기 전 경계가 없는 통합된 소리로서 원초적 언어이다. 이 언어는 '끝이 흔들리는 솟대 가장자리'로 나

중국, 한국, 일본 등지에서 주로 볼 수 있다(국립국어원, 『표준국어대사전』 참조).

119) Ernst Cassirer, *Philosophie der symbolischen Formen* II (Die Sprache, 1923), 32쪽; 김준오, 『시론』, 삼지사, 1995, 43쪽에서 재인용.

120) 김준오, 위의 책, 43~45쪽.

타나는데, 그것은 신이나 초자연적 존재라는 대상과의 직접적 소통을 의미한다. 울음은 인간이 가진 최초의 언어이다. '울음과 웃음'이 함께 하는 샤먼의 주문 역시 말의 분화된 의미를 갖기 이전의 인간의 육화된 언어로서의 공통점을 가진다.

이러한 소통을 위한 공간은 사막이다. 사막은 원초적인 신성한 공간으로서 세속화되고 분열된 현실을 재생시키는 역할을 하는 곳이다. 이러한 사막에서의 주문은 세계의 의미가 분화되기 이전의 소리로서 양가성과 모순성을 지녔다고 할 수 있다.

그것은 밤의 근원이 되는 '하얗게 뜬 밤의 밑바닥(「백야」)'121)에서 또는 '가득 차 있는 비어 있는 그것(「그게 그거 아니냐」)'에서도 나타난다.

가득 차 있는
비어 있는 그것
그게 그거 아니냐

똑 같구나 똑 같아
그게 그거 아니냐

－「그게 그거 아니냐」 부분

시인은 가득 차 있는 것이 비어 있는 것이고, 비어 있는 것이 가득 차 있는 것임을 깨닫는다. 이러한 사유는 불교에서 말하는 색즉시공 공즉시색色卽是空 空卽是色을 가리킨다. '비어있음', 이것은 '무無'이다. 이 무는 그냥 잠잠히 있는 것처럼 보이지만 사실 보이지 않는 활동을 계속하고 있

---

121) '백야(白夜)'는 고위도 지방에서 해뜨기 전이나 해 진 뒤에도 계속되는 박명(薄明) 현상을 말한다. 북극은 하지, 남극은 동지 때에 일어난다(국립국어원, 『표준국어대사전』).

다. 그래서 생성은 없다고 생각되는 곳에서도 일어나고 있는 것이다. 그 것은 세계의 모든 사물을 한시도 고정되지 않은 유동성으로 인식한 결과이다.

나무는
제 자리에 선 채로 흘러가는
천년의 강물

— 「나무」, 『적막강산』 부분

시간을 꿀꺽 삼켜버린 물고기,
왜 그러는진 말하지 않는다.
물에 살아 이름이 물고기인 물고기
바위 속에 사는 까닭 또한 말하지 않는다.
온갖 질문과 질문에의 대답을
모조리 봉쇄해 버린 물고기,
뭔지 모르지만 세상엔 분명
침묵이란 것이 있다.
정해진 모양이 없는 침묵의 한 가지 모양
화석 물고기

— 「물고기」, 『심야의 일기예보』 부분

갇혀 있는 수인은 바로 돌 자신이다
그러므로 언제나 탈옥의 꿈으로
불타고 있는 돌
그 불길 식히려고
때로는 진종일 비를 불러오는 돌
돌의 내부는 심장으로 가득 차 있다
그것은 푸르다 원시의 달밤처럼

또는 이미 죽어버린 미래의 추억처럼
그리하여 스스로 증식하는 돌
―「돌의 환타지아」,『죽지 않는 도시』 부분

　‘물에 살아 이름이 물고기인 물고기’는 인간의 언어로 명명한 모든 사물에 대한 의미의 분화를 뜻한다. 그것은 인간이 세계를 해석한 결과이다. 시적 자아는 ‘나무’가 ‘천 년을 흐르는 강물’이 되고, 물고기가 바위 속에서 화석화되고, 돌이 스스로 증식하여 ‘사막의 물고기와 에스키모의 눈보라를 낳고/하루살이의 영원과 별똥별의 추락과 바다를 낳’듯이 물고기 역시 물속이 아닌 나무 위에 사는 것은 그리 대수로운 일이 아니라고 한다. 모든 물체는 고정된 실체가 없는 가변적이고 유동적 물체이기 때문이다.

물고기들은
물 속이 아니라 나무 위에 산다
바람이 불면
하늘하늘 꼬리와 지느러미를
흔드는 물고기
그러나 바람에는
세찬 강풍도 있어서
죽기살기로 나무에 매달리는 물고기
그리고 물고기는
마침내 숨을 거둔다
그 허망함
애초부터 그것은 예정된 일이다

그래봤자 그게 뭐 대순가

물고기가 나무 위에 살거나
바위 속에 살거나
그게 다 그것이니

―「나무 위에 사는 물고기」 전문

나의 물고기는 나무로 되어 있다
그리하여 바위 속에서
살랑살랑 꼬리를 흔드는 물고기
또 그것은 물결을
아니 바람을 박차고 오른다
이윽고 그것은 모래가 된다
모래가 되어 장맛비처럼 쏟아진다

―「나의 물고기」 부분

위의 '나무 위에 사는 물고기'는 '나뭇잎'이라는 일상적 명칭이 아닌 시인이 명명命名한 언어이다. 보편화된 일상적 명명은 사물에 대한 기호로서 사물의 실체를 파악하는데 오히려 걸림돌이 될 뿐이다. 기호화된 언어는 나뭇가지에 매달려 있는 나뭇잎이든, 물고기든 그 자체의 일부분밖에 보여줄 수 없다. 시인은 언어의 자유를 위해 '명명命名하려고도 생각하지 않으며, 사실, 아무 명명도 하지 않는다. 왜냐하면 이러한 행위는 그 대상에 이름을 영원히 제물祭物로 영원히 가져다 바친다는 것을 의미하기 때문이다'.122) 그런 점에서 위 시편들에 있는 '나무', '물고기', '돌' 등은 일상적 개념으로서의 도구화된 언어가 아니다. 사물을 지시하고 그 의미를 전달하는 목적을 가진 사회적 의미의 언어와는 달리 시인은 시의 언어로써 언어가 되기 이전, 사물이 가진 본질의 순수 상태를 나타내고

---

122) Jean Paul Sartre, 정명환 역, 『문학이란 무엇인가』, 민음사, 1998, 17~18쪽.

자 한다. 위 시에서 '나무 위에 사는 물고기'는 나뭇잎을, '나의 물고기'는
화석화된 물고기를 가리킨다. 그것은 시인이 나타내고자 하는 사물의 본
질을 전면적으로 나타내지 못하는 한계를 가진다. 왜냐하면 시인은 언어
라는 기호를 사용하지 않고는 시를 쓸 수가 없기 때문이다. 시인이 명명
한 일상화되지 않은 어떤 것을, 일상화되지 않고 시인이 명명한 어떤 것
을 우리는 언어화된 기호로 읽을 수밖에 없다. 사물의 본질은 정해진 것
이 없다고 할 때, '나무', '물고기', '돌'은 '나무', '물고기', '돌'이면서도 아
닌 것이 된다. 앞서 논의했듯이 경계화되지 않은 '혼돈'의 상태는 모든 것
을 배태하고 있는 근원적 상태라 할 수 있다. 그래서 '스스로 펴는/ 그
폭 넓은 그늘……(「나무」)'로, '화석(「물고기」)'으로, '응고된 광활한 자
유「돌의 환타지아」'로 해석될 수 있다.

> 고유한 본질이 없는 사물은 그 자체 이외의 다른 무엇으로도 변할 수
> 있는 가능성을 안고 있다. 그러므로 <바위가 흘러간다>고 말해도
> 아무 탈이 없다. 시는 이런 사실을 철저하게 꿰뚫어보고 사물을 이해
> 한 언어이다.123)

『절벽』 이후 시편인 「나무 위에 사는 물고기」에서 물고기가 물속이
아닌 나무 위에 살아도 그것은 아무 문제가 없다. 그것의 본질은 유동적
이며 가변적이면서 통합성을 가진 혼돈이기 때문이다. 그래서 '물고기
(「나의 물고기」)'는 '나의 물고기'로서 '나무'도 될 수 있고, '바위' 속에서
'살랑살랑' 꼬리도 흔들 수 있고, '모래'가 되어 쏟아져 내릴 수도 있는
있다.

---

123) 이형기,『존재하지 않는 나무』, 고려원, 2000, 77쪽.

　　모든 생명은 어차피 죽음이라는 길로 나아가게 되어 있다. 이 죽음의 세계는 침묵의 세계로서 모든 생성의 씨앗을 품고 있는 삶의 근원이 되는 세계이다. 이러한 죽음으로 귀결되는 삶은 예정된 자연의 섭리이다.

> 모래가 쌓인다
> 모래가 쌓이고 모여서
> 더 많은 모래가 된다
> 그리하여 이룩되는
> 모래언덕 옆에 또 모래 언덕
> 마침내 그것은 사막이 된다
> 모래다 모래
> 세상은 온통 모래천지
> 인간은 없다
> 아무도 없다
> 아 사막
> 여기에 이르러 모래는
> 비로소 완성된다

–「사막」 전문

　　이 시에서 사막이 인간 삶의 현실적 공간으로 작용된다면, 모래는 하나의 개별적 인간으로 해석된다. '세상은 온통 모래천지/ 인간은 없다/ 아무도 없다'는 언표에서 알 수 있듯이, 삶의 공간에서의 보편적 인간은 그저 하나의 추상적이고 관념적 존재일 뿐이다. 전체로 보는 인간의 집단은 개인이 가진 특수성은 무시된다. 이처럼 모래가 모여 이룬 사막은 모래로 구성된 거대한 사막이라는 공간만이 있을 뿐이다. '인간이 어디 있는가. 그것은 추상적 관념에 불과하다. 실재實在하는 것은 개인과 개인이다'.124) 사막을 이루는 하나하나의 모래가 개별적 인간으로서 존재를 의미한다면 사막이라는 추상성 속에 살아있는 실재는 그 구성원인 모래알 같은 인간과 인간이 된다.

문명화된 사회에서 인간은 개별적 존재로서의 가치는 무시되고, 거대한 사회조직 속의 한 개체에 불과하다. '인간'이라는 실체는 기호화된 언어만으로 남아 있다. 인간은 한 존재마다 그 사람만이 가진 개별적이고 특수한 삶이 소중하게 살아있다. 누구도 대신 해 줄 수 없는 그 존재만의 구체화된 삶, 죽음이 있다. 이것은 정신이나 육체 모두 일반론으로 또는 규격화할 수 없는, 예외적 특수성을 가진 존재로서 '나'에 대한 인식이다. 그는 이것은 '예외적 특수성으로 나를 남 아닌 나로서 있게 하는 핵核'125) 이며, 구체적인 인간으로서 주체적 '나'에 대한 인식이다.

사막은 모래의 개체성이 무시된 하나의 거대한 공간으로 인식되지만, 모래라는 개체성이 없다면 사막은 존재하지 않는다. 모래는 한 개체로서는 모래가 되지 않는다. 자신의 개별적 존재를 사라지게 하는 사막에서 모래는 모래라는 존재로 성립될 수 있다. 그래서 '아 사막/ 여기에 이르러 모래는/ 비로소 완성'되는 것이다.

'인간이 사회적 존재라고 할 때, 이것을 완전한 규정으로 받아들여서는 안 된다. 이것은 인간의 전체상이 아니라 인간의 제한된 측면의 프로필을 보여줄 뿐이다'.126) 그는 이렇게 인간의 개별적 존재성을 강조하여 설명하였다. 그는 시각을 넓혀 다른 각도에서 인간을 바라보면, 사회적 존재로서가 아닌 사회적 테두리 밖으로 벗어나려고 안간힘을 쓰고 있는 모습을 볼 수 있다는 것이다. 그것은 인간으로서 절대적 자유를 추구하

---

124) 이형기, 『서서 흐르는 강물』, 휘경출판사, 1979, 35쪽.
125) 이형기, 위의 책, 37쪽.
126) 이형기, 『존재하지 않는 나무』, 고려원, 2000, 147쪽.

는 꿈에 대한 욕망을 말하는 것이다. 사회는 그 사회의 조직을 유지하기 위해서 그 절대적 자유를 어느 정도 제약할 수밖에 없고, 개별적 인간은 그런 욕망을 끝없이 추구하므로 반사회적 존재로 규정될 수 있다는 것이다.[127] 개별적 인간은 바로 그가 추구하는 시인을 말한다.

> 모래는 모두가
> 작지만 고집센 한 알이다
> 그러나 한 알만의 모래는 없다
> 한알한알이 무수하게 모여서 모래다
> 오죽이나 외로워 그랬을까 하고 보면
> 웬걸 모여서는 서로가
> 모른 체 등을 돌리고 있는 모래
> 모래를 서로 손잡게 하려
> 신이 모래밭에 하루종일 봄비를 뿌린다
> 하지만 뿌리면 뿌리는 그대로
> 모래 밑으로 모조리 새나가 버리는 봄비
>
> — 「모래」, 『죽지 않는 도시』 부분

이러한 개별적이고 구체적 존재로서의 '모래'는 신이 봄비를 뿌려도 여전히 서로 등을 돌리고 있다. 마침내 신도 이러한 모래에 대해 포기를 한다. 이것은 신이 모래를 개별적 존재로서가 아닌 사회적 존재로서만 파악한 결과이다. 절대적 자유를 추구하는 개별적 존재의 꿈은 사회의 바깥을 향해 있다.

시인은 늘 자신을 구속하는 벽을 의식하고 그 바깥을 향해 꿈을 꾼다. 이러한 시인의 꿈은 '코뿔소'로 형상화되어 나타난다.

---

127) 이형기, 위의 책, 147~148쪽.

낮동안은 쥐죽은듯 기척이 없다가
밤이면 어디선가 나타나
온 마룻바닥을 어슬렁거린다
가끔은 벽에 코를
아니 코 같은 뿔을 문질러대면서
씩씩거리는 그 녀석
무얼 어떻게 하자는 건지
그 존재 자체가 또한
허황한 수수께끼다
아 그렇구나
허황하기에 그것은 바로 내 꿈이구나

– 「코뿔소」 부분

그래서 '코뿔소'로 형상화된 시인은 '벽에 코 같은 뿔을 문질러'댄다. 그 뿔은 언제나 막힌 벽을 찾아 그것을 뚫으려는 상상력의 촉수이다. 집 안이라는 폐쇄된 공간에서 코뿔소는 마룻바닥을 어슬렁대거나 벽을 찾아 코를 대고 씩씩거린다. 이것은 폐쇄된 삶의 공간에서 벗어나려는 절대적 자유를 향한 몸부림이라 볼 수 있다. 오랜 투병생활의 고투에서도 시인은 벽 저쪽을 향해 상상력을 뻗치는 의지를 보인다. 그것은 '상상력의 밑바닥에 숨어 있는 의지로써 자신의 생명력을 확인하기 위한 촉수의 뻗침'128)이다. 실존에 대한 깨달음은 벽 너머에 있는 세계로 향해 있다. '허황한 수수께끼'라는 존재에 대한 인식은 '실재하는 것은 꿈(「이백」, 『돌베개의 시』)'이라는 깨달음과 맞닿아 있다.

시인에게 상상력은 세계를 무한하게 열 수 있는 열쇠이다. 시인은 열 번, 백 번 죽을 수도 있고, 세계를 파괴시킬 수도 있으며, 그것을 새롭게

---

128) 이형기, 『바람으로 만든 조약돌』, 어문각, 1986, 225쪽.

창조할 수도 있다. 이것은 시인이 가진 상상력과 시라는 언어로써 가능하다. 시인의 상상력은 육체가 가진 한계성을 넘어서려는 초월에 대한 의지이다. 초월 의지는 삶의 유한성이 가진 한계와 실존의 깨달음으로 인한 것이다. 꿈은 이러한 초월 의지를 상상력으로 넘어설 수 있게 한다.

삶이 없는 죽음은 없고, 죽음 없는 삶도 있을 수 없다. 동전의 양면처럼 붙어있는 세계는 양가성을 지니고 있다. 개별성과 전체성의 관계, 삶과 죽음의 관계 등 그는 이러한 근원적 세계를 수용했다.

2) 세계의 순환성 수용

우로보로스Ouroboros는 자신의 꼬리를 물고 있는 뱀 또는 용의 모습으로 묘사되며, '내게 끝은 곧 시작이다'라는 의미이다. 이것은 미분화된 것, 전체성, 원초적 통일, 자기 충족을 상징한다. 이러한 우로보로스는 붕괴와 재통합의 순환, 자기 소멸과 자기 갱신을 영구히 계속하는 힘으로 영겁회귀, 고리를 맴도는 시간, 무한 공간, 진리와 지식의 합체 등 현실태 現實態가 되기 전의 가능태可能態를 나타낸다.129)

그는 자신의 시론에서 이러한 우로보로스에 대해 소개했다. 이것은 동양의 태극 사상과도 통하는데 붉은색과 푸른색이 소용돌이 모양으로 맞물고 있는 태극무늬와 같은 것으로 시작과 끝이 없는 영원한 되풀이를 상징하는 것이라고 했다. 이 되풀이는 허무의 다른 이름으로 생성과 파멸의 순환으로서 포엠이 우로보르스의 꼬리라면, 그 꼬리를 물고 있는 입과 머리는 다시 포에지를 쫓는 것이다. 그래서 시인은 허망 위에 허망을, 절망 위에 절망을 쌓고 있는 것이라고 했다.130) 시작은 이미 끝을 품

---

129) Jin Cooper, 이윤기 역, 『세계문화상징사전』, 까치, 1994, 258쪽.

고 있고, 끝은 시작을 품고 있다. 이것은 끊임없이 새로움을 향해 도전하는 시인의 창조정신이다.

> 지구는 둥글다
> 낙타는 느릿느릿 둥근 지구를 타고
> 간다
> 낙타는 외톨이
> 그리고 낙타는 눈이 멀었다
> 먼눈으로도 볼 수 있는 것만
> 보고 가는 낙타
> 둥근 지구를 터벅터벅 타고 간다
>
> — 「낙타」 부분

그가 인식한 시인의 여정은 사막 위를 걸어가는 눈먼 낙타와 같다. 낙타는 매우 고달프고 무거운 걸음걸이로 둥근 지구 위를 걸어가고 있다. 이것은 끝없이 순환되는 인생의 고리를 말한다. 거기다가 낙타는 왜 가야 하는지, 어디를 가야 하는지도 모른다. 이러한 낙타의 실존적 의식은 눈의 유용성에 의해 지배되는 현실적 삶을 무용성이라는 내면의 눈으로 봄으로써 세계의 해방을 추구한다.

눈의 유용성이란 모든 사물에 대한 유용성을 보는 것이다. 육안을 통해 볼 때 세상에 존재하는 사물은 그 나름대로의 유용성을 가진다. 그러나 먼눈으로는 이러한 유용성을 볼 수 없다. 그것은 아무 의미도 없는 무용성으로 인식된다. 시인의 눈은 먼눈으로 보는 것과 마찬가지로 사물이 가진 유용성을 무용성으로 바꾸어 보는 눈이다. 사물이 가진 유용성을 벗어나면 사물 그 자체만이 남는다. 이럴 때 이 사물은 자신의 본질을 드

---

130) 이형기, 『시와 언어』, 문학과지성사, 1987, 264~265쪽.

러낼 수 있다. 이러한 시인의 먼눈은 자신이 둥근 지구의 둘레를 가고 있
는 것을 보고 있다. 둥글다는 것은 끝이 없는 순환성을 말한다. 시작도 끝
도 없는 낙타의 여정은 눈이 가진 습관화된 일상성에서 벗어나 있다.

> 지구는 둥글다
> 둥근 지구는 위 아래가 없다
>
> 달을 보라
> 작은 조각이 둥글게 찬 달을
>
> 다 먹은 김치 독을
> 또 새로 채우는 김치
>
> 둥근 지구가
> 실은 울퉁불퉁 모가 나 있다
>
> ― 「지구는 둥글다」 부분

순환성은 달의 소멸과 생성, 김칫독의 비움과 채움으로 이어지는 자연
의 순환성 속에서 삶을 영위하는 인간의 삶을 의미한다. 하나하나의 삶
을 엮어가는 인간의 삶은 전체성 속에서 보면 둥근 지구의 둘레처럼 매
끄럽게 둥글게 보이지만 그 개별적 삶에서 보면 그 삶이 딛고 가는 길은
'울퉁불퉁 모가 나 있다'는 것을 알 수 있다. 이러한 개별적 삶은 일회적
이지만 전체의 순환성 속에서는 영원히 굴러가는 바퀴처럼 영원회귀하
고 있다. '낙엽이 지면' '파릇파릇 돋아는 것들'이 있고, '어린애가 태어나
면', '누군가 숨을 거둔다' 또한 '밀물이 있기에 썰물이 있'는 것이다(「지
구는 둥글다 ―1」).131)

그렇게 돌고 도는 세월
실은 지구가 자전할 뿐이다

그러니 자취가 있을 수 없는
텅 빈 허공이여

-「세월」 부분

그런데 시적 자아는 지구가 자전하는 것을 '돌고 도는 세월'이라는 언표로 말하고 있다. 인간이 인식하는 세월은 하나의 추상적 관념에 불과하다. '그러니 자취가 있을 수 없'다. 시적 자아가 인식하는 세계는 다만 '텅 빈 허공'일 뿐이다.

초기 시세계에서 나타난 자연에 대한 소멸성, 그것을 통해 허무를 인식했다면, 『절벽』 이후의 시편들에서는 삶에 대한 허무를 확인하면서도 또다시 시작하여 허무를 확인하는 삶에 대한 성실한 자세가 나타난다. 허무는 그가 존재에 대한 탐구에서 어떠한 사물도 고유한 실체가 없다는 인식에서 나온 것이다. 또한 사물의 소멸 또는 죽음을 통해 본 허무는 '비어있음'이 곧 '차 있음'의 양가성을 지녔다는 것이다. 즉 소멸은 생성을 위한 것임을 말하는 것이다.

이형기가 사유한 허무는 니체 식으로 말하면 '능동적 허무주의'[132]라

---

131) 「지구는 둥글다」는 『시와 사상』(2003 여름호)과 『현대시』(2005 2월호) 실린 동명이편(同名異篇)임. 「지구는 둥글다-1」는 본 연구자가 구분하기 위해 편의상 붙인 것임.

132) 니체가 말하는 니힐리즘에는 두 가지가 있는데, 수동적 니힐리즘과 능동적 니힐리즘이다. 수동적 니힐리즘은 일반적으로 허무주의라고 일컫는 것으로, 정신력의 하강과 퇴행으로서의 허무주의를 말한다. 사멸하는 모든 것 앞에서 공포를 느끼고 위축된 나머지 영원성을 추구하게 되는 인간의 심리적 상태와 그런 인간 유형을 생산해 내는 역사적 운동을 가리킨다. 능동적 니힐리즘은 수동적 니힐리즘과는 대립되는 의미로서 상승된 정신력의 징후로서의 허무주의를 말하는 것이다(진은영, 『니체, 영원회귀와 차이의 철학』, 그린비, 2008, 36~37쪽).

할 수 있다. 능동적 허무주의는 이데아의 세계 또는 신의 세계라 할 수 있는 저 세계를 부정하고, 인간이 사는 이 세계를 철저하게 긍정하는 사상이다. 이것은 순환성을 가진 영원회귀 사상과 통한다.

회귀는 본디 같은 것으로의 회귀(Wiederkehr des Gleichen)이다. 즉 '같은 것'이 제자리로 되돌아옴을 뜻한다. 회귀는 시간상의 회귀와 공간상의 회귀가 있다. 예를 들면, 어제의 A가 오늘 다시 나타났을 때는 A의 시간상의 회귀라고 말할 수 있고, 지금 보고 있는 사물인 B가 옆방에도 똑같이 있을 경우, 그것은 B의 공간상의 회귀라 할 수 있다. 생성체는 언제나 변전變轉하면서 제자리로 돌아온다. 그러나 변전하면서 생성되는 것은 타자로 되는 것이 아니라 타자와 구별되는 자기 동일적인 것(das Eine und Selbe), 동일한 것(das Identische)이다.[133] 그렇다면 영원회귀란 영원히 계속해서 자기 동일적인 것으로 돈다는 것으로 이해할 수 있다.

이것은 원圓이라는 순환성으로도 설명될 수 있다. 불교에서 말하는 시작도 끝도 없다는 무시무종無始無終은 순환적 시간 속의 영원성을 나타내는 것이다. 시작도 끝도 없다는 것은 자신이 선택한 그 시점이 시작점이 될 수 있다는 말이다. 끝점도 같은 논리로 설명할 수 있다. 그렇다면 순환적 시간 속에서는 어떤 시점이든지 자신이 선택한 점이 중심이 될 수 있다. 매 순간, 즉 찰나가 시작이 될 수 있는 것이다. 이것은 우로보로스의 순환성과도 일치한다.

점 하나를 찍는다
그 점이 움직인다

---

* 니힐리즘(nihilismus)은 일반적으로 허무주의로 번역되므로 본 연구에서는 허무주의로 썼다.
133) 소광희, 『시간의 철학적 성찰』, 문예출판사, 2009, 17~18쪽.

선이 그어진다
선과 선 사이의 공간
그 공간을
모로 세우거나 거꾸로 세오면
거기 나타나는 입방체
아하 그렇구나
점 하나로 시작되어 만사를 이룩하곤
점 하나로 돌아가는구나
아등바등할 것 없다고 하지 말라
그것은 작난이다
가장 엄숙하고 장엄한 작난이다

─「놀이의 기하학」134) 전문

순환적 시간에서 찍는 점은 그 지점이 중심이 된다. 그 지점에서 선이 그어지고 입방체가 다시 만들어진다. 개별화된 시점은 모든 것이 새롭게 시작될 수 있는 생성을 위한 시점이 된다. 여기서 '입방체'는 인간이 이룩한 인생의 어떤 모습으로 해석될 수 있다. 그 입방체가 한 순간에 '점 하나'로 돌아갈 것을 알면서도 인간은 '점'찍기에 열심히 매달리며 그것을 계속한다. 이러한 인생의 모습을 시인은 '가장 엄숙한 작난'135)이라고 한다. 이러한 인식은 시집 『절벽』의 「숨바꼭질」에서 '당나귀는 덜컥 무릎

---

134) 강유환의 논문에는 이 시가 「기하학」으로 되어 있다. 논문에 실린 내용은 다음과 같다. '점 하나를 찍는다/ 그 점이 움직인다/ 선이 그어진다/ 선과 선 사이의 공간/ 그 공간을 모로 세우거나 거꾸로 세우면/ 거기 나타나는 입방체./ 아하 그렇구나 점 하나로 시작되어/ 점 하나로 돌아가는구나/ 한데도 아등바등할 것 없다고 하지 말라/ 그것은 장난이다 가장 장엄한 장난이다'(강유환, 『이형기 시의 세계인식 방법』, 고려대 박사논문, 2008, 146쪽).

135) '장난'은 한자어 '작난(作亂)'에서 유래되었는데, 지을 작(作)에 어지러울 란(亂)의 '작난'이라는 말이 '장난'으로 변했다(김상규, 『우리말 잡학사전』, 푸른길, 2010, 234쪽).

을 끊고 지상에서/숨바꼭질하듯 잠적했다//아니 진짜 숨바꼭질이다'로도
나타내었다. 그는 삶을 유희 또는 장난으로 인식했다. 따라서 삶에서의
소멸은 '침묵' 속에서 엄숙하게 진행되는 자연의 섭리이다.

호이징하(Johan Huizinga)는 놀이하는 인간(Homo Ludens＝Man the
Player)은 인간존재의 한 특성이라고 했다. 그것은 고대의 호모사피엔스
Homo Sapiens나 현대의 호모파베르Homo Faber의 '생각하는 것' 또는 '만드
는 것'보다 '놀이하는 것'을 더 중요한 인간존재의 본질적 특성으로 보았
기 때문이다. 또 호이징하는 '놀이와 시'의 관계에서 놀이는 '시의 원초적
본질'이라고 했다. 모든 시는 신앙에 기초한 성스러운 놀이, 구애라는 축
제적 놀이, 경기라는 투기적 놀이, 자랑 · 조롱 · 욕설에 기초한 논쟁적
놀이, 임기응변과 재치의 날랜 놀이 등에서 태어난다.136) 서범석은 이러
한 놀이와 노래의 관계에 대해서 논했다. 한국어에서 시를 뜻하는 말로
서 시와 가장 가까운 말은 노래(歌)로 상정할 수 있는데, 국어사에서 살펴
보면, 놀이는 '놀＞놀개＞놀애＞노래'로 변천된 과정을 알 수 있다는 것
이다.137)

이윽고 나 떠나갈 것이다
언젠가 그날이 오면

그러나 그 언젠가를
언제까지나 기다릴 수 없어서
실은 어제 이미 떠나버린 나

---

136) 서범석, 「놀이시학」, 『문학세계』 2010 겨울호, 46쪽.
137) 서범석, 위의 책, 48~50쪽.

어제 뒤에는
무수한 어제가 줄을 서 있다
줄선 그 끝에서 보면 .
어제는 또 영겁의 내일이다

그리하여 빙빙 돌고 돌아서
태어나기 전부터 떠나버린 나
떠나간 다음에도 떠나갈 나를
아직도 여기서 기다리고 있는 나

깨달은 것은 아무것도 없다
깨달은 것은 아무것도 없다는
그 하나의 깨달음만 가지고
언젠가 나 떠나갈 것이다 이윽고
흙먼지 한 줌으로 모른 체 돌아올 것이다

─「먼지로 돌아오다」 전문

이 작품은 이형기의 유고시로서 그의 순환적 시간성과 영원회귀에 대한 인식이 집약되어 나타나 있는 작품이다.

1연의 '그날'은 죽음이 찾아오는 날을 말한다. '이윽고 나 떠나갈 것이다'라는 미래시제형의 언표에서 알 수 있듯이 시적화자에게 죽음은 아직 도래하지 않은 미래에 있다. 이 미래는 과거ㆍ현재ㆍ미래로 향한 직선적 시간관으로 파악된다. '이윽고', '언젠가', '그날이 오면' 등에서도 알 수 있듯이 시적 자아는 현재에서 미래를 바라보는 직선적 시간 위에 있다.

직선적 시간은 종말론적 시간관으로, 시작이 있으면 종말이 있다는 선형적으로 표상되는 시간관이다. 이 시간은 한 번 지나가버리고 나면 다시는 되돌아오지 않는 것이다. 이것은 역사와 시간이 일회성의 직선적 방향으로 진행되는데 시간관으로 근대 과학적 사고에서 발견되는 시간관이다. 미래는 앞에 있고, 과거는 뒤에 있으며, 현재는 그 양자 사이의 한 점으로 간주되는 이 시간관은 이 삼자를 잇는 선과 같은 것이다.138)

시적 자아가 바라보는 이러한 시간관은 그 강조점이 미래에 있다. 이것은 죽음으로 표상되는 종말론적 의식과 다르지 않다. 직선적 시간관은 역사와 존재에 대한 근원적 한계성을 확인하는 것으로 죽음 앞에서 존재의 유한함을 절감하는 일상적인 사유이다. 이런 일상적 사유는 권태로움을 표방하고 있다.

그것은 2연에서 '그 언젠가를/언제까지나 기다릴 수 없어서'로 나타난다. 시적 자아는 이미 떠나버린 '어제'라는 과거에 서 있다. 그것은 영원히 굴러가는 둥근 순환적 시간을 인식한 것을 말한다.

순환적 시간은 자연적 시간으로서 자연에 의존해서 사는 농경 사회의 경우 인간이 해와 달, 지구의 자전과 공전, 계절의 순환 등과 함께 자연에 맞추어 삶을 영위할 수 있었던 시간관이다.139) 순환적 시간이라는 둥근 원은 끝없이 그 과거가 줄서 있음을 알 수 있는 시간이다.

3연의 '줄선 그 끝에서' 시적 자아는 시작점을 스스로 선택하여 시간의 영원성을 절감하고 있다. 이러한 순환적 시간관은 그 원이 고정되어 있지 않고 바퀴처럼 굴러가는 존재론적인 것이다. 탄생과 죽음이라는 변화

---

138) 소광희, 『시간의 철학적 성찰』, 문예출판사, 2009, 69~70쪽.
139) 소광희는 순환적 시간을 원환적 시간으로 설명했다. 그는 엘리아데의 천체의 순환에 다 종교적 순환을 덧붙여 거룩한 시간의 영속적 회귀까지 다루었다. 거룩한 시간은 우리가 사는 세상에 있는 거룩한 때와 거룩한 곳, 거룩한 물건은 제의의 대상이 된다. 그 때는 시간으로서 지속하지 않고, 그곳은 장소로서 연장되지 않으며, 그 물건은 자연성을 넘어선다는 것이다. 예를 들어, 야곱의 돌베개, 성황당의 당나무, 프레이저의 황금 가지, 당집 등은 그 자체로 성현(聖顯, hierophany)을 가진 것으로서 숭배의 대상으로 바뀐다는 것이다. 즉 이러한 것들은 모두 초월성을 갖고, 시간의 개신, 우주의 중심으로서 기능한다는 것이다(소광희, 『시간의 철학적 성찰』, 문예출판사, 2009, 39쪽).

의 순환, 구르는 시간의 바퀴는 반복되는 것이지만 매순간 존재는 새롭게 생성된다. 이것은 무시간적 역사법칙으로 가정될 수 있다. 순환이론에 의하면 존재는 역사적 흐름 밖, 즉 역사적 흐름을 초월한 곳에 존재하는 무시간적 세계 속에 있을 수 있다는 것이다.140) 이처럼 원형의 순환적 시간에서는 역사적 시간의 흐름과는 다르게 자신이 선택하여 시작하는 곳이 시작점이 된다. 시적화자가 서 있는 과거의 끝은 바로 그 지점이 시작점이 된다. 거기서 바라보는 과거는 무수히 많은 과거가 줄 서 있는 미래가 될 수 있는 직선적 시간을 벗어난 지점이다.

그래서 4연에서는 '빙빙 돌고 돌아서', '태어나기 전부터' 떠나버릴 수 있었던 과거에서, 죽은 다음에도 '나를' 아직 기다리고 있을 수 있는 미래에 있을 수 있다. 니체는 미래를 과거나 현재 다음에 오는 시간이 아니라 어느 시대든 '때 아닌 것'으로 존재하는 시간으로 간주했다.141) 그 시간은 아직 오지 않은 시간이 아니라 이미 와 있고 지금도 우리 곁에 있지만 감각되지 않거나 이해되지 않은 시간이라는 것이다. 이 시에서 시적 자아의 미래에 올 죽음은 이미 와 있지만 아직 감각되지 않거나 이해되지 않은 인식일 뿐 '때'의 의미가 아니다. 삶의 시간 속에는 죽음이 함께 공존하고 있으며, 그 죽음은 아직 감각되지 않고 실감하지 못하는 것뿐이다. 그러므로 미래에 올 죽음은 시간성이 무화된 무시간성으로 파악될 수 있다.

5연에서는 존재론적 인식으로, 삶의 시간 속에서 천착했던 삶의 본질은 끝내 붙잡을 수 없었다는 것이다.

---

140) Hans Meyerhoff, 김준오 역, 『문학과 시간현상학』, 삼영사, 1987, 113~114쪽.
141) 고병권, 『니체, 천 개의 눈 천 개의 길』, 소명, 2001, 53쪽.

나는 한 걸음씩 네게로 다가간다
그러면 너는 또
한 걸음씩 내게서 멀어진다

네가 오는 일은 없다
오직 내가 네게로
그것도 죽을 힘을 다해 갈 뿐이다'

—「말짱 황이다」 부분

삶의 본질을 붙잡기 위해 그렇게 최선을 다해 살았지만 그것은 끝내 모습을 보여주지 않는다. 시지프스의 바위가 언덕의 꼭대기에서 다시 굴러 내리는 것처럼 한평생의 수고를 그는 '말짱 황이다/ 말짱 황이다/ 말짱 황이기 때문에 죽기 살기로 가고 있다'라고 한다. '말짱'은 모두 또는 전부라는 뜻인데, 부정을 의미하는 서술어 앞에 붙는 접두사로 쓰인다. '황'은 어떤 일을 이루는데 부합되지 않는 어떤 일[142]을 의미한다. 그것은 일반적으로 어떤 일이 엉망이 되었을 때 쓰는 말이다. 이 말은 다시 '모두 엉망이다' 또는 '모두 낭패를 당하다' 등으로 풀이된다. 「말짱 황이다」에서 살펴보면 시인이 혼신의 힘을 다해 추구했던 삶의 본질은 끝내 붙잡을 수 없었다. 그것은 무無임을 확인했기 때문이다. 그래서 '말짱 황'은 그러한 삶에 대해 내뱉은 언표이다. 그는 삶을 '말짱 황'으로 인식했지만, 그래도 그는 '죽기 살기로' 성실하게 살아갈 뿐이다.

이렇게 인식한 삶에서 '깨달은 것은 아무것도 없'지만, 그것이 바로 깨달음이라는 것을 가지고 영원의 시간 속으로 돌아갈 것이라는 언표는 숙연함을 느끼게 한다. 이 말은 소크라테스의 '내가 아는 것은 아무것도 모

---

142) 국립국어원 표준대사전 참조.

른다는 사실뿐이다'라는 명언과 맥이 통한다. 소크라테스는 아테네 광장에서 사람들에게 무지를 깨닫게 하기 위해 문답법으로써 유도하였다. 이러한 행위는 소크라테스가 지혜에 대해 얼마나 겸허한 자세를 가지고 있었나를 알 수 있는 것이다. 자신이 무지하다는 것을 깨닫는 것은 '아무것도 모르는 것'에서 시작하는 출발점이 된다. 즉 '깨달은 것은 아무 것도 없'다는 시적 자아의 깨달음은 새로운 시작을 의미하는 것이다. 순환적 시간 속에서 죽음은 또 다른 삶의 연장이다. 시적 자아는 이전의 삶과는 전혀 다른 어떤 것으로 새롭게 태어나는 과정 속에 있다. 이러한 과정은 삶에서 모든 것을 놓아버리고 가볍고 자유롭게 떠날 수 있는 출발점이 된다.

시인은 절대적 자유를 향한 정신을 시로써 나타냈다. '이윽고'는 우로보로스의 꼬리와 입으로 볼 수 있는 시간적 공간이다. 그것은 얼마쯤 시간이 흐르는 그 과정을 말하며, 무화된 과정을 말한다. 그 속에서 소멸은 다시 무엇으로 태어날 준비를 한다. 시적 자아는 삶에서 누렸던 몸도 잊어버리고 '흙먼지 한 줌'으로 우주의 티끌 같은 존재로서 무화된 모습으로 돌아오겠다는 것이다. 이 무無는 보이지 않고 비어있는 것이다. 그것은 비록 먼지일지라도 우주의 공간 속을 가득 채우는 살아있는 존재이다.

『절벽』이후 발표되어 시집에 미수록된 시편들에는 그의 시론의 핵심이 잘 나타나 있다. 시론은 그가 추구했던 개별적 주체성을 가진 존재로서, 시세계의 변화를 모색하고 도달한 시정신이다. 근원을 확인하기 위한 여정에서 깨달은 것은 소멸과 생성이 한 자리에 공존한다는 것이다. 소멸과 생성은 시간의 순환성 속에서 영원히 순환되면서 반복된다. 그가 인식한 우주의 섭리는 『적막강산』에서 자연의 순환적인 섭리를 인식한 것과 연결된다. 비록 개체의 삶은 일회적이지만 전체성에서 볼 때 인간의 삶이 가진 시간은 영원하다는 것이다. 『적막강산』의 소멸이 막연하고 생성에 대한 인내의 긴 기다림의 시간이 필요했다면, 『절벽』 이후 발표된 시편들은 순간의 시간 속에서 소멸과 생성이 이루어지는 것이었다. 소멸과 생성이 순간에 이루어진다는 것은, 소멸을 삶보다 죽음의 세계에 가깝게 인식했기 때문이다.

또한 『적막강산』과 『절벽』 이후 발표된 시편들의 시간관은 자연의 소멸을 통해 다시 생성되는 순환적 시간의 흐름 속에 있는 것과 무화된 시간관이 공통적으로 나타난다. 그 시간관은 『적막강산』의 「나무」, 「노년 환각」 등에서는 먼 미래가 현재 속에서 과거가 된다. 『절벽』 이후 발표된 시편들 중 유고시 「먼지로 돌아오다」에서 시간관은 미래가 과거로 되고, 현재에 미래와 과거가 모두 공존하는 것으로 무화無化되어 나타난다. 시간의 무화는 순환의 고리 속에서 우로보로스의 꼬리와 입이 한 시점이듯이 시작과 끝이 한 순간으로 인식되는 것이다. 그것은 시작의 시점을 선택할 수 있는 실존자로의 주체적인 자각이었다. 이러한 인식은 그가 평생을 통해 천착했던 존재의 유한성에 대한 초월 의지였다.

그는 시작詩作을 통해 삶의 극지에서 새로운 세계를 창조하는 꿈을 꾸었고 삶의 근원을 향해 부나비처럼 끊임없이 도전했다. 삶에 대한 열정과 절망으로 반복되는 노역은 우로보로스적인 영원한 순환성의 굴레 속에 있다는 것을 확인케 했다. 그것은 세계가 가진 양가성과 모순성을 인식하고 받아들이는 것이었다. 이러한 시적 여정은 결국 시인으로서 삶을 수용하는 것이었다.

IV. 결론

　지금까지 이형기 시정신의 실체를 규명하는데 목적을 두고, 시정신의 변화 과정을 중심으로 살펴보았다.

　이형기는 자기 삶을 치열하게 꿰뚫어 읽음으로써 그의 시를 구축할 수 있었다. 이런 자아에 대한 성찰은 초기 시세계인 전통적 서정시의 세계부터, 자각 이후의 부조리한 세계로 인식한 시세계까지 모두를 포괄한다. 여러 단계의 변화 과정에서, 초기의 전통적 서정시에는 자연의 소멸성에서 존재의 한계성을 인식하고, 생성을 위해 인내하면서 기다리는 수동적인 자세를 보였다. 이러한 자연 섭리에 순응하고 화해를 위한 내면적 침잠 태도에는 자연의 근원적 한계성을 거부하는 갈등이 배태되어 있었다. 이 갈등은 다음에 펼쳐지는 변화 과정에서, 세계와 불화되는 부정의 정신을 낳게 된다.

　그 변화의 모색 과정에서 그는 스스로 시인이라는 철저한 자각의 단계를 거친다. 그것은 자각 없이 쓴 전통적 서정시에 대한 한계를 인식한 후 세계를 새롭게 변화시키는 방법론을 말한다. 시인이라는 소명의식은 독자적인 시세계를 끝까지 유지할 수 있었던 바탕이 되었다. 시인은 상상력으로 새로운 시세계를 확장하고 창조하면서, 세계의 본질을 적극적으로 탐구하는 의지를 가질 수 있었다.

자각의 과정 이후, 세계와 불화하는 부정의 정신은 자기 부정과 세계 부정으로 나타났다. 이것은 현실 세계에 대한 종말론적 위기의식을 강조한 것이다. 자기 부정은 자신을 파멸시킴으로써 새로운 세계를 창조할 수 있다는 의식이다. 이 의식은 절대 순수 세계를 향해 자신을 고통스럽게 파멸시키는 통과제의의 과정을 거치는 것이었다. 세계 부정은 문명화된 사회의 병폐와 환경에 대한 생태 위기의식, 인간의 존엄성 상실에 대한 위기의식으로 표출되었다.

다음 과정에서는 근원적 세계를 탐구함으로써 삶의 한계성을 초극하는 의지를 보여 주었다. 세계의 본질이 허무임을 확인하고서도 또다시 그 본질을 향해 도전하는 자세는 삶이 가진 부조리성에 대해 맞서는 것이며, 자기실현을 위한 의지로 파악되었다.

마지막 변화 과정에서는, 『절벽』 이후 시집에 수록되지 않은 시편들을 대상으로 했는데, 근원적 세계를 인식하고 세계를 수용하는 의지로 나타났다. 이 세계는 모순된 양가성과 순환성을 가진 세계로서 전통적 서정시의 시세계와 순환적 고리를 이루고 있음이 확인되었다. 이것은 전통적인 서정적 세계와 자각적인 시세계 모두를 아우르면서 연결시키는 세계를 인식하는 방법이었다. 순환성의 핵심에는 그가 추구했던 개별적이고 구체적인 존재로서 삶을 인식하는 시정신이 녹아 있었다. 시세계는 표면에 나타나는 것과는 달리 유기체적으로 서로 연관되어 있었다. 그것은 부조리한 현실을 거부하고 순환적인 세계를 수용하는 삶의 주체로서의 인식이었다.

죽음을 목전에 두고 바라본 삶에서, 양가성을 지닌 세계의 순환 원리에는 삶의 허무라는 공통적 주제를 중심으로 존재의 소멸과 생성이라는 섭리가 공유되고 있었다.

이러한 변화 과정은 존재의 유한성을 극복하기 위한 의지가 언어로써 표면화된 것이었다. 그것은 삶에서 형성된 조숙성 및 엘리트 의식이 동력이 되었다. 또한 도달하지 못할 삶의 본질을 향해 끝없이 반복하여 탐색하는 성실성이 뒷받침되었다. 치열한 시창작 활동으로 채워진 시의 역정은 누구보다도 시인의 삶을 철저하게 받아들인, 수용이라는 큰 틀에서 논의될 수 있었다.

삶의 수용이라는 큰 틀에서 시정신은 생성의 원리로써 작용되고 있었다. 그것은 소멸을 인식하고 부정과 파괴를 자행하면서, 새로운 세계의 창조를 위함이었다. 현실적 삶에 집착하지 않고, 비속화卑俗化된 세계로부터 고고한 선비다운 지조를 지켜낼 수 있었던 이면에는 '자유로운 개인으로서의 주체성'이라는 시정신이 자리 잡고 있었다.

\<참고문헌\>

1. 기본자료

시집

이형기, 『적막강산』, 모음출판사, 1963.

＿＿＿＿＿, 『돌베개의 시』, 문원사, 1971.

＿＿＿＿＿, 『꿈꾸는 투魁』, 창원사, 1975.

＿＿＿＿＿, 『풍선심장』, 문학예술사, 1981.

＿＿＿＿＿, 『보물섬의 지도』, 서문당, 1985.

＿＿＿＿＿, 『심야의 일기예보』, 문학아카데미, 1990.

＿＿＿＿＿, 『죽지 않는 도시』, 고려원, 1994.

＿＿＿＿＿, 『절벽』, 문학세계사, 1998.

＿＿＿＿＿, 그 외『절벽』발행 이후 각 문예지에 발표된 시 30여 편 등.

시선집

이형기, 『그 해 겨울의 눈』, 고려원, 1985.

＿＿＿＿＿, 『별이 물 되어 흐르고』, 미래사, 1991.

＿＿＿＿＿, 『이형기 시 99選』, 선, 2003.

시론 및 평론집

이형기, 『감성의 논리』, 문학과지성사, 1976.

＿＿＿＿＿, 『한국문학의 반성』, 백미사, 1980.

______, 『시와 언어』, 문학과지성사, 1987.

______, 『현대시 창작교실』, 문학사상사, 1991.

______, 『시란 무엇인가』, 한국문연, 1993.

수상집

이형기, 『서서 흐르는 강물』, 휘경출판사, 1979.

______, 『바람으로 만든 조약돌』, 어문각, 1986.

______, 『존재하지 않는 나무』, 고려원, 2000.

2. 국내 논저

논문 및 평론

강유환, 「이형기 시의 세계인식 방법」, 고려대학교 박사논문, 2008.

강창민, 「육사 시 연구―시정신을 중심으로」, 연세대학교 박사논문, 1987.

곽용석, 「이형기 초기시의 이미지 연구 : 시집 『적막강산』과 『돌베개』의 시를
　　　중심으로」, 동국대학교 석사논문, 2002.

고명수, 「존재의 패러독스를 투시한 견인주의자」, 『낙화』, 연기사, 2002.

고형진, 「전통적 서정시의 계승과 심화」, 『1950년대의 시인들』, 나남, 1994.

구　상, 「고투와 관조와 적멸」, 『백민』 통권 18호, 1943.3.

권혁웅, 「서정시를 어떻게 정의할 것인가」, 『시애』 2호, 2008.

김경미, 「이형기 시 연구」, 동아대학교 석사논문, 2001.

김광일, 「투병, 새롭게 시를 벼린다」, 『시인세계』 2003 봄호.

김기중, 「자연의 재발견과 존재론적 생명의식의 형상화―해설」, 『청록집』 2판,
　　　을유문화사, 2010.

김동중, 「이형기 시의 사상적 추과 기반으로서의 윤회사상」, 『한국어어문화』

제45집, 2011 8월호.

______, 「이형기 시 연구」, 한양대학교 박사논문, 2012.

김만석, 「다른 세계를 잡는 손 혹은 얼굴」, 『시와 사상』 2005 여름호, 세종출판사.

김명수, 「원로시인들의 어제와 오늘-이형기 시집 『죽지 않는 도시』」, 『창작과 비평』 1994 9월호.

김선학, 「허무와 소멸에 관한 체험적 사색」, 『문학사상』 1998 12월호.

______, 「한용운-불과 칼의 언어」, 『시에 잠긴 한국인 생각』, 국학자료원, 2007.

______, 「현재적 의미의 서정성」, 『환장할 세상의 정감적 담론』, 새미, 2011.

김소월, 「시혼」, 『개벽』 59호, 1925 5월호.

김수복, 「이형기론-존재의 집에 대한 역설적 화법」, 『한국예술총집-문학편 2』, 1992.

김영철, 「서정주의와 악마주의의 변증법」, 『한국현대시 연구』, 민음사, 1989.

김우정, 「현대시의 기법과 사상」, 『현대문학』 1963 9월호.

김우종, 「저 땅 위에 도표를 세우라」, 『현대문학』 1964 5월호.

김유중, 「시적 구원의 참의미」, 『천년의 시작』 2002 겨울호.

김윤선, 「한국 현대시에 나타난 산 이미지 연구」, 건국대학교 석사논문, 2009.

김윤식, 「미, 그 자멸에의 충동」, 『심상』 1976 4월호.

______, 「문예지의 이념과 그 문학사적 의의」, 『발견으로서의 한국현대문학사』, 서울대학교 출판부, 1997.

김재홍, 「6·25와 한국의 현대시」, 『현대시와 역사의식』, 인하대학교 출판부, 1990.

김종길, 「한국시에 있어서의 비극적 황홀」, 『진실과 언어』, 일지사, 1974.

김종삼, 「의미의 백서」, 『김종삼 전집』, 나남출판, 2005.

김준오, 「입사적 상상력과 꿈의 시학」, 『그 해 겨울의 눈』, 고려원, 1985.

______, 「현대시와 자연」, 『시론』, 삼지사, 1995.

______, 「시간적 거리와 미적 거리」, 『시론』, 삼지사, 1995.

______, 「문명비판시와 존재탐구-이형기 시집『죽지 않는 도시』」, 『현대 시의 해부』, 새미, 2009.

김지연, 「이형기 시에 나타난 허무의 판타지:『돌의 환타지아』」, 『한국문학논총』 제50집, 2008 12월호.

______, 「이형기 시의 허무의식 연구」, 『시학과 언어학』 제20호, 2011 2월호.

______, 「이형기의 문학에 미친 보르헤스의 영향 연구」, 『시학과 언어학』 제22호, 2012 2월호.

김현자, 「박목월 시의 감각과 미적거리」, 『한국시의 감각과 미적거리』, 문학과 지성사, 1997.

김혜련, 「비극적 모더니스트 우로보로스의 운명」, 『시와 사상』 2005 여름호, 세종출판사.

김혜숙, 「이형기 시의 세계인식 연구 : 주요 이미지 분석을 중심으로」, 중앙대학교 석사논문, 2008.

김혜영, 「파괴와 초월의 미학」, 『낙화』, 연기사, 2002.

______, 「존재의 거울-이형기 시의 허무 들여다보기」, 『열린시학』 10권, 2005 3월호.

나민애, 「이형기 시에 나타난 몸의 변이와 생성양상 연구」, 서울대학교 석사논문, 2004.

남진숙, 「한국 환경생태시 연구 : 이형기, 정현종, 이하석, 최승호 시를 중심으로」, 동국대학교 석사논문, 1998.

목필균, 「이형기 시 연구 : 시세계의 변화를 중심으로」, 성신여자대학교 석사논문, 1997.

문혜원, 「이형기 시의 창작방식에 대한 연구-중기시 중심으로」, 『우리말글』 통권 제27호, 2003 4월호.

______, 「초기 비평의 인상 비평적 성격에 관한 연구」, 『한중인문학 연구』 제30호, 2010.

맹승렬, 「이형기시 연구 : 생태시를 중심으로」, 인하대학교, 석사논문, 2008.

박라연,「한국 현대시의 눈물의 시학 연구」,『논문집』, 광주대 민족문화예술연구소, 2000.

박미정,「한국 현대시에 나타난 자연관 연구 : 박남수, 이형기, 박재삼을 중심으로」, 신라대학교 석사논문, 2006.

박선영,「이형기 시 연구 : 중기시를 중심으로」, 성신여자대학교 석사논문, 1998.

박영수,「이형기 시 연구」, 고려대학교 석사논문, 1997.

박용철,「시적 변용에 대하여」,『삼천리 문학』1936 1월호.

박재원,「존재의 허무와 존재의 미의식―이형기의 초기시를 중심으로」,『새 국어교육』제63호, 2002 1월호.

박진환,「이형기론」,『시 · 시조와 비평』제104호, 2005 봄호.

변지연,「견고한 슬픔, 눈물겨운 '버팀'의 시학」,『시와 사상』2005 여름호, 세종출판사.

서정주,「시추천사」,『문예』1949 12월호.

_____,「한국 시정신의 전통」,『서정주 문학전집 2』, 일지사, 1972.

손남훈,「이형기 시의 소멸의식 연구」, 부산대학교 석사논문, 2007.

손진은,「우리 시의 한 경지」,『오늘의 문예비평』1999 3월호.

서범석,「놀이시학」,『문학세계』2010 겨울호.

신상성,「단독자의 사상 혹은 허무화」,『한국문학의 공간구조』, 형설출판사, 1983.

오규원,「모래의 바다, 바다의 모래」,『현대시』1993 6월호.

오세영,「상황과 존재」,『죽지 않는 도시』, 고려원, 1994.

_____,「돌의 환타지아」,『한국 현대시 분석적 읽기』, 고려대학교 출판부, 1998.

유시욱,「회의와 자아 실현의 궤적―『심야의 일기예보』」,『현대시사상』1990 겨울호.

유재천,「이형기 시 연구―비극적 존재와 역설적 세계 인식」,『배달말』, 2009.

유혜란,「이형기 시의 공간 인식 : 허무의식을 중심으로」, 고려대학교 석사논문, 2010.

윤재근, 「시와 정신」, 『한국현대시문학비평』, 일지사, 1980.

______, 「현대시의 시정신에 관한 연구」, 『한국학논집』 제4집, 1983.

윤재웅, 「허무에 이르는 길」, 『낙화』, 연기사, 2002.

윤호병, 「엄숙주의 시학」, 『현대시의 아포리아』, 청예원, 1999.

이건청, 「세계와의 불호, 혹은 파멸의 미학」, 『한국현대시인 탐구』, 새미, 2004.

______, 「『한국문학의 반성』—객관의 문학과 개별성」, 『국어국문학』 제86권, 1981.12.

이경교, 「한국 현대 시정신의 형성과정 연구—한용운, 이육사 그리고 이상을 중심으로」, 동국대학교 박사논문, 1994.

이광호, 「소실점의 시적 풍경」, 『시와 시학』 1992 봄호.

이남호, 「1950년대와 전후세대 시인들의 성격」, 『1950년대의 시인들』, 나남, 1994.

이동순, 「민족시인 백석의 주체적 시정신」, 『백석시전집』, 창작과비평사, 1987.

이상호, 「시지프스의 굴레를 쓴 시인의 운명—『심야의 일기예보』」, 『자아추구의 시학』, 모아드림, 1999.

이선희, 「꽃을 위한 타나톨로지」, 『천년의 시작』 2002 겨울호.

이성선, 「정신주의의 서정성과 우주적 생명관 확보」, 『문학사상』 1996 12월호.

이숭원, 「21세기 시의 '서정'의 범위와 특질」, 『시애』 제2호, 2008.

이숭원, 「낙화」, 『시와 시학』 1994 9월호.

이승훈, 「모든 끝이 시작이다」, 『문학사상』 1996 9월호.

______, 「시적인 것은 없고 시도 없다」, 『문학사상』 1996 11월호.

이유경, 「우리에의 반어들—『감성의 논리』」, 『문학과 지성』 1976 겨울호.

______, 「이형기 시인 일어나다」, 『월간 조선』 2002 4월호.

이윤경, 「이형기 도시시 연구」, 동국대학교 석사논문, 2000.

이윤택, 「몸의 상상력에서 태극에 이르기까지」, 『시와 사상』 37호, 2003 여름호.

이형기, 「문학의 기능에 대한 반성—'순수' 옹호의 노트」, 『현대문학』 1964 2월호.

______, 「문학적 자전—나의 이력서」, 『시와 시학』 1992 봄호.

______, 「꿈과 언어의 충격성」, 『시와 시학』 1992 봄호.

______, 「나는 시를 찾는 사람」, 『현대시』 1993 6월호.

______, 「시를 쓰는 매순간이 디데이」, 『시와 시학』 1997 가을호.

이재훈, 「이형기 시 연구 : 초기시를 중심으로」, 중앙대학교 석사논문, 2001.

이재훈, 「한국 현대시의 허무의식 연구 : 유치환, 박인환, 이형기, 강은교를 중심으로」, 중앙대학교 박사논문, 2007.

임승빈, 「시정신에 대한 시론적(試論的) 논의」, 『청대학술논집』 제14호, 2009.

장영우, 「절망, 허무 그리고 신생—이형기 시집 『절벽』」, 『현대시』 1999 2월호.

______, 「부정과 역설의 시학」, 『한국현대시인론』, 새미, 2003.

정광수, 「허무와 상상력의 극치—『심야의 일기예보』에 부쳐」, 『동양문학』 31호, 1991.1.

정효구, 「초월과 맞섬」, 『시와 시학』 1992 봄호.

조창환, 「불꽃 속의 싸락눈」, 『별이 물되어 흐르고』, 미래사, 1991.

채재준, 「이형기의 시세계」, 『문예운동』 2008 여름호.

______, 「이형기 시 연구」, 경희대학교 석사논문, 2002.

최계락, 「엽서—발문을 대신하여」, 『적막강산』, 모음출판사, 1963.

최규형, 「이형기 시의 '물'의 이미지 연구」, 단국대학교 석사논문, 2002.

최동호, 「세련된 감각과 단단한 정신」, 『오늘의 내 몫은 우수 한 짐』, 문학사상사, 1986.

최순열, 「낙화—통과제의로서 성숙의 고통과 축복」, 『시와 시학』 1994 3월호.

최춘희, 「이형기 시에 나타난 생태학적 상상력 연구: 시집 『심야의 일기예보』와 『죽지 않는 도시』를 중심으로」, 동국대학교 석사논문, 2002.

최윤정, 「서정과 반서정의 변주」, 『한국전후문제시인 연구』, 예림기획, 2005.

하현식, 「절망과 전율의 창조」, 『한국시인론』, 백산출판사, 1992.

한혜선, 「한국 현대시의 생태의식 연구」, 동덕여자대학교 석사논문, 2006.

허만하, 「칼의 구조—해설」, 『꿈꾸는 한발』, 창원사, 1975.

허혜정, 「이형기 시론에 대한 몇 가지 이해」, 『시와 사상』 45호, 세종출판사, 2005.

______, 「이형기 詩論 연구」, 『어문논총』 제42호, 한국문학언어학회, 2005.6.

황종연, 「현대성 또는 허상의 폐허―『시와 언어』 중심으로」, 『현대시』 1993 6
　　　　월호.

단행본

강홍기, 『엄살의 시학』, 태학사, 2000.

김홍근, 『보르헤스 문학전기』, 솔출판사, 2005.

고병권, 『니체, 천 개의 눈 천 개의 길』, 소명출판, 2009.

권영민, 『한국현대문학사』 1~2, 민음사, 2003.

김구용, 『김구용 문학전집5―丘庸日記』, 솔출판사, 2000.

김기림, 『시론』, 백양당, 1947.

김기중, 「자연의 재발견과 존재론적 생명의식의 형상화―해설」, 『청록집』 2판,
　　　　2010.

김상규, 『우리말 잡학사전』, 푸른길, 2010.

김선학, 『문학의 빙하기』, 까치, 2011.

김재홍, 『현대시와 역사의식』, 인하대학교 출판부, 1988.

김준오, 『도시시와 해체시』, 문학과비평사, 1992.

김완하, 『한국 현대시와 시정신』, 새미, 2005.

김윤식, 『김윤식 선집 5』, 솔출판사, 1996.

김종철, 『녹색평론선집1』, 녹색평론사, 2008.

김현자, 『한국시의 감각과 미적 거리』, 문학과지성사, 1997.

마광수, 『상징시학』, 청하, 1985.

배재영 · 조용진, 『동양화란 어떤 그림인가』, 열화당, 2004.

백　　철, 『신문학사조사』, 신구문화사, 1972.

소광희, 『시간의 철학적 성찰』, 문예출판사, 2009.

송기한, 『한국 현대시와 시정신의 행방』, 역락, 2009.

송하춘, 『1950년대의 시인들』, 나남출판, 1994.

신용협,『한국 현대시 연구』, 새미, 2001.

심재휘,『한국 전후시와 시간의식』, 태학사, 1996.

오세영,『한국현대시 분석적 읽기』, 고려대학교 출판부, 1998.

이부영,『자기와 자기실현』, 한길사, 2002.

이상섭,『문학비평용어사전』, 민음사, 2007.

이상호,『자아추구의 시학』, 모아드림, 1999.

이성우,『0/1의 세계에서 시란 무엇인가』, 고려대학교 출판부, 2007.

이승훈,『문학과 시간』, 이우출판사, 1983.

이창배,『T.S.엘리엇 문학비평』, 동국대학교 출판부, 1999.

이형기,『낙화』, 연기사, 2002.

임철규,『눈의 역사 눈의 미학』, 한길사, 2004.

조윤제,『한국문학사』, 동국문화사, 1949.

조지훈,『조지훈 전집2 : 시의 원리』, 나남출판, 1996.

조태일,『김현승 시정신 연구』, 태학사, 1998.

진은영,『니체, 영원회귀와 차이의 철학』, 그린비, 2008.

홍용희,『현대시의 정신과 감각』, 천년의 시작, 2010.

4. 국외논저

孔子, 표문대 역,『논어』, 현암사, 1967.

老子, 남만성 역,『도덕경』, 을유문화사, 1994.

張法, 유중하 외 역,『동양과 서양, 그리고 미학』, 푸른숲, 2009.

劉勰, 최동호 역,『문심조룡』, 민음사, 1994.

末永創生, 박필임 역,『색채심리』, 예경, 2003.

Aldous Huxley, 이덕형 역,『멋진 신세계』, 문예출판사, 1998.

Arthur Pollard, 송낙헌 역, 『풍자』, 서울대학교 출판부, 1978.

Emile Cioran, 김정숙 역, 『독설의 팡세』, 문학동네, 2004.

Emil Steiger, 이유영 · 오현일 역, 『시학의 근본개념』, 삼중당, 1978.

Ernist Volkman, 석이용 역, 『전쟁과 과학, 그 야합의 역사』, 이마고, 2003.

Hans Meyerhoff, 김준오 역, 『문학과 시간현상학』, 삼영사, 1987.

Harold Bloom, 윤호병 역, 『시적 영향에 대한 불안』, 고려원, 1991.

J. C. Cooper, 이윤기 역, 『세계문화상징사전』, 까치, 1994.

Jean Paul Sartre, 정명환 역, 『문학이란 무엇인가』, 민음사, 1998.

Mircea Eliade, 이재실 역, 『이미지와 상징』, 까치, 2007.

Nikolai Berdyaev, 김신 역, 『노예냐 자유냐』, 인간, 1979.

René Dubos, 김용준 역, 『내재하는 신』, 탐구당, 1975.

Simone Vierne, 이재실 역, 『통과제의와 문학』, 문학동네, 1996.

T. B. Bottomore, 김성근 역, 『엘리트와 사회』, 서문당, 1976.

5. 기타

국립국어원 표준대사전.

이형기(李炯基)의 문학적 생애 연보

연도	내 용
호	**남연南沿** – 부인은, "고은 시인이 집에 놀러왔다가 호를 지어주었는데, 시인이 별세하시기 얼마 전, 작품 말미에 한 번 사용"했다고 했다(「시인의 아내, 시인의 남편」, 『시인세계』 2007 가을호, 문학세계사, 33쪽).
1932년	(음력 11월 22일, 양력 12월 19일) 부친 이경성李京性과 모친 김순금金順今의 장남(2남2녀)으로 경남 사천군 곤양면 서정리(속칭 솥골마을)에서 출생함. – 이형기는 자신의 생년월일이 임신년으로 음력 1932년 11월 22일이라고 했다. 호적상 1933년 6월 6일은 6·25 동란 이후 호적을 재정리하면서 담당 공무원의 실수로 오기誤記된 것으로 추측했다. – 박재삼(1933년생)은 이윤태와 이형기는 동향의 한 해 선배로서 진주 농림 토목과 같은 반이었다고 회고했다. – 이형기의 증조부는 합천의 부자였는데 방탕한 생활로 재산을 탕진하고 곤양면으로 이사했다. 이형기의 아버지는 기울어진 가계로 인해 할아버지의 반대를 무릅쓰고 일본인 가게에서 점원생활을 하면서 보통학교를 겨우 마쳤다. 그의 아버지는 이웃 마을 부유한 지주의 딸인 어머니와 결혼하였고, 그 이듬해에 이형기가 태어났다.

1934년	진주로 이사하여 본적을 사천군에서 진주로 옮김(경남 진주시 강남동 50번지). – 이형기의 아버지는 빈농 생활을 탈피하기 위하여 진주로 이사하였고, 그 곳에서 기반을 잡으면 시인의 할아버지와 삼촌들을 진주로 불러오겠다는 계획이었다. 아버지는 트럭운전을 하면서 생계를 이어나갔고, 시인이 초등학교 저학년 때 할아버지와 삼촌들 모두 진주로 오게 되었다.
1939년	진주 요시노 소학교(현재 중안초등학교)에 입학함.
1941년	소학교 3학년 때부터 독서에 열중하면서 문학에 대한 꿈을 키움. – 2학년 때부터 '조선어' 시간이 없어져 조선어를 정식으로 배우지 못했다. – 3학년 때, 연구 수업 시간에 반 대표로 동화구연을 하였고, 책을 좋아하는 반 친구와 함께 '소설 미치광이 3총사'로 불렸다. 그는 일본어로 된 동화·소년소설·잡지 등을 탐독하면서 문학가의 꿈을 키웠다. 그 시절 본 에디슨의 전기를 다룬 영화는 그가 사물의 본질적인 것에 대해 깊이 사유하는 데 영향을 미쳤다.
1945년	진주 농업학교 농업토목과 입학함. – 광복 후 '진주농업'은 '진주 농림'으로, 학제는 4년제에서 6년제로 변경되었다. – 졸업 후 군청서기가 되기를 바랐던 아버지의 뜻에 따라 '진주농업'에 입학했다. – 입학식에서 신입생 대표로 선서문을 낭독했다. – 입학 며칠 뒤부터 학생들은 일본 군부 노동력을 위한 비행장 건설공사에 투입되었다.
1946년	부친 별세. – 부친은 당시 38세, 2년여의 투병 끝에 폐결핵으로 돌아가셨다. 8월 23일 미 군정령 102호인 국립서울대학교 신설 강행에 대한 '국

	립대학안반대' 운동으로 동맹휴학사건의 주동자 중의 한 사람이 되어 하룻밤 구류 당함.
1948년	가을, 학교 신문에 시, 평론 한 편씩 투고한 작품이 실림. 이병주 작가와 만남. - 개교기념행사 연극인 오스카 와일드의 「살로메」 공연 소식을 듣고, 학교신문 주간이자 연극부 지도교사인 이병주 선생을 찾아간다. 정부 수립 직후 어수선한 분위기 속에서 오스카 와일드의 퇴폐적인 작품을 공연하는 것에 대해 항의 차 간 것이다. 그는 이병주 선생에게 설득 당하여 오히려 오스카 와일드를 탐독하게 된다. 이러한 만남은 그가 예술의 의미를 새롭게 깨닫는 계기가 되었다. 학교 선배의 월북 권유로 인해 월북 모의협의로 연행되어 20일간 유치장 체험을 함. - 학교 선배의 권유만 받고 헤어졌는데, 그 선배가 붙잡히자 그도 급작스레 연행되었다. 유치장 체험은 그가 '문학의 꿈'을 꾸게 되고, 새로운 문학적 전기 마련하는 계기가 되었다.
1949년	제1회 개천예술제에서 시부문 장원함. - 개천예술제(영남예술제)는 시인 설창수가 주축이 되어 만든 해방 후 최초의 지방예술제이다. 개천절을 기념한다는 뜻으로 '영남예술제'에서 '개천예술제(1959)'로 명칭 변경되었다. - 당시 백일장 시제는 만추晩秋, 심사위원은 유치환, 김수돈, 김상옥, 김춘수, 정진업, 이정호, 이경순, 설창수 등이었다. - 시부분 차상 수상자 박재삼(당시 삼천포중학 재학)과 이미 동시인으로 활동 중인 최계락(진주중학 6학년)을 처음 만나 우정을 나누게 되었다. - 최계락은 이형기에게 먼저 인사를 청하면서, 신문광고란에 『文藝』(1949. 8월 창간)지 12월호 목차에 이형기의 작품 「비오는 날」

	이 실려 있는 것을 보여주었다. – 이튿날부터 이형기는 진주 문화계와 학생사회에 널리 알려졌다. 헌책방을 운영하는 문학애호가인 송이라는 사람을 통해 세스토프, 릴라당, 다자이 오사무 등의 책을 많이 빌려 읽을 수 있었다. 이들 작가는 시세계를 형성하는데 중요한 바탕이 되었다. – 『文藝』지 1950, 1월호에 조연현은, "첫 회를 추천받은 이형기란 젊은이가 촉망된다"고 문학총평 말미에 조연현이 격려해 주었다. * 조연현은 당시 『文藝』지 주간主幹이며, 당대 최고의 문학평론가로 인정받고 있었다.
1950년	『文藝』지 「코스모스」, 「강가에서」 추천 완료됨. – 4월에 「코스모스」(미당 추천), 6월에 「강가에서」(모윤숙 추천). – 당시 『文藝』지 추천은 신인 등단의 유일한 관문이었다. 이곳 추천을 통해 등단한 신인은 이원섭, 이동주, 송욱, 전봉건, 이형기 등 5명이었다. 6 · 25 발발. – 7월 진주까지 공산군에게 침략 당하자 식구들은 모두 분산 피난하였다. 이형기는 진주 교외에 있는 친척집 헛간에서 피난살이를 하였다. 9 · 28 수복 후 서울행, 조연현과 만남. – 그는 종군문인을 꿈꾸며, 난생 처음 서울에 있는 『文藝』사로 찾아가서 조연현을 만났다. 조연현과는 6 · 25 전 몇 차례 편지를 쓴 적이 있을 뿐, 만난 적도 없는 사이였다. 종군문인 결심을 이야기하자 조연현은 웃기만 하면서, 그를 집에 데리고 갔다. 조연현의 집에서 그는 일주일 이상 머물면서, 『文藝』지 추천완료 소감을 쓰고, 조연현이 권한 담배를 처음으로 피웠다. 조연현은 석 달 동안 인민군 치하에서 숨어 지낸 끝이라 어려운 형편이었는데도 어린 무전기식자를 최선을 다해 도와주었다.

여름, 동인지『二人』 발간함.

- 최계락과 함께 낸 동인지, 두 사람이 낸다고 해서『二人』으로 이름 붙임. 표지까지 30쪽. 창간이자 종간이 되었다.
- 이 동인지는 이형기와 최계락의 맑은 시심을 발견하고 깊이 아끼는 마음을 가지게 한 계기를 마련해 주었다. 최계락은 이형기의 재기와 감성을 사랑했고, 이형기는 최계락의 천의무봉한 동심의 세계를 높이 평가했다.

9월, 진주 농림 졸업함.

- 1951년 봄에 전쟁으로 폐쇄되었던 학교가 문을 열고, 그 해만 예외적으로 9월에 졸업식을 했다.

9월, 동국대 불교학과 입학함.

- 끼니를 잇기도 어려워 진학을 포기하고 있을 때 어머니의 제안으로 대학에 진학할 수 있었다. 그것은 어머니가 입학금만 대주고, 고학으로 공부를 해나가는 것이었다.
- 동국대학을 선택한 것은 당시 전국의 문학 지망자들이 동경하는 문학의 최고 명문이었기 때문이다. 국문과가 아닌 불교과를 택한 것은 문학은 스스로 공부해도 된다고 생각했고, 종교 일반에 대한 약간의 관심을 가지고 있었기 때문이다.
- 젊은이들이 모두 군에 강제 징집되던 시절이라 학과 학생은 대여섯 명이었다. 그는 편모슬하의 대학생 신분이라 징집을 면할 수 있었다.
- 대학생활은 등록금을 마련하지 못해 한 학기 휴학하고, 학비를 버느라 4년 반 동안 100일 미만 밖에 출석하지 못했다.
- 피난 중의 동국대학은 부산 광복동, 현재 대각사 자리에 임시교사를 두고 있었다. 그 가까운 곳에 '금강'다방이 있었는데, 그곳은 김동리 · 조연현 · 박용구 · 허윤석 · 김말봉 등이 매일 들르는 곳이었다. 그는 학교보다는 '금강'다방으로 가서 원고 청탁과 다른 일거리를 얻었다. 김말봉은 신문과 잡지 등에 연재하는 소

	설 원고를 정서하도록 해 주었고, 조연현은 출판사의 임시 교정원으로 취직시켜 주었다. 금강다방은 김동리를 통해 김구용을 만날 수 있었던 곳이다. 그때 김구용은 이형기의 하숙집에서 기식하기도 했다.
1953년	국제신문 문화부 기자 (서울주재 기자)가 됨. — 6·25휴전협정 이후 학교가 서울로 다시 옮겨짐에 따라 그도 서울로 거처를 옮겼다. 고향사람의 연줄로 가정교사를 하다가 국제신문 문화부 기자로 취직하였다. — 그는 서울 문인들의 원고를 청탁하고 받아서 부산의 본사로 보내는 일을 하였고, 문화관계 기사도 썼다.
1954년	여름, 연합신문 국회출입기자가 됨. — 연합신문에 취직한 후에는 생활이 안정되고 등록금도 낼 수 있었다. 진주에 있는 가족들에게 월급의 일부를 부칠 수도 있었다. 동생이 서울 고등학교에 진학함에 따라 진주에 있는 가족들도 모두 서울로 오게 되었다. — 그는 신문사 안에서 기사를 제일 많은 쓰는 기자로 손꼽혔다. 매일 출근을 해야 했으므로, 학기말 시험 때만 학교에 출석하여 시험을 쳤다.
1955년	『해 넘어가지 전의 기도(祈禱)』(현대문학사) 간행함. — 이형기, 김관식, 이중로의 3인 합동시집. 이 합동시집은 문단에 잘 알려지지 않은 사화집이다. — 그는 최남선의 집에 드나들면서 그 곳의 서생으로 있던 김관식과 뜻이 잘 맞았다. 그래서 김관식과 김관식의 동료교사 이중로 李衆魯와 합동 시집을 간행하였다. 이 시기에 그는 서정시에 대한 회의가 싹트기 시작, 인상비평의 대가인 고바야시 히데오와 세스토프의 저서를 탐독했다. 고바야시의 역사추억론과 세스토프의 만인부정론은 정신적 자양분이 되었다.

1956년	2월, 동국대 불교학과 졸업함. 제2회 한국문학가협회상 수상함. – 수상작 :「눈오는 밤에」,「종전차(終電車)」.
1957년	제2회 한국문인협회상 수상함. – 문인협회 회장 박종화가 자비를 대어 만든 문인협회상.
1959년	서울신문사 입사함. – 연합신문이 넘어가자 같은 계열의 동양통신으로 옮겼다. 그 때 서울신문과 경향신문이 동시에 스카우트전을 벌여 경향신문을 택했는데, 첫 출근 날이 폐간 날이 되어, 그는 서울신문으로 갔다. – 서울신문사에서 1961년 4월까지 근무했다. 4·19 이후 민간에게 불하되고 오종식 사장이 취임하였다.
1961년	4·19 직후 서울신문 노조위원장(정치부 기자)이 됨. 여름, 대한일보 정치부 차장으로 입사함. – 염상섭의 아들인 국회출입기자 염재용(당시 정치부장)의 주선으로 대한일보로 직장을 옮겼다. 거기서 정치부차장에서 곧바로 정치부장이 되었다. – 국가재건최고회의가 점거하고 있던 국회의사당에 나갔다가 특종을 한다. 혁명정부 쪽의 누군가가 '다음 정부는 내각제는 아닐 것'이라는 말을 듣고, '새 정부는 대통령 중심제가 될 듯'이라고 보도를 했다. 계엄 하에서 추측기사를 쓴 것에 대해 정치부장이 당국에 불려 가는 소동이 났지만 새로운 민간정부는 그가 발표한 대로 대통령 중심제가 되었다. 5·16 군사쿠데타 발발. – 언론 검열과 탄압이 점점 심해지고 계속되었다. 그는 국회출입을 제지당하고, 내근기자 생활을 하게 된다. – 가혹한 언론 탄압이 신문기자가 아닌 시인으로서의 길을 걷게

	한 계기가 되었다. 그래서 문학을 처음부터 공부해야 할 필요성을 느끼고, 문학을 새로 공부하면서 독서에 전념하였다.
1962년	5월, 조은숙(趙銀淑, 당시 26세) 여사와 결혼함. – 조연현이 소개해 준 조은숙은 조연현의 오촌고모가 된다. 주례는 박종화가 하였다.
1963년	첫 시집 『적막강산』(모음사) 간행함. – 39편의 시가 실려 있다. – 곽학송이 돈을 대고 출판사 주선하여 시집을 간행하였다. – 이형기는 『적막강산』을 두고 "「비오는 날」의 테두리(자연발생적 서정)를 크게 벗어나지 않는다"고 했다. 또 "딴에는 몸부림도 많이 친 듯 하지만, 앉은뱅이 용 쓰는 노릇" 같다고 했다. – 청록파나 미당류의 전통적 서정의 맥을 잇는 것 같았지만 시의 새로운 각성을 요구하는 자신만의 시의 세계를 개척한다. 비평활동 시작함. – 성춘복成春福 등과 동인지 『시단(詩壇)』에 참가했다. 3월, 건국대학교 대학원 입학함.
1964년	순수 참여 논쟁에서 순수문학 옹호함. – 그는 '순수문학은 정치와의 절연을 선언한 적이 없으며, 문학에서 정치주의는 관심이 없'다는 것을 강조했다. 또한 '문학은 목적을 수행하는 방법으로서는 합당하지 않으며 문학은 현실 문제를 해결해 주는 수단이 아님'을 주장했다(『현대문학』 1964 2월호).
1965년	대한일보 정치부장 퇴임함. 국제신문 논설위원으로 입사함. – 거리에서 우연히 은사 이병주(당시 국제신문 주필)를 만나 서울 주재 논설위원으로 입사하게 되었다.

1966년	문교부 문예상 수상함. 경기대학 강사로 출강함.
1971년	두 번째 시집 돌『베개의 시』(문원사) 간행. 5월, 딸 여경汝景 낳음.
1973년	국제신문 편집국장(부산으로 이주). — 1년도 안 되어 편집국장 자리에서 물러나게 된다. 기자들이 언론 자유 선언을 하는 등 금기사항에 도전한 것에 대한 인책이었다.
1974년	월간문학 주간이 됨. 문인협회 상임이사가 됨.
1975년	세 번째 시집『꿈꾸는 한발』(창원사) 간행함.
1976년	평론집『感性의 論理』(문학과지성사) 간행함.
1977년	제9회 한국시인협회상 수상함. — 작품 :「랑겔한스섬의 가문 날의 꿈」,「폭포」,「奇蹟」,「사랑歌」,「손가락」 등.
1979년	수상집『서서 흐르는 강물』(휘경출판사) 간행함. 국제신문 서울지사장 겸 상무가 됨.
1980년	평론집『한국문학의 反省』(백미사) 간행함. 언론통폐합으로『국제신문』폐간됨. — 언론사의 기자직 생활을 그만 두었다.
1981년	부산산업대학 전임강사가 됨.
1982년	한국문학작가상 수상함.
1983년	2월, 건국대학교 대학원 석사 졸업함. — 논문 :「박목월연구 —초기시를 중심으로」, 지도교수 : 정창범. 부산시 문화상 수상함.

1985년	다섯 번째 시집『보물섬의 지도』(서문당) 간행함. 시선집『그 해 겨울의 눈』(고려원) 간행함. 윤동주 문학상 수상함. – 수상시집『보물섬의 지도』.
1986년	시선집『오늘 내 몫은 憂愁 한 짐』(문학사상사) 간행함. 수상집『바람으로 만든 조약돌』(어문각) 간행함. 박목월 평전『자하산 청노루』(문학세계사) 간행함. 동국대 국어국문학과 교수로 부임함.
1987년	평론집『시와 언어』(문학과지성사) 간행함.
1990년	여섯 번째 시집『심야의 일기예보』(문학아카데미) 간행함. 『북한의 문학』(고려원) 간행함.
1991년	『현대시창작교실』(문학사상사) 간행함. 시선집『별이 물 되어 흐르고』(미래사) 간행함.
1993년	시론집『시란 무엇인가』(한국문연) 간행함. 평론집『박목월』(문학세계사) 간행함. 대한민국 문학상 수상함. 대산문학상 수상함.
1994년	일곱번째 시집『죽지 않는 도시』(고려원) 간행함. 한국시인협회장(제29대, 1994~1995)이 됨. 7월, 뇌졸중으로 투병생활 시작됨.
1998년	여덟 번째 시집『절벽』(문학세계사) 간행함. 동국대학교 교수 정년퇴임함.
1999년	제44회 대한민국 예술원상 수상함.
2000년	수상집『존재하지 않는 나무』(고려원) 간행함

	시비 건립(진주시 신안동 녹지공원 내).
	- 시비는 진주제일로타리클럽에서 건립하였다. 하나의 돌에 한 면에는 이형기의 「낙화」, 다른 반대쪽 면에는 최계락의 「해 저문 남강」이 새겨져 있다.
2001년	제5회 만해대상 수상함.
	- 만해대상萬海大賞은 한평생 나라와 겨레를 위해 몸과 마음을 바치고 순국한 만해 한용운 선생(1879~1944)의 높은 사상과 깊은 정신을 기리고 추모하면서 그것을 오늘에 되살리기 위해 만해사상실천선양회가 제정하고 백담사 만해마을이 수여하는 상이다.
	- 만해사상실천선양회는 만해의 사상과 그 정신의 구현을 위하여 1996년 백담사에서 발족하였다. 주요사업은 만해정신의 선양에 뚜렷한 업적을 남긴 이들에게 드리는 만해대상의 운영과 각종 학술사업, 포교사업, 문화예술사업 등이다.
2002년	『낙화』: 이형기 고희 시선집(연기사) 간행함.
	- 고명수, 허혜정 엮음.
	제34회 은관문화훈장 수상함.
	-2002년 10월 20일 문화의 날을 맞아 문화관광부가 시상(당시 한국시인협회장 이근배가 추천).
2005년	2월 2일, 고려대 안암병원에서 별세함.
	2월 4일 오전 9시, 장례식 거행됨.
	- 한국시인협회장으로 서울 방학동 성당에서 거행(유족은 부인 조은숙 여사, 무남독녀 여경, 사위 김태윤).
	- 장지는 경기도 송추 울대리 천주교 납골묘원.
2006년	제1회 이형기 문학상 제정됨.
	- 이형기 문학상은 선생의 높은 문학정신을 기리고 후학들을 독려하기 위해 제정한 상이다.

	– 격월간 '시를 사랑하는 사람들'이 제정(경남 진주시 후원, 해마다 진주에서 '이형기 문학제' 행사가 열린다). 제1회 심사위원은 이승훈, 강희근, 원구식, 정과리, 허혜정. 본상은 지난 1년간 줄간된 시집 중에서 우수 시집 한 권을 선정하여 수상한다. 예심은 '시를 사랑하는 사람들' 출신 시인들이 지난 한 해 시사에 거론된 53권의 시집을 대상으로 점수를 내 이루어진다. 수상경위와 심사평, 시집 및 시인에 대한 특집은 시사사 엔솔로지 '시인의 눈'에 게재된다. 제1회 시상식은 '시인의 눈' 출판기념회를 겸해서 2006년 6월 17일 세종문화회관에서 개최되었다(『현대시』 2006, 5월호). * 제1회(2006) 수상자: 김명인『파문』(문학과지성사), 제2회(2007) 수상자: 유홍준, 『나는, 웃는다』(창작과비평사), 제3회(2008) 수상자: 이수익, 『꽃나무 아래의 키스』(천년의 시작), 제4회(2009) 수상자: 유안진, 『거짓말로 참말하기』(천년의 시작), 제5회(2010) 수상자: 박주택, 『시간의 동공』(문학과지성사), 제6회(2011)수상자: 최영철, 『찔러본다』(문학과지성사), 제7회(2012)수상자: 오정국, 『파묻힌 얼굴』(민음사).
2008년	**제1회 이형기 문학제 개최됨.** – 7월 12~13일(이틀간), 진주시 주최, '낙화' 시비가 있는 진주 남강변 일대에서 개최되었다. 6월에 '이형기시인 기념사업회' 발족되었고, 전국적인 문학축제의 행사로 전개되었다. – 현재(2012)까지 이어져 오고 있다.

마지막 시집『절벽』 발간 이후 발표된 시작품 목록

* 아래 목록에 있는 작품들은 마지막 시집『절벽』(1998) 발간 이후, 시
집에 묶이지 않고 여러 문예지에 발표된 시를 정리한 것임.

* 현재까지 본 연구자가 확인한 시는 31편임.

* 작품 순서는 발표된 연도순으로 배열했음.

순번	제목	발표지	발표년도	비고
1	모순의 자리	『문학동네』 2001, 겨울호	2001	강유환의 논문에는 이 작품을 시인이 작고하기 10일 전에 쓴 유고작이라고 잘못 기술되어 있음(강유환,「이형기 시의 세계인식 방법」, 고려대학교 박사논문, 22~23쪽, 158쪽 참조).
2	가을 잠자리			
3	구름과 마천루			
4	코뿔소	『창작과 비평』 제29권, 제2호, 2001, 6월호	2001	
5	안개			
6	세월			

7	나무 위에 사는 물고기	『문학과창작』 2002, 3월호	2002	
8	소리			
9	돌덩이 변주	『현대시』 2002, 7월호	2002	
10	그게 그거 아니냐			
11	비극			『절벽』의 「비극」과 내 용 다름.
12	얼음	계간 『시작』 2002, 겨울호	2002	
13	구름			
14	모순의 주문			
15	소리 −1	『시인세계』 2002, 겨울호, 통권 2호	2002	8번 항목 동일한 제목 「소리」와 구별하기 위 해 본 연구자가 임의적 으로 '−1'로 표기했음.
16	땅끝마을			
17	악어	『문학과창』 2003, 2월호	2003	
18	맹물			
19	지구는 둥글다	『시와 사상』 2003, 여름호	2003	
20	운석			
21	백야			
22	가슴창고	『현대문학』 2003, 9월호	2003	
23	말짱 황이다	『시와시학사』 통권 제53호, 2004, 3월호	2004	
24	사막	『문학과창작』 2004, 여름호	2004	
25	노고지리			
26	바람의 캠버스	『문학마당』 2004, 가을호	2004	

27	낙 타			
28	나의 물고기	『현대문학』 2005, 1월호	2005	
29	놀이의 기하학		2005	강유환 논문에는 「기하학」으로 되어 있음.
30	지구는 둥글다-1	『현대시』 2005, 2월호	2005	19번 항목의 「지구는 둥글다」와 구별하기 위해 본 연구자가 '-1'로 표기했음.
31	먼지로 돌아오다	『열린시학』제10권, 제1호, 2005, 3월호	2005	유고시

<찾아보기>

작품집

저자 약력

· 최옥선(崔玉先)

□ 울산에서 태어남.
□ 동국대학교 교육대학원 졸업(석사).
□ 동국대학교 대학원 국어국문학과 졸업(박사).
□ 현재, 동국대학교 강사.

전통적 서정시와 근원적 세계 인식

초판 1쇄 인쇄일	2013년 4월 8일
초판 1쇄 발행일	2013년 4월 9일

지은이	최옥선
펴낸이	정구형
출판이사	김성달
편집이사	박지연
책임편집	윤지영
편집/디자인	정유진 신수빈
마케팅	정찬용 권준기
영업관리	한미애 심소영 김소연
인쇄처	엠에스디엔피
펴낸곳	**국학자료원**

등록일 2006 11 02 제2007-12호
서울시 강동구 성내동 447-11 현영빌딩 2층
Tel 442-4623 Fax 442-4625
www.kookhak.co.kr
kookhak2001@hanmail.net

ISBN	978-89-279-0231-7 *93800
가격	17,000원

* 저자와의 협의하에 인지는 생략합니다.
  잘못된 책은 구입하신 곳에서 교환하여 드립니다.